KB088562

看守眼 ——————— 김태권 著

그 골목의 룰

오쿠다 히데오 소설

하하나 카몽

교련스

차례

교도관의 눈

1

춥다. 뼛속까지 시리다. 자리에서 엉거주춤 일어난 야마나 에쓰코는 무릎 담요로 하반신을 둘러싸듯이 감쌌다. 올겨울은 비교적 따뜻할 거라던 전망이 무색해지는 추위를 보이겠습니다. 청사 안 난방이 꺼진 뒤에야 아침에 들은 기상캐스터의 완곡한 해설이 납득되었다.

— 제발 눈만 내리지 마라. 집에 못 가니까.

R현경 본부 청사 3층에는 경무 부문 각 과가 줄지어 있다. 북쪽 끝에 위치한 교양과 사무실은 쥐 죽은 듯 고요했다. 야근하겠습니다. 울상을 지으며 그렇게 말한 에쓰코만 남겨두고 동료들은 모두 들뜬 발걸음으로 신년회 장소로 향했다. 원망스러운 마음이 들기는 했지만, 사실 에쓰코에게 신년회를 즐길 마음의 여유 따위는 없었다.

책상 위에는 원고와 교정지가 산더미처럼 쌓여 있었다. 에쓰코가 편집을 담당하는 현경 기관지 《R경인(R警人)》2월호의 진행이 순조롭지 못했다. 옆에 놓인 스탠드 조명의 갓에는 가토인쇄 사장님이 붙여놓은 붉은 글씨의 메모가 있었다. '1월 25일 교정 종료. 26일 인쇄. 2월 1일 발행.' 절망적인 기분이었다. 지난 일 년 동안 베테랑 상사 밑에서 편집을 거들어왔지만, 그 상사가 정년퇴직을 앞두고 장기휴가에 들어간 지금, 에쓰코는 각 과를 돌며 B5판 64페이지의 완성품을 배포하는 자신의 모습을 도저히 상상할 수 없었다.

— 간단한 것부터 해치우자.

매직으로 커다랗게 '아기'라고 적힌 서류 봉투를 선반에서 꺼내 내용물을 책상 위에 쏟아부었다. 수십 장의 아기 사진이 쌓였다. 자식 사랑을 뽐내는 〈우리 집 스타!〉는 인기 코너다. 한 장씩 사진 뒷면을 보고 거기에 적힌 프로필을 용지에 베껴 썼다. 아기 이름, 이름의 유래, 생년월일, 부모 이름과 소속 부서…. 쳇, 겨우 일곱 장째인데 벌써 내용을 빠트린 게 있었다. S서 교통과 순사장(순사 계급에 속하는 경찰관 중 실무 지도 및 근무 조정을 수행하는 자의 직명으로, 한국 경찰의 경장에 해당한다—옮긴이)이었다. 부인 이름이 없었다.

— 그럼 대체 누가 낳았다는 거야?

에쓰코는 벽시계를 노려봤다. 일곱 시가 넘었다. 이 순사장은 이미 퇴근했겠지. 귀찮게 됐다. 자택에 연락하고 싶어도 R현 경에는 전 직원이 등록된 주소록 같은 게 없었다. 전에는 있어서 매년 갱신했다던데, 외부 유출을 우려해서 폐지했다고 입사 때 들었다. 물론 각 관할서는 비상소집 등에 대비해서 내부 연락용 명부를 만들고 있으니 S서의 당직에게 순사장의 연락처를 물어보면 되지만, 도저히 그럴 용기가 나지 않았다. 자신과 경찰은 처지가 달랐다. 본부에서 일하는 말단 사무직원의 이름을 기억하는 사람은 흔치 않았다. 사무실 전화로 문의해봐도 오히려 당직의 질문 세례만 받을 게 뻔했다. 당신 누구야? 정말 교육과 직원 맞아? 순사장과는 무슨 관계지?

에쓰코는 아기 사진을 쓸어 모아 봉투에 다시 넣고, 그 대신 저녁 무렵 인쇄소에서 넘어온 초교 교정지를 책상 위에 펼쳤다. 〈연초 사열식에서 느낀 점〉, 〈주재소(경찰서 하위 기구로, 순사가 주재하면서 담당 구역 내 경비나 사무처리를 수행하는 곳 – 옮긴이) 소식〉, 〈십 년 표창을 받으며〉. 차례차례 훑어보며 본문과 표제를 확인해나갔다. 다행히 큰 수정은 없었다. 기분이 좋아진 에쓰코는 육필 원고가 있는 선반에 손을 뻗었다. 우선 〈맛있는 집·저렴한 집〉을 확인했다. 직원들의 단골집을 소개하는 코너인데, 왜 이렇게 메밀국수 가게가 많은지 모르겠다. 다음은 〈THE 사건 ― 이 녀석이 범인이다!〉. 공을 세운 형사나 감식반 직원이 다큐멘터리식으로 집필하는 기사였다. 이번 달은 강도범 체포의 전말이었다. 평소에는 흥미롭게 훑어보지만, 오늘 밤은 거의 대각선 읽기다. 무난한 제목을 붙이고 레이아웃 용지에 사진 위치를 적어서 인쇄소 발송용 봉투에 집어넣은 뒤 에쓰코는 자리에서 일어났다. 손이 꽁꽁 얼었다. 사물함에서 소형 전기난로를 꺼냈다.

— 자, 이게 문젠데.

에쓰코는 '퇴직자'라고 적힌 두툼한 봉투를 끌어당겼다. 올봄 정년퇴직하는 경찰관과 사무직원의 회상 수기를 증명사진과 함께 게재해서 긴 세월의 노고를 위로한다. 올해는 마흔일곱 명. 매년 그렇듯 바로 이 〈수고하셨습니다 특집〉이 2월호의 중심 테마였다.

사전 준비를 시작했다. 퇴직 예정자가 건네준 원고와 경무과에서 빌린 증명사진을 클립으로 고정해나갔다. 하지만 이내 손이 멈췄다. '교양과 주간 구보타 야스에.' 에쓰코의 전임자였다. 사진발이 좋았다. 아니, 표정이 좋은 거다. 에쓰코는 코로 숨을 내뿜었다. 이렇게 온화하고 상냥한 표정은 여태까지 한 번도 본 적 없었다.

수기를 쓱 훑어봤다. 이십 년에 걸친 편집 고생담, 취재의 추억, 《R경인》에 대한 애착…. 독신을 고수한 야스에의 말버릇은 "일이 연인"이었다. 그 소중한 연인을 다른 사람에게 양보하고 싶지 않다는 생각이 마음 한구석에 있었던 모양인지, 어딘지 모르게 에쓰코에게 냉담해서 일 년이나 함께 일했는데도 결국 마지막까지 친해지지 못했다.

복잡한 심경으로 수기를 읽어나가던 에쓰코는 마지막 문장을 보고 흠칫 놀랐다.

"내 자식을 떼어놓는 것처럼 쓸쓸할 따름입니다만, 앞으로는 후임인 야마나 에쓰코 씨가 젊은 감각으로 《R경인》을 잘 이끌어나가 주시겠다고 하네요. 안도의 숨을 내쉬면서, 한편으로는 큰 기대를 안고 독자의 입장으로 돌아가고자 합니다."

순식간에 우울해졌다. 남의 자식을 떠맡아봤자 곤란할 뿐이다. 짐이 무겁다. 애당초 에쓰코는 경찰 기관지 제작에 매력을 느껴본 적이 없었다. 앞으로 십 년, 이십 년이나 《R경인》의 편집을 맡으라고 한다면···.

에쓰코는 이제 막 스물여섯 살이 되었다. 앞날은 알 수 없지만, 결혼하든 안 하든 일은 계속할 생각이었다. 육 년 전에 지방공무원 시험을 봤다. 단순히 불황 속에 높아진 공무원 인기에 편승한 건 아니었다. 몸이 약했던 아버지가 입원과 퇴원을 반복하면서도 네 자매 중 막내인 에쓰코를 단기대학까지 보낼 수 있었던 건 현청 근무 공무원의 탄탄한 복리후생 덕분이었다. 그에 반해 지역 백화점에서 판매사원으로 근무했던 어머니는 거품 경제가 붕괴하자마자 허망하게 해고를 통보받았다. 그 일 이후 어머니는 집에서 온종일 원망의 말을 쏟아내게 됐는데, 그 변모는 '우리 집의 태양'으로 우러러 받들던 어머니에 대한 인식을 고쳐야 할 정도였다.

단기대학에 들어갈 무렵에는 공무원이 되겠다고 마음을 굳했다. 다만, 현청이나 학교가 아닌 경찰 사무를 지망한 건, 아무래도 관공서에서 근무하는 아버지의 평범한 일상을 오랫동안 하품하면서 지켜봐왔기 때문이라고 에쓰코는 생각했다. 생활의 안정뿐만 아니라 소소한 자극도 추구했다는 말이다. TV 형사 드라마를 좋아하고 추리소설도 자주 읽었다. 형사가 살기등등하게 소리치는 직장. 차례차례 밝혀지는 사건의 수수께끼. 사건을 해결한 순간 기쁨에 차 서로 얼싸안는 사람들. 어쩌면 터프한 형사님이 미래의 남편이 될지도…? 천진난만한 상상은 입사 전까지 에쓰코를 몹시 즐겁게 했다.

그런데 정작 배치된 곳은 사건 냄새라고는 한 톨도 풍겨오지 않는 관리 부문 교양과였다. 동료는 죄다 엘리트인 체하는 재미없는 남자들뿐이었다. 게다가 경찰청은 아무래도 경찰관이 절대적인 세계이다 보니, 교양과 사무직원의 목소리는 다른 부문과 마찬가지로 힘이 없었다. 의견을 내는 데 거침없는 야스에조차 '우는 아이랑 경찰관한테는 못 이긴다'며 술김에 진심을 내뱉은 적이 있었다.

"순찰입니다."

사무실 문이 열리며 손전등을 든 생활안전과 경찰 다카미가 얼굴을 내비쳤다.

"고생 많으십니다."

두 사람이 동시에 말했지만, 고개를 숙인 건 에쓰코뿐이었다.

"절전 부탁드립니다."

단호한 목소리와 올곧은 시선.

"아, 네. 죄송합니다."

에쓰코는 황급히 전기난로의 전원을 껐다. 하지만 위쪽으로 시선을 올리는 다카미의 모습에 그녀가 말한 절전이 전등을 가리키는 것이라는 사실을 깨닫고 얼굴을 붉혔다.

형광등 불빛이 절반으로 줄어들자 한층 더 추위가 심해진 듯한 느낌이 들었다. 자리로 돌아온 에쓰코는 다카미가 떠난 문을 한숨 섞인 시선으로 바라보았다. 왜 그렇게 비굴하게 반응했을까. 나이는 에쓰코 쪽이 한 살 많다. 경찰이 사무직원을 무시한다고 생각하지는 않았다. 에쓰코도 친하게 지내는 경찰은 있었다. 평범하게 대화하면서 웃고, 함께 식사하거나 쇼핑을 나가기도 했다. 하지만 때때로 대화나 생각이 부딪치는 일이 있었다. 일과 직무, 그 의식의 격차를 메꾸기 힘들다고 느낄 때가 있었다.

— 이것만 하고 집에 가자.

에쓰코는 마음을 다잡고 클립을 집어 들었다. 남은 사람은 마흔세 명. 회상 수기의 이름을 보고 증명사진 뒷면에 적힌 이름과 대조했다. 다나카, 스즈키, 요시다. 같은 성도 많아서 주의해야 한다.

고비는 금세 넘어갔다. 수가 줄면 찾는 건 간단했다. 이제 다섯 명….

어? 에쓰코는 고개를 갸우뚱했다.

남은 증명사진은 다섯 장인데 원고는 네 명분밖에 없었다. 서둘러 네 쌍을 맞춘 뒤 남겨진 사진의 이름을 확인했다.

"F서 경무과 유치관리계 주임 곤도 미야오."

에쓰코는 '퇴직자' 봉투를 열어 안을 살펴보았다. 없다. 텅 비었다. 책상 옆으로 밀어젖혔던 교정지 뭉치를 헤집었다. 얼굴이 새하얗게 질렸다.

잃어버렸나…?

아니, 수기 집필 의뢰도 회수도 전부 전임인 야스에가 했다. "다 받았어." 야스에는 생색내듯이 그렇게 말했었다.

에쓰코는 앉은 채로 의자를 뒤로 물리고 책상 밑을 살폈다. 아무것도 떨어져 있지 않았다. 일어서서 사무실 안 책상을 전부 둘러봤다. 잰걸음으로 책상에 다시 돌아와 혹시 두 장이 겹쳐진 게 없는지 마흔여섯 명의 원고를 다시 확인했다.

전부 제대로 한 장씩만 붙어 있었다. 컴퓨터를 켜서 퇴직 예정자 목록을 불러왔다. 눈으로 이름을 좇았다. 곤도 미야오…. 있다. 올봄에 관두는 사람이 확실하다.

초조한 손놀림으로 가방에서 휴대전화를 꺼내들고 야스에의 집에 전화를 걸었다. 자동응답기로 넘어갔다. 재빠르게 용건을 남기고 한 번 더 책상 주변을 점검했다. 봉투 속도 확인했다.

— 진짜 있었던 거 맞아?

야스에가 착각했을지도 모른다. 집필 의뢰를 깜빡한 걸까. 원고를 받았다고 착각했지만, 사실은 이 곤도 주임이라는 사람이 아직 건네주지 않았을 가능성도 있었다.

곤도 미야오…. 들어본 적 없는 이름이었다. F서 경무과 유치관리계…. F서…. 작년에 주부 실종사건으로 큰 소동이 있었던 곳이었다.

"아!"

에쓰코는 다시 휴대전화를 손에 들었다. F서라면 사무직 동기인 덴노 사유리가 있다. 휴대전화가 아니라 집으로 전화를 걸었다. 최근 남자친구가 생겨서 집에 늦게 들어간다는 식으로 말했지만, 외출 중에 전화를 받아봤자 사유리의 수중에 F서 주소록이 없으면 소용없었다.

"어, 에쓰코? 무슨 일이야?"

받았다. 사유리의 애교 섞인 목소리가 천사의 음성처럼 들렸다.

"밤늦게 미안. 좀 알아봐줬으면 하는 게 있어서."

에쓰코는 간단하게 사정을 설명했다.

"곤도…? 아, 그 기분 나쁜 아저씨 말이지?"

기분 나쁘다고?

잠시의 초조한 기다림 뒤에 사유리의 목소리가 돌아왔다. 곤도 미야오의 주소와 전화번호를 알아냈다. 감사 인사를 하고 전화를 끊으려는데 사유리가 말을 걸었다.

"에쓰코, 그 뒤로 남자친구랑은 어때?"

순간 말문이 막혔다.

"…어, 이제 끝내려고."

"나도 그래."

집에 빨리 돌아온 이유를 알았다. 이야기가 길어진다.

"미안, 나 좀 급하거든. 나중에 다시 걸게."

전화를 끊고 바로 사무실 전화의 수화기를 들었다. 메모한 번호를 눌렀다. 신호음이 이어졌다. 집에 없나?

빈손으로 곤도의 사진을 끌어당겼다. 뒷면에 적힌 이름을 확인하면서 작업했기 때문에 제대로 얼굴을 보지 못했다.

숨을 삼켰다. 홀쭉한 뺨과 해쓱한 얼굴. 움푹 파인 어두운 눈….

에쓰코가 몸서리친 직후, 상대방이 수화기를 들었다.

2

현경 본부 청사에서 나온 시각은 아홉 시 반이었다.

자동차 히터가 따뜻한 바람을 내뿜고 있지만, 아직 성에 차지 않았다. 에쓰코는 손가락이 아플 정도로 차게 식은 핸들을 꽉 쥐고 곤도 미야오의 자택으로 향했다. 전화를 받은 건 곤도의 부인 유키코였다. 곤도는 외출 중이고 휴대전화도 없다고 했다. 곧 돌아올 테니 집에 잠시 들르세요. 유키코의 스스럼없는 말에 매달리는 심정으로 사무실을 뛰쳐나왔다.

지금쯤이면 신년회 분위기는 한창 달아올라 있을 테지. 과장님은 2차부터라도 참석하라고 했지만, 어차피 가봤자 접대부 역할이나 떠맡을 뿐이다. 재미없을 게 뻔하다. 일부러 그렇게 중얼거리며 에쓰코는 액셀을 힘주어 밟았다.

오늘 밤 안에 곤도를 붙잡아서 일을 분명히 해두고 싶었다. 수기가 누락된 건지, 야스에가 원고를 잃어버린 건지, 그것도 아니면 곤도가 아직까지 안 쓴 건지.

아니….

쓸 생각이 없다. 그런 느낌이 들었다. 유키코는 남편이 원고를 의뢰받은 사실조차 몰랐다. 에쓰코의 뇌리에 사진 속 어두운 눈이 떠올랐다. 음험하거나 괴팍하거나. 분명 그 둘 중 하나다.

— 이게 대체 무슨 일이람?

마흔일곱 명 중 한 명이라도 빠지면 큰일이다. 무슨 일이 있어도 2월호에는 퇴직자 전원의 증명사진과 수기가 실려 있어야 한다. 경찰 조직에서 경찰관의 정년퇴직이 얼마나 중요한 의식인지는 에쓰코도 잘 알고 있었다. 추켜세우고, 칭송하고, 격찬하고, 지나치리만치 뜨거운 말과 박수로 직무를 완수한 선배들을 배웅한다. 그건 떠나보내는 쪽의 사기를 높이는 세리머니라고도 할 수 있었다. 떠나는 선배들의 업적에 빗대어 경찰관 직무의 숭고함을 칭송한다. 너희도 그 뒤를 따르라는 듯 조직을 다잡는다. 장례식이 죽은 사람이 아닌 남겨진 유족을 위해 존재하는 것처럼 말이다.

이윽고 히터가 제 기능을 다하기 시작할 즈음엔 목적지인 주택가로 들어와 있었다. 이걸 청렴하다고 해야 할지, 곤도는 퇴직을 앞두고 장기휴가에 들어가자마자 F서 사택에서 나와 임대주택으로 거처를 옮겼다.

"어서 들어와요. 아직 정리가 덜 끝나서 어수선하지만."

전화에서 보인 태도 그대로 유키코는 스스럼없이 에쓰코를 집 안에 들였다. 유키코의 말대로 정리가 덜 끝나 보이기는 했다. 거실에 이사업체 마크가 찍혀 있는 종이 상자가 산더미처럼 쌓여 있었다.

차를 내오겠다며 안쪽으로 사라진 유키코는 보이지 않는 곳에서 열심히 말을 걸어왔다. 자식은 연년생 아들이 두 명 있고 둘 다 도쿄의 대학에 진학해서 하숙 생활 중인데, 매달 생활비로 16만 엔씩 보내준다. 경쾌한 발걸음 소리가 거실로 돌아올 때까지 집안 사정을 대충 파악할 수 있었다.

"슬슬 돌아올 거 같은데…. 아, 고타쓰 안에 발 좀 넣어요."

"감사합니다. 저, 남편분께서는 어딜 가셨나요?"

에쓰코가 다급한 표정으로 묻자, 주름이 눈에 띄는 동그란 얼굴이 후후후 하고 소녀처럼 웃었다.

"그 사람, 형사님이잖아요."

형사…?

곤도는 유치장 교도관 아니었나?

"나는 땅굴 형사님이라고 부르거든요."

"네? 땅굴이요…?"

또 후후후 하고 웃었다.

"그 전엔 암굴왕(일본의 소설가 구로이와 루이코가 알렉상드르 뒤마의 소설 《몬테크리스토 백작》을 번안할 때 붙인 제목 - 옮긴이)이라고 불렀어요."

유키코는 태평한 미소를 지으며 남편 이야기를 이어나갔지만, 도저히 웃으면서 들을 수 있는 내용이 아니었다.

곤도는 삼십팔 년간의 근무 중 이십구 년을 유치장 교도관으로 지냈다고 한다. 순사(한국 경찰의 순경에 해당한다 - 옮긴이)로 임명되었을 때부터 일관되게 형사과를 지원했지만 이루어지지 않았다. 결국 교도관 인생을 걷게 된 것도 형사가 되는 꿈을 포기하지 못했기 때문이라고 유키코는 말했다. 교도관의 역할은 유치인을 감시하고 돌보는 일이지만, 아침부터 밤까지 다양한 범죄자를 마주하다 보면 저절로 '교도관의 눈'이 길러진다. 그래서 R현경에서는 대개 어느 관할서든 형사로서 장래성 있어 보이는 신입에게 일이 년 교도관 업무를 경험시킨다고 한다. '형사 수습제도'라고 해도 좋을 법한 그 관습에 곤도는 기대를 걸었다. 이 관할서에서 저 관할서로 이동할 때마다 교도관을 자원했다. 언젠가는 형사로 발탁될 거라고 믿으면서.

안타까운 마음이 북받쳐 올랐다.

"그렇게 원하셨는데, 왜 형사가 되지 못하셨나요?"

"아휴, 당연히 못 되죠. 우리 남편, 경찰학교 성적이 꼴찌였거든요."

"아⋯."

"알죠? 졸업 때 등수가 죽을 때까지 따라다녀요. 형사가 되려면 성적이 좋아야 하니까."

처음 듣는 소리였다.

"그래서 교도관으로 일하지만, 마음만큼은 형사니까 땅굴 형사라는 거예요."

에쓰코는 차마 웃을 수 없었다.

연수 때 그 유치장을 방문한 적이 있었다. 현에서 가장 노후화된 관할서였는데, 배관 보수공사를 위해 유치인은 일시적으로 다른 관할서로 옮겨진 상태였다. 안에는 아무도 없다는 사실을 아는데도 다리가 후들거렸다. 형사과에서 유치장으로 통하는 좁은 복도 끝에 녹슨 철문이 앞길을 가로막고 있었다. 인솔자인 과장님이 입구의 검은 버튼을 누르자 잠시 뒤 문이 열렸다. 교도관이 건너편에서만 보이는 구멍으로 이쪽을 확인한 뒤 문을 열어준 것이라는 설명을 들었다. 유치장 안은 전혀 다른 세상이었다. 무거운 분위기. 어두침침한 조명. 순서대로 접견실, 보호유치실, 샤워장을 안내받았다. 유치장 중앙 한 단 높은 장소에 교도관석이 있었다. 과장님이 시키는 대로 그 자리에 서자 아홉 개로 구분된 부채꼴 형태의 감방이 눈에 들어왔다. 쇠창살의 차가움, 시큼한 냄새, 문이 열리고 닫힐 때 들려오는 귀청을 찢는 듯한 금속음.

새로 지어진 관할서의 유치장은 최신 설비에 내부도 밝고, 교도관도 모니터로 유치인을 감시한다던데, 에쓰코는 도무지 상상할 수 없었다. 그날 발 들였던 꺼림칙한 폐쇄 공간이 정말 그렇게 확 바뀔 수 있단 말인가.

"그나저나 늦네요."

유키코의 목소리에 정신이 번쩍 들었다. 벌써 열 시 반이었다.

"저… 남편분께서는 정말 어디에 가셨나요?"

"분명 수사하러 갔을 거예요."

"수사요?"

후후후. 또 웃었다.

"땅굴 형사가 땅굴 밖으로 나왔단 말이에요. 정년을 맞이해서."

에쓰코는 어안이 벙벙했다. 무슨 이야기를 하는지 종잡을 수 없었다.

유키코는 유쾌하게 옆에 쌓인 종이 상자를 두드렸다.

"이거, 전부 다 그 사건 자료예요. 신문 스크랩이 대부분인 모양이지만."

더욱더 이해되지 않았다.

"그 사건이라니…?"

"그거 있잖아요. 왜, 일 년 전에 있었던 시체 없는 살인!"

에쓰코는 숨을 삼켰다.

야마테초 주부 실종사건.

아까 본부에서도 곤도가 F서에 근무한다는 사실을 안 순간 머리를 스쳐 지나갔었다. 세간의 이목을 끌었던 미스터리하고 스캔들 넘치는 사건. 와이드쇼가 연일 시끄럽게 떠들어댔고, 추리 애호가인 에쓰코도 잔뜩 몰입했었다. R현경이 대대적으로 실패한 사건이기도 했다. 총력을 기울여서 불륜 상대 남성을 추궁했지만 결국 자백을 받아내지 못한 채 석방했다. 여전히 진상은 밝혀지지 않았다.

곤도가 수사를 계속하고 있다고? 그럴 리가.

"하지만 남편분은 형사가 아니시잖아요?"

"기억 안 나요? 그 남자 별건 체포됐었잖아요. 그래서 남편이 유치장에서 관리했었거든요."

"어, 그러면 그때 무슨 단서라도 찾으셨나요?"

유키코는 갑자기 얼굴을 찌푸렸다.

"야마노이 자식, 날이 갈수록 이글거리더군."

곤도의 말투를 흉내 낸 모양이었다. 유키코는 손뼉을 치며 크게 웃었다.

"저… 그게 무슨 뜻인가요?"

"글쎄요…."

금세 유키코의 목소리가 시무룩해졌다. 전혀 짐작이 되지 않는 모양이었다.

부풀어 오르던 에쓰코의 호기심이 순식간에 사그라졌다. 그 주부 실종사건은 여전히 흥미가 당기지만, 백 명이 넘는 형사가 연일 수색하고도 해결하지 못한 사건이었다. 일 년이나 지난 이제 와서, 그것도 교도관 출신이 혼자 수사를 이어나가고 있다는 이야기에는 진실성이 없었다. 아니, 애초에 곤도의 행동을 꼬치꼬치 캐내고 있을 때가 아니었다. 원고만 받으면 된다.

벌써 열한 시가 다 됐다. 아무리 유키코가 너그러운 사람이라도 버티는 데 한계가 있었다. 바로 지금 때마침 곤도가 집에 돌아온들, 이 시간까지 다른 사람 집에 버티고 앉은 초면의 여자를 보고 어떻게 생각하겠는가. 분명 기분 나빠하겠지. 화를 낼 수도 있었다. 유키코에게 들은 이야기로 곤도의 이미지는 많이 바뀌었지만, 그렇다고 해서 그 음험해 보이는 사진 속 얼굴이 머릿속에서 완전히 사라진 건 아니었다.

다시 오자. 에쓰코는 수첩을 한 장 찢어서 곤도 앞으로 메모를 남겼다. 자신의 휴대전화 번호와 집 전화번호를 적고 언제든 상관없으니 연락해달라고 덧붙였다.

현관에서 신발을 신자 고타쓰의 온기가 순식간에 사라졌다.

"늦은 시간까지 실례가 많았습니다."

"나야말로 미안하네요. 정말이지 그 사람은….."

또다. 후후후.

"그래도 마음껏 풀어두고 있어요. 그렇게 하고 싶어 했던 일이니, 한 번쯤은 형사가 되어봐도 괜찮지 않겠어요?"

3

집에 돌아오자 그 추위는 차마 말로 할 수 없을 정도였다.

자동응답기에 불이 깜빡거렸다. 곤도인가? 적잖이 기대하며 재생했지만, 흘러나온 건 도시카즈의 목소리였다. 많이 바

쁘신 모양이네요. 비꼬는 듯한 한마디가 방 안에 울려 퍼지고
는 사라졌다.

— 뭐 하자는 거야. 용건이 있으면 휴대전화로 걸면 되잖아.

에쓰코는 난폭한 손놀림으로 메시지를 삭제했다.

장거리 연애. 더는 그런 달콤쌉쌀한 관계가 아니었다. 삼 개
월이나 만나지 않았다. 그날부터다, 하카타의 밤. 갑작스러운
프러포즈. 전혀 예상하지 못했다.

받아들일 마음은 있었지만, 곧장 대답이 나오지 않았다. 그
게 에쓰코를 불안하게 만들었다. 평생 도시카즈와 함께하겠
다는 정도의 각오는 없었던 모양이다. 부모님의 모습이 뇌리
에 어른거리기도 했다. 결혼은 곧 생활이다. 에쓰코는 아무래
도 현실을 생각할 수밖에 없었다.

도시카즈는 에쓰코가 당연히 승낙하리라 믿고 있었다. 그 자
신만만한 얼굴이 에쓰코를 한층 더 불안하게 했다. 도시카즈
가 작게 보였다. 고등학교 일 년 선배. 전근이 잦은 스물일곱
살 직장인. 하카타의 야경이 어쩐지 두렵게 느껴졌다. 무심결
에 입에서 말이 흘러나왔다. 하지만 나, 이 일 계속하고 싶어….

거절은 아니었다. 도시카즈는 원래 R시 출신이다. 장남이
니 언젠가는 본가로 돌아와서 부모님을 돌보겠지 하고 막연
히 생각했다. 그렇지만 에쓰코의 말에 도시카즈는 얼굴을 흉
하게 일그러뜨렸다. 그것을 마지막으로 입을 딱 다물었다. 쓸

씁쓸했다. 이대로 끝나버리는 게 무서웠다. 어떻게 해야 그의 화를 가라앉힐 수 있는지는 알고 있었다. 그날 밤 에쓰코는 의무를 다하는 심정으로 도시카즈의 기숙사 문을 통과했다. 그 뒤는 떠올리고 싶지 않았다. 난폭하게 당했다. 그건 강간이었다. 날이 갈수록 그런 생각이 들었다.

—추워….

마룻바닥은 냉장고처럼 차가웠다.

난방을 켜도 전혀 소용없었다. 에쓰코는 머리까지 담요를 뒤집어쓰고도 전기난로 앞을 떠나지 못했다.

곤도에게서는 연락이 없었다. 휴대전화 전원도 계속 켜두었지만, 날이 바뀔 때까지 기다려도 벨은 울리지 않았다.

미심쩍은 마음이 가스처럼 부풀어 올랐다. 이 시간까지 집에 돌아가지 않을 용건이 대체 뭐냐고. 수사? 어처구니가 없었다. 곤도는 형사가 아니다. 심지어 정년을 앞두고 장기휴가를 받은 몸이다. 유키코의 체면을 생각해서 관심 있는 척했지만 에쓰코는 처음부터 믿지 않았다. 예순 살이나 먹고도 사건 뒤나 쫓아다니고 있다니 너무 유치했다. 착한 부인을 속이고 어디선가 유흥을 즐기는 거 아닐까. 술? 도박? 어쩌면 여자일 수도 있다. 유흥업소. 원조교제. 인터넷 만남 사이트. 여자에게 인기가 있어본 적 없는 저 나이대 남성들이 푹 빠진다고 하던데.

곤도를 무자비하게 깎아내려보았지만, 흐려진 사고의 흐름을 가로막는 것이 있었다.

오로지 형사가 되기만을 꿈꾸며 이십구 년간 교도관석에 앉았던 남자. 이십구 년⋯. 에쓰코가 살아온 세월보다 길었다. 그 특이하기 짝이 없는 경찰 인생을 곧 마무리하게 되는 곤도의 심경⋯. 모르겠다. 상상도 되지 않았다. 하지만 상상되지 않으니 혹시나 하는 마음도 피어올랐다.

에쓰코는 벽 쪽에 놓인 책장을 바라봤다.

담요를 몸에 두르고 엉거주춤 움직여 그 앞으로 갔다. 책장은 전부 기관지 제작을 위한 자료로 가득 차 있었다. 분명 여기에 홍보과가 작성한 신문 스크랩 파일을 넣어뒀을 텐데.

찾았다. 에쓰코는 두툼한 파일을 품에 안고 무릎걸음으로 난로 앞으로 돌아왔다. 파일을 넘기자 바로 보였다. '야마테초 주부 실종사건.' 놀랄 만큼 많은 기사가 스크랩되어 있었다. 사건은 지금으로부터 일 년 전에 발생했다.

어?

에쓰코는 기묘한 감각에 사로잡혔다.

벽에 걸린 달력을 쳐다봤다. 1월 13일. 진짜 딱 일 년 전이잖아. 기사에 적힌 주부의 실종일이 바로 1월 13일이었다.

가슴이 울렁거렸다.

당연히 곤도는 알고 있을 터. 오늘이 주부가 실종된 지 일

년째 되는 날이라는 걸 알고, 그래서….

에쓰코는 허공을 응시하며 눈을 깜빡거렸다. 답은 나오지 않았다. 하지만 단숨에 흥미가 끓어올랐다. 원래 에쓰코가 크게 관심을 기울이던 사건이었다. 파일로 시선을 내리자 당시 기억이 순식간에 되살아났다.

발단은 수수께끼의 실종이었다. 야마테초에 사는 스물일곱 살의 주부 구타니 에미코가 저녁 장을 보던 중 홀연히 모습을 감추었다. 그로부터 닷새 후, 마찬가지로 야마테초에 사는 서른 살 자칭 보석상 야마노이 가즈마가 F서에 체포되었다. 용의는 절도였지만, 유키코가 말했듯 명백한 별건 체포였다. 독신인 야마노이는 남편이 있는 에미코와 불륜관계였다. R현 경은 두 사람 사이가 틀어지면서 살인으로 발전했다고 추측했다.

야마노이는 순순히 조사에 응했다. 육체관계가 있었다는 것. 에미코가 이별 이야기를 꺼냈다는 것. 취조관이 목격자 증언을 들이밀자 실종 당일 슈퍼 주차장에서 만난 사실도 인정했다. 하지만 거기까지였다. 야마노이는 "오 분 정도 이야기하고 헤어졌다"고 주장했다.

시체 없는 살인사건. 매스컴은 그렇게 단정 짓고 떠들어댔다. 그럴 만한 근거가 있었다. 차례차례 발견되는 모든 정황 증거가 범인은 야마노이라고 가리키고 있었다. 신문과 주간지는 치열한 보도 경쟁을 펼쳤지만, 그런 활자 미디어를 압도하며 마치 홍수처럼 방대한 정보를 끊임없이 흘려보낸 건 역시나 텔레비전이었다.

와이드쇼 소재로 더할 나위 없이 적합한 사건이었다. 에미코는 모델로 착각할 만큼 아름다운 용모에, 뇌출혈로 자리보전을 한 시아버지를 정성껏 돌보는 '훌륭한 며느리'의 일면까지 갖추고 있었다. 에미코의 남편 구타니 이치로도 체구는 작지만 혼혈을 연상시키는 윤곽이 뚜렷한 외모였다. 지방은행의 융자계장이라는 직함을 갖고도 적극적으로 텔레비전 카메라 앞에 섰다. 사랑하는 부인에 대한 마음을 절절히 읊으며 때로는 오열하고, 용의자로 구금되어 있던 야마노이에게는 증오를 드러냈다. 죽여버릴 테다. 그런 위험한 발언까지 생방송으로 송출되기도 했다. 구타니의 그 말이 거짓이 아니었다는 사실은 나중에 알게 되었다.

또 다른 주역 야마노이의 캐릭터도 강렬했다. 키 180센티미터에 마치 도깨비 같은 용모. 언덕 위에 있는 호화로운 서양식 3층 저택에 살고, 자가용은 새빨간 포르쉐. 아버지는 국정에도 영향을 미쳤다고 하는 거물 총회꾼 고(故) 다나카 유미나리이고, 그의 '현지처'였던 어머니도 한때 이름을 떨쳤던 샹송 가수였다. 그런 어머니의 사랑을 받으며 자란 야마노이는 보석상을 자칭했지만, 실상 일다운 일은 하지도 않고 유산을 탕진하며 살고 있었다. 다만, 어렸을 때부터 학교 성적은 늘 상위권이었고, 돈을 아끼지 않고 살아서 그런지 골프나 스키 실력도 프로급이었다.

야마노이의 진술에 의하면, 두 사람은 사건이 일어나기 일 년 반 전 시내 찻집에서 알게 되었다고 한다. 우연히 카운터석에 나란히 앉게 되어 샹송 이야기로 의기투합한 야마노이와 에미코는 이내 깊은 관계로 발전했다. 이후 두 사람은 야마노이의 자택에서 밀회를 거듭했다. 야마노이의 어머니는 오랫동안 세상의 이목을 피해 생활해온 탓인지 대인공포증이 몹시 심했기 때문에, 두 사람이 집을 호텔 대신으로 쓴다는 사실을 눈치채지 못했다. 두 사람 사이가 틀어진 건 사건이 일어나기 한 달 정도 전이었다. 에미코가 갑작스레 이별 이야기를 꺼냈다. "불륜관계를 지속하는 게 무서워졌어"라는 게 그 이유였다.

욱한 마음에 야마노이가 에미코를 죽였다. 모두가 그렇게 생각했다.

정황 증거는 흘러넘쳤다. 에미코의 친구가 한 증언이 결정적이었다. 실종되기 일주일 전, 한밤중에 에미코가 전화를 걸어왔다. 불륜 상대가 헤어져주지 않아. 무서워. 날 죽일지도 몰라. 에미코는 줄곧 울먹이고 있었다고 했다.

실종 전날의 목격자 증언도 중요하게 작용했다. 야마노이의 집 근처 길거리에서 야마노이가 에미코의 얼굴을 때리는 장면을 이웃 주민인 주부가 목격했다. 웃기지 마. 야마노이가 그렇게 소리쳤고, 에미코의 눈 밑이 퍼렇게 부어 있었다고 증언했다.

그리고 실종 당일. 오후 네 시가 넘어서 에미코는 단골 슈퍼에 나타났다. 오른쪽 눈에 안대를 한 에미코를 여러 점원이 목격했다. 계산원은 돈을 내미는 에미코의 손목과 손등에 피멍이 들어 있었던 일까지 기억하고 있었다. 그러나 그게 마지막이었다. 그 후로 에미코의 모습을 본 사람은 없었다. 에미코가 타고 온 자동차는 슈퍼 주차장에 덩그러니 남겨져 있었다. 수수께끼의 실종. 하지만….

슈퍼 주차장에도 야마노이의 자취가 있었다. 새빨간 포르쉐를 본 사람이 있었다. 눈에 띄는 차다. 세 명, 다섯 명, 열 명. 목격자 신고는 날이 갈수록 늘어났다.

현경은 물증에 가까운 것도 쥐고 있었다. 야마노이의 자택에서 북쪽으로 1킬로미터 정도 떨어진 곳에 있는 조경업자의 집 마당에 세워둔 삽 세 자루 중 하나가 사라졌다. 나머지 삽 중 하나의 손잡이에서 야마노이의 지문이 검출되었다. 이 일로 야마노이가 별건 체포되었다. 삽은 시체를 묻는 데 사용되었을 가능성이 있었다. 가게에서 사면 꼬리가 잡히니까 훔친 거라는 추측이 성립되었다.

가택수색에서도 수확이 있었다. 삽은 발견되지 않았지만

야마노이가 스키를 타러 갈 때 이용하는 지프형 벤츠 안에서 에미코의 머리카락이 발견됐다. 조수석이 아닌, 차량 맨 뒤 트렁크에서였다. 이 차량으로 사체를 옮겼다고 단정 조로 보도한 방송국도 있었다.

신문과 주간지도 야마노이의 재체포가 머지않았다고 입을 모아 전했다. '이별 얘기'에 욱해서 살인을 저지르고, '자동차 트렁크'에 시체를 숨겨서 옮긴 뒤 '삽'을 이용해서 묻었다. 이윽고 사건은 클라이맥스를 맞이한 듯했다.

에쓰코는 파일을 읽어나가면서 당시를 다시 떠올리고 있었다. 시체를 은폐하기 위해 땅속에 묻는 일을 경찰 은어로 '꽂는다'고 한다. "그 자식, 어디에 꽂았을까." "분명 산에 꽂았겠지." 그 무렵에는 청사 여기저기서 인사 대신 그런 대화를 나누곤 했다. 하지만 시체의 소재는 밝혀지지 않았다. 그건 야마노이의 자백에 의존할 수밖에 없었다. 날카로운 조사는 이십 일이나 이어졌다. 야마노이는 일관되게 결백을 주장했다. 취조실에서는 늘 냉정했고, 때로는 희미한 미소를 띠기도 했다고 한다. 삽의 지문과 트렁크 속 머리카락. 야마노이의 급소가 될 줄 알았지만, 아니었다. "산책하다가 삽을 만졌나 보네요." "조수석에 남아 있던 머리카락이 바람 때문에 뒤로 날아갔겠죠." 세 번이나 거짓말탐지기 검사를 했지만, 야마노이는 전혀 반응을 보이지 않았다. 할 수 있는 모든 수사를 다 했다. 절도 용의조차 입건하지 못한 채로 구류 기간이 끝나버려 야마노이는 F서 유치장에서 나오게 되었다. 사건 제1막이 끝났다.

그런 줄 알았는데, 터무니없는 뒷이야기가 따라붙었다. 그 뉴스를 들었을 때의 놀라움을 잊을 수 없었다.

에미코의 남편 구타니 이치로였다. 그가 실행했다. 석방된 야마노이가 주차장에서 차에 타려던 순간이었다. 그늘진 곳에 숨어 있던 구타니가 식칼을 치켜들고 등 뒤에서 덤벼들었다. 여러 사람이 지켜보는 가운데 벌어진 일이었다. 경찰관도 매스컴 관계자도 근처에 있었다. 두 사람이 뒤엉켜 싸우던 중 계획과는 반대로 구타니가 배를 찔려 중상을 입고 다음 날 사망했다. 야마노이는 상해치사 용의로 서류 송검되었지만, 검찰청은 야마노이의 행위를 정당방위라 보고 불기소처분했다. 얄궂은 일이었다. 야마노이를 에미코 살인범으로 단정 지었던 경찰관과 텔레비전 리포터들의 증언으로 이번에는 야마노이의 정당방위가 인정된 것이었다.

그런 연유로 야마노이 추적보도는 단숨에 사그라졌다. 손바닥 뒤집듯 R현경의 별건 체포를 비판한 신문도 있었다. 야마노이의 변호사가 매스컴을 상대로 명예훼손 소송을 할 의사가 있다고 통보했기 때문이었다. R현경도 주저앉을 수밖에 없었다. 매스컴의 지지를 잃고, 인권단체까지 몰려온 탓에 주부 실종사건은 점차 터부시되어갔다. 야마노이가 살인 용의로 재체포되었다면《R경인》의 〈THE 사건〉은 페이지 수가 엄청나게 늘어났을 텐데, 과월호를 넘겨봐도 이 사건에 관한 기술은 단 한 줄도 보이지 않았다. R현경의 금기. 이제는 그것에 가까웠다.

"어떻게 이럴 수 있지."

저도 모르게 말이 흘러나왔다.

에쓰코는 난폭하게 파일을 닫았다. 너무 답답했다. 분하다는 생각마저 들었다. 야마노이가 에미코를 죽였다. 틀림없었다. 에미코를 죽여놓고 경찰과 세간을 속였다. 교묘하게 눈속임했다. 불륜을 저지르기는 했어도 에미코는 몸져누운 시아버지를 열심히 돌보았다고 했다. 이별 이야기를 꺼낸 이유 중 하나에 시아버지도 있었던 게 아닐까. 그런데 야마노이는 그 이야기를 무시하고, 끝내 에미코를 죽였다. 게다가 에미코를 사랑했던 남편까지 찔러 죽였다. 정당방위인지 뭔지 모르겠지만 너무 불합리했다. 야마노이가 에미코를 죽이지 않았다면 제2의 비극은 일어나지 않았을 터. 현경도 꼴사나웠다. 자백만 확실히 받아냈다면, 야마노이는 살인범으로 심판을 받고 구타니 이치로는 죽지 않고 끝났을 텐데.

—누가 좀 어떻게 할 수 없나?

곤도의 어두운 눈이 떠올랐다.

시곗바늘은 두 시를 가리키고 있었다. 전화는 울리지 않았다.

― 진짜 수사 중인가?

아니, 곤도가 반드시 집에 들어가지 않았다고는 할 수 없었다. 시간이 너무 늦었으니 에쓰코가 남긴 메모를 보더라도 전화하지 않겠지. 진작 집에 돌아왔지만, 메모는 무시했을 가능성도 있었다.

내일 일어나자마자 이쪽에서 전화를 걸자. 숨을 한 번 내쉰 에쓰코는 잘 준비를 하기 시작했다. 내일도 바쁘다. 이 이상 곤도를 위해 수면 시간을 깎아먹을 수는 없었다.

침대는 차가웠다. 좀처럼 잠이 오지 않았다. 원고가 신경 쓰였다. 아니, 그것보다 귓가에 맴도는 목소리가 수마의 침입을 방해하고 있었다.

유키코의 기묘한 음색….

(야마노이 자식, 날이 갈수록 이글거리더군.)

4

교양과 내부는 졸음기로 가득 차 있었다. 숙취에 찌든 면면들…. 일부 예외를 제외하면 교양과에 급한 업무를 떠안고 있는 사람은 없었다.

"우나무의 히로(宏, 한자를 뜯어보면 일본어 가타카나의 우(ウ), 나

(十), 무(厶)를 조합한 글자처럼 보인다–옮긴이), 코도모(子供)의 코
(子)를 써서 히로코(宏子) 씨요. 네, 알겠습니다."

막내인 에쓰코는 〈우리 집 스타!〉의 기재 누락을 처리하고
있었다. 전부 다섯 건이었다.

"바쁘신데 죄송합니다. 송치 담당 사카이 씨 계신가요?"

예의 바른 목소리를 내고 있지만, 마음속은 분노와 억울함
이 뒤섞여 엉망이었다.

곤도 미야오가 도망쳤다. 아침에 일어나자마자 전화했지만
부재중이었다. 유키코의 말에 따르면, 곤도는 새벽녘에 일단
집에 돌아왔지만 바로 다시 외출했다고 한다. 에쓰코가 남긴
메모는 확인했다고 하는데 연락을 주지 않았다. 이걸로 분명
해졌다. 곤도는 수기를 쓸 마음이 없다. 다른 일은 내팽개치고
주부 실종사건을 뒤쫓고 있었다. 아무래도 '형사 놀이'에 푹
빠졌나 보다. 그렇게 해서 형사가 되지 못한 긴 세월의 울분이
라도 풀겠다는 말인가. 그래, 얼마든지 하시라 이거다. 그런데
힘없는 사무직원을 괴롭히지는 말아야지. 회상 수기라고 해
봤자 고작 사백 자 원고지 한 장이다. 그걸 쓴 뒤에 수사든 뭐
든 원하는 대로 하면 되지 않는가.

시체 없는 살인. 어젯밤의 흥분은 거짓말처럼 사라졌다. 야
마노이가 범인이라는 증거를 잡았다고? 그럴 리 없었다. 별
건 체포 중 곤도가 야마노이를 '범인'으로 만들 수 있는 중요

한 증거나 단서를 손에 넣었다면, 그 정보로 현경은 사건을 해결로 이끌 수 있었을 터. 그게 아니면 자신을 형사로 발탁하지 않았던 조직을 원망해서 마치 복수라도 하듯 증거를 묵살했단 말인가.

에쓰코가 수화기를 내려놓자, 때마침 가토인쇄 사장님이 사무실에 들어왔다.

"에쓰코, 아기는 오전 중에 나와?"

"모릅니다."

에쓰코는 딱 잘라 대답했다. 애초에 이 줄타기 같은 편집 진행은 가토인쇄에도 큰 책임이 있었다. 현청 홍보과는 오 년 전부터 대형 업체인 유코도인쇄를 이용하고 있었다. 제대로 된 디자이너가 있어서 원고만 넘기면 나머지는 그쪽에서 페이지를 구성하고 레이아웃을 짜고 제목까지 달아서 보내준다. 그에 비해 이쪽은….

마음만 조급해지는 가운데 정오를 조금 앞두고 구보타 야스에에게 전화가 왔다.

"음성 메시지 들었어. 연락이 늦어져서 미안."

어제 친구와 온천에서 1박을 하고 이제 막 돌아온 참이라고 했다. 대화 도중 곤도의 원고는 야스에가 깜빡하고 회수하지 않았다는 사실을 알게 됐다. 미안, 어쩌면 좋을지 같이 생각해 보자. 야스에의 목소리는 묘하게 들떠 있었다.

점심시간이 되자마자 귀찮게 들러붙는 가토인쇄 사장을 뿌리치고 사무실을 나왔다. 야스에의 집은 현경 본부에서 차로 삼 분도 걸리지 않았다. 편집 작업 때문에 퇴근이 늦어진다는 이유로 현역 시절에 무리해서 시 중심부에 구입한 단층 주택이었다.

"어서 와. 우와, 뭔가 오랜만이네."

야스에는 손뼉을 치며 기뻐했다. 그 소란스러운 현관에 때마침 초밥 배달까지 도착했다.

한마디 쏘아붙여야지. 잔뜩 곤두선 신경으로 뛰어온 에쓰코는 낭패감을 맛보았다. 야스에의 태도에 현역 무렵의 표독스러움은 없었다. 연인이라고까지 말했던 《R경인》도 말만 그러는 게 아니라 완전히 에쓰코에게 넘겨준 얼굴이었다. 거리가 멀어지면 다 그런 건지도 모르겠다. 아무리 좋아한다고 해도 결국에는 과장님이나 차석의 날카로운 '검열'에 심신을 소모하며 해왔던 일이다. 마음 맞는 친구와 느긋하게 온천에 몸을 담그는 편이 즐거운 게 당연했다.

"정말 미안."

퇴직자 원고 이야기가 나오자 야스에는 연신 머리를 숙였다. 올봄 관두는 사람은 자신을 제외하고 마흔여섯 명이라고 셈하고 있었던 탓에, 원고를 모았을 때 마흔여섯 개라서 그만 전부 회수한 걸로 착각했다는 것이었다.

"그 곤도라는 사람은 정말 원고를 줄 생각이 없어 보여?"

"네, 아마도…. 어떻게 하면 좋을까요?"

"보통은 그 사람의 상사를 통해서 말을 전하는 게 제일 쉬운 방법이지만, 퇴직자라서 그렇게 할 수도 없겠네."

"혹시 아세요? 곤도 미야오라는 분."

"만난 적은 없지만 좋은 소문은 별로 못 들었어. 음침하다든가, 성격이 비뚤어졌다는 말이 있던데."

에쓰코가 어깨를 축 늘어뜨리자, 야스에는 테이블 위로 몸을 쭉 내밀었다.

"정신 차려. 실은 나도 예전에 똑같이 퇴직 예정자한테 원고를 못 받은 적이 있었거든. 얼마나 완고한 사람이던지, 특별하게 한 일도 없으니 쓰기 싫다는 거야."

"그래서요? 어떻게 하셨어요?"

"그냥 몇 번이고 부딪치며 마음속에 파고들었지. 그래서 겨우 원고를 받아냈어."

힘이 쭉 빠졌다.

— 지금 자기 자랑하는 거야?

자신은 야스에와 다르다. 그렇게 밀어붙이는 것도 잘 못 하고, 낯가림도 한다. 《R경인》에 대한 애정도, 편집에 대한 열정도 샘솟지 않는다. '경찰 콤플렉스'도 마음에 그림자를 드리우고 있다. 자신이 경찰서에서 일하고 있다는 의식이 여전히 희박하다.

"전 못 해요."

반쯤 포기한 마음으로 진심을 토로했다.

《R경인》을 잘 만들어낼 자신이 없어요. 일한 지 벌써 육년째인데, 경찰서나 경찰관에 대해서도 전혀 모르겠고."

"상관없어."

"네…?"

"사무직원은 경찰서에서 일하지만, 경찰관이 아니잖아. 경찰관들의 속내는 당연히 모르지. 그래도 괜찮아. 경찰관의 가족, 그 정도 마음만 있으면 돼."

"가족…."

"응, 경찰관 중에는 출세하지 못하는 사람이나 줄곧 산간지역만 도는 사람도 있지만, 가족들은 그런 거 상관없이 아버지를 영웅이라 생각하고 응원하는 집이 많거든. 그거랑 똑같아. 《R경인》을 통해서 응원해주는 거야. 힘내세요, 파이팅, 이렇게."

소녀처럼 웃는 얼굴이 뇌리를 스쳤다. 땅굴 형사. 후후후.

"그리고 《R경인》을 얼른 에쓰코 씨 걸로 만들어봐. 바쁜 건 알겠지만, 기고에만 의존하지 말고 매 호에 몇 개는 직접 취재해서 기사도 쓰고. 사무실 안에만 있지 말고, 현장에서 일하는 경찰관을 만나 충분히 이야기를 들은 다음에 가족 같은 마음으로 쓰는 거야. 알겠어?"

에쓰코는 대답하지 못했다. 초조함과 한심함이 뒤엉켜 마음속에서 소용돌이쳤다. 배울 점이 많은 조언이라는 건 안다. 머리로는 이해하지만 순순히 들을 수가 없었다. 자신은 야스에도, 유키코도 될 수 없었다. 할 수만 있다면《R경인》따위 지금 당장이라도 때려치우고 싶다.

하지만 그렇다고 해서 도망치는 것도 무서웠다.《R경인》을 포기해버리면 직장에 있을 수 없게 된다. 경찰서를 관두면 어쩌려고. 결혼? 도시카즈가 아닌 다른 누군가를 찾나? 아니, 남자를 의지해서 살아간다는 그 마음이야말로 무섭다. 아무리 생각해도 위험한 도박이었다. 하카타에서 도시카즈의 본성을 봤다. 성적인 폭력도 당했다. 그래도 운이 좋았다고 생각해야겠지. 순조롭게 결혼한 뒤에 그의 본성을 알게 됐다면….

"왜 그래? 괜찮아?"

"네…."

야스에가 대단하게 느껴졌다.

줄곧 독신으로 살아온 야스에를 '《R경인》의 정부'라며 야유하는 사람도 있었다. 인생을 헛산 사람. 에쓰코도 내심 동정하는 마음을 갖고 있었다. 하지만 지금 눈앞에 있는 야스에는 얼마나 후련해 보이는가. 공무원이라 그럴 테지. 사십 년간 해고될 걱정 없이 일할 수 있었다. 집도 샀다. 공무원 연금이 죽을 때까지 나오니까 먹고살 걱정을 할 일도 없었다. 그래, 신분과 수입만 보장된다면 여자 혼자서도 잘 살 수 있다.

에쓰코는 저도 모르게 등을 꼿꼿이 세우고 자세를 바로잡았다.

"알겠습니다. 저도 한번 부딪쳐보겠습니다."

5

어제만큼은 아니지만 해가 떨어지자 추위가 심해졌다.

오후 여덟 시가 넘어서, 에쓰코는 R시 교외에 위치한 야마테초로 차를 몰았다. 언덕 위 서양식 3층 저택. 그곳에 가보는 것 말고는 곤도를 붙잡을 수 있는 수단이 떠오르지 않았다. 이건 일이다. 하나도 신나지 않는다. 그렇게 되뇌며 액셀을 밟았다.

야마테초로 들어서자 민가 수가 훌쩍 줄어들었다. 헤드라이트 불빛이 잡목림을 비췄다. 언덕에 접어들었다. 저택 실루엣이 보이기 시작했다. 몇몇 창문에 불빛이 보였다. 일 년 전, 텔레비전에서 자주 본 광경이었다. 집 앞은 밤낮없이 취재진이 들끓었다.

하지만 지금은 아무도 없었다. 주위는 새까맸다. 어쩐지 기분 나빴다. 저택 앞을 통과했다. 등줄기가 오싹했다. 이번에는 약간 내리막길이었다. 곤도는 보이지 않았다. 있을 리가 없지. 이런 곳에 누가 오겠는가. 땅굴 형사? 수사? 유키코의 망상이다. 남편이 영웅이었으면 하는 바람을 입에 담았을 뿐이다.

— 집에나 가자.

전방에 사거리가 보였다. 유턴. 반사적으로 생각하고 핸들을 왼쪽으로 꺾었다. 그 순간, 샛길에 정차 중인 자동차가 눈에 들어왔다. 차의 헤드라이트가 순간적으로 상대편 차 내부를 비추었다. 운전석에 앉은 창백한 얼굴….

곤도 미야오가 있었다.

곤도의 차를 지나치자마자 바로 브레이크를 밟았다. 심장이 고동쳤다. 어쩌면 좋지? 역시 부딪쳐봐야겠지? 아니, 그러려고 여기 온 거다. 에쓰코는 결심을 굳히고 차에서 내렸다. 자갈길을 종종걸음으로 가로질러 곤도의 차 운전석 쪽으로 갔다.

창문이 열려 있었다. 어두운 눈동자가 에쓰코를 바라봤다.

처음 만나는 사람 같지 않았다. 무섭기는 했지만, 화난 마음이 더 컸다.

"F서에서 일하는 곤도 씨 맞으시죠?"

"…."

"저는 교양과 야마나라고 합니다. 부인분께 메모를….."

"엔진 꺼."

"네?"

"네 차. 당장 엔진부터 꺼."

갑작스러운 호통에 당황해서 뒷걸음질 치자, 마치 위협하듯이 곤도가 차에서 내렸다.

에쓰코는 방어 자세를 취했다. 하지만….

"네 차 몇 시시지?"

"네?"

"배기량 말이야. 얼마야?"

코롤라(토요타 자동차가 제조 및 판매 중인 승용차 브랜드 - 옮긴이) 천육백 시시.

"천육백 시시인데요…."

"빌려줘. 내 차는 천백 시시밖에 안 돼."

그렇게 말하면서 곤도는 코롤라의 운전석에 올라탔다. 믿을 수 없는 광경이었다.

"안 돼요!"

에쓰코는 황급히 조수석 문을 열고 자신의 소유권을 주장하듯 자리에 앉았다.

"문 닫아. 방향 바꾼다."

갑자기 곤도가 핸들을 꺾었다. 노련한 손놀림으로 차를 돌려 자신의 차 뒤에 바싹 갖다 댔다. 운전석 창문을 열고 엔진과 헤드라이트를 껐다. 완전 제멋대로였다.

"내일까지만 좀 쓰지. 넌 내 차를 써."

뭐라고 대꾸해야 할지 알 수 없었다. 하지만 상황은 제대로 파악했다.

수사하고 있었던 거다. 곤도는 몰래 숨어서 야마노이를 감시하고 있었다. 저택에서 차가 나오는 소리를 들으면 추적할 생각으로 귀를 기울이고 있었다. 하지만 대체 뭘 위해서?

에쓰코는 심장이 빠르게 뛰는 것을 느꼈다.

아니, 잠시만. 침착하자. 의문보다 용건이 먼저다. 생각지도 못한 상황이긴 해도, 지금 막 곤도 미야오를 붙잡았다.

"곤도 씨, 《R경인》 원고 아직 안 보내주셨죠?"

"…."

"이러시면 곤란해요. 이제 곧 마감이란 말이에요."

"나는 안 실어도 돼."

"아니, 대체 왜요?"

"쓸 게 없어."

"아무거나 상관없어요."

저도 모르게 목소리에 힘이 들어갔다.

"이렇게 부탁드릴게요. 제발 써주세요. 곤도 씨 원고만 안 실을 수는 없어요."

"나는 상관없어."

"곤도 씨가 상관없다고 하셔도 제가…."

"이제 됐으니까 용건 끝났으면 내려."

"제 차예요!"

에쓰코는 곤도의 옆얼굴을 노려봤다. 정말이지 밉살스러웠다.

"곤도 씨, 여기서 뭐 하고 계세요?"

"…."

"수사하시는 거 맞죠? 부인분께 주부 실종사건을 조사하신다는 얘기 들었어요."

"그 멍청이가…."

화난 듯한 말투로 중얼거린 곤도는 창문 밖으로 얼굴을 내밀었다.

"왜 혼자서 하세요? 곤도 씨만 아는 증거라도 있나요?"

"…."

"어제가 딱 사건 일 년째 되는 날이던데, 거기에 무슨 의미라도 있나요?"

"…."

— 진짜 답답하네!

이렇게 되면 지구전이다. 에쓰코는 뒷좌석의 코트에 손을 뻗었다. 좁은 차 안에서는 제대로 입기 어려워서 담요처럼 몸을 감쌌다.

어두운 시선이 에쓰코를 향했다.

"원고 쓰겠다고 약속해주실 때까지 안 내려요. 제 차잖아요."

곤도가 혀를 찼다. 내가 질까 보냐.

"그리고 그 사건에는 저도 관심 있거든요. 야마노이가 죽인 게 확실하다고 생각하고."

어두운 시선이 또다시 이쪽을 향했다. 아니, 검은자가 커서 그렇게 보이는 것 같기도 했다. 어쨌거나 그 검은 눈동자에 희미한 호기심의 빛이 어린 느낌이 들었다.

— 지금이 기회가?

마음속을 파고들어라. 야스에는 그렇게 말했다.

에쓰코는 황급히 말을 덧붙였다.

"진짜예요. 저 엄청 잘 알아요. 어젯밤에도 신문을 전부 다시 읽으면서…."

"그렇다면 알고 있겠군."

"네? 뭘요?"

"사건의 진상."

"그거야 처음부터 알고 있었죠. 그런데도 석방이라니 말도 안 돼. 곤도 씨, 혹시 뭔가 발견하셨어요? 증거나 단서 같은 거요."

곤도의 입꼬리가 슬쩍 올라간 듯 보였다.

"아니면 야마노이가 곤도 씨한테 무슨 힌트라도 말해줬나요?"

이번에는 확실하게 웃었다.

"아무 말도 안 했어."

"그럼 난동을 피웠나요?"

"그놈은 얌전했어. 잘 먹고, 잘 자고, 조사가 없을 때는 항상 윗몸일으키기나 팔굽혀펴기를 했지."

그러고 보니 연수로 유치장을 방문했을 때 설명을 들은 적이 있었다. 유치인은 시간이 남아돌기 때문에 활자에 굶주리고 몸을 움직이고 싶어 한다고.

"한가했나 보네요."

"아니, 그놈은 매일 밤늦게까지 조사를 받았어. 몸이 녹초가 됐을걸."

그 말에 퍼뜩 떠올랐다.

"그건 뭐예요? 야마노이 자식, 날이 갈수록 이글거리더군."

반쯤은 사건에 대한 흥미로 물어봤다. 곤도는 대답하지 않았다. 실수했다. 에쓰코는 입술을 깨물었다. 그 말의 속뜻은 부인에게도 비밀로 하고 있었다.

그것을 마지막으로 곤도는 입을 꾹 다물고 어떤 질문에도 대답해주지 않았다. 에쓰코는 마음을 굳게 먹었다.

"이 사건, 미궁에 빠졌죠?"

곤도를 도발할 생각으로 말을 던졌다.

"…"

"그렇게 수사했는데도 소용없었으니 야마노이는 범인이

아니라는 건가요?"

"그놈은 살인자야."

곤도의 노기 어린 목소리가 차 안에 울려 퍼졌다.

"네?"

"형사는 몰라도 나는 알아."

이십구 년간 교도관으로서 범죄자들을 지켜봐온 나는. 그런 뒷말이 들린 듯한 기분이었다.

"하지만 이제 와서 수사를 해봤자….."

"수사가 아니야."

"네? 하지만 지금….."

"확인이다."

"확인? 뭘요?"

"내려!"

"네?"

곤도의 눈매가 바뀌었다. 아니, 에쓰코도 들었다. 자동차 소리였다. 스포츠카 특유의 중저음. 야마노이가 움직였다.

"당장 내리라니까!"

그러고 싶지만 발이 움직이지 않았다. 머리가 혼란스러웠다.

"하, 하지만 원고가….."

혀를 차는 동시에 곤도가 시동을 걸었다. 급발진으로 자갈이 튀어올랐다. 뒷바퀴를 미끄러트리며 사거리를 꺾어 돌았다. 속도를 높여 힘차게 달렸다. 저택 앞을 순식간에 통과해서 제트코스터처럼 언덕을 내려갔다. 앞쪽에 붉은색 후미등이 보였다. 상당히 앞이었다. 에쓰코는 아무 말도 할 수 없었다. 이건 장난이 아니었다. 그거 하나만큼은 이해하고 있었다. 하지만 지금 어디로 가는 거지? 확인? 대체 뭘?

"고, 곤도 씨… 어디로 가는 거예요?"

그 순간, 자신의 말에 몸이 부들부들 떨리기 시작했다. 머릿속에 대답이 떠올랐기 때문이다.

구타니 에미코를 묻은 곳.

6

세 번째 신호에서 따라잡았다.

짙은 감색 포르쉐였다.

"역시, 그놈이다."

"하지만…."

"이 색도 가지고 있어."

신호가 파란색으로 바뀌자 포르쉐가 튀어 나갔다. 순식간에 거리가 벌어졌다. 코롤라로는 상대가 되지 않았다. 곤도는 무리하게 따라잡으려고 하지는 않았다. 이건 미행이었다. 야마노이가 눈치채면 안 된다. 에쓰코는 연이어 마른침을 삼켰다. 다행히 도로에는 교통량이 꽤 많았다. 사이에 차를 한 대두고 감시했다. 갑자기 포르쉐가 왼쪽으로 차선을 변경했다. 차는 고속도로로 들어갔다.

"오늘도군."

"네? 그럼…."

고속도로는 텅 비어 있었다. 포르쉐의 차체 뒷부분이 갑자기 내려앉는가 싶더니, 다음 순간 폭발적인 가속을 보였다. 빠르다. 순식간에 멀리 사라졌다. 곤도도 오른발을 뻗디디며 꽉액셀을 밟았다.

"어제는 여기서 당했어."

역시 어제도 미행한 모양이었다. 천백 시시로는 끝까지 쫓아갈 수 없었겠지.

백삼십, 백사십, 백오십… 속도계 바늘이 올라갔다. 웅웅거리는 엔진 소음. 바람을 가르는 무시무시한 소리. 덜컹거리며흔들리는 차체. 에쓰코는 죽을 것만 같은 기분이었다. 곤도는미동도 없이 전방을 노려보고 있었다. 예순 살이라는 사실을믿기 어려울 정도였다. 액셀은 여전히 바닥에 딱 달라붙어 있었다. 그런데도 포르쉐는 멀어져갔다. 야마노이는 대체 몇 킬로미터로 달리고 있는 걸까.

순식간에 현의 경계를 넘었다.

"어디로…?"

묻기 두려웠다. 하지만 물어보지 않을 수 없었다. 곤도는 대답하지 않았다. 시끄러워서 못 들었나.

"어디로 가시는 건가요!"

"곧 알게 될 거야. 포르쉐를 따라잡았을 때의 얘기지만!"

곤도는 야마노이의 목적지를 알고 있었다. 아니, 어디로 가는지는 모르지만 왜 가는지는 알고 있었다.

에쓰코는 잔뜩 겁먹었다. 역시 시체가 있는 곳인가. 분명 그렇겠지. 그렇게 생각한 순간 토할 것 같은 느낌이 들었다. 한 손으로 입을 막았다. 괜찮아, 참을 수 있어. 안 돼. 재차 타격을 가하듯 밑에서부터 심한 진동이 밀려왔다.

눈앞이 캄캄하고 속이 답답했다. 이제 한계였다.

포르쉐의 후미등은 반딧불이보다도 작았다. 저게 어둠에 삼켜지면 그걸로 끝이었다. 그래도 상관없었다. 그랬으면 좋겠다. 에쓰코는 빌었다. 그때였다. 반딧불이가 갑자기 왼쪽으로 움직인 것 같았다. 도로는 완만한 커브에 접어들고 있었다.

곧 직선으로 돌아왔다. 전방의 반딧불이가 사라졌다.

"젠장!"

곤도가 핸들을 내리쳤다.

"망했군. 오늘도 당했어."

"왼쪽!"

에쓰코는 소리쳤다.

"뭐라고?"

"왼쪽이에요! 분명 고속도로를 빠져나갔어요!"

코앞에 '출구' 안내판이 보였다. 곤도는 급히 핸들을 꺾었다. 코롤라는 좌우로 심하게 흔들리며 출구 쪽 샛길로 돌진했다. 전방은 커브 길이었다. 좁은 도로 폭. 닥쳐오는 가드레일. 급브레이크. 옆으로 쭉 미끄러졌다….

"괜찮아?"

목소리에 시선을 돌렸다. 차는 멈춰 있었다. 앞 유리 너머로 지금 막 요금소를 빠져나가는 포르쉐가 보였다.

"더 갈 수 있겠어?"

다정한 목소리였다.

"문제없어요."

입이 멋대로 움직였다. 실제로는 그 입에서 위장이 튀어나올 것 같은 기분이었다.

코롤라는 급발진했다. 요금소를 통과했다. 지방도에서 국도로. 맹렬하게 추적했다. 이윽고 시가지에 들어선 포르쉐가 속도를 늦췄다. 깜빡이를 켜고 패밀리 레스토랑 주차장으로 들어갔다. 신장 180센티미터. 도깨비 같은 외모를 마스크로 가린 야마노이가 차에서 내렸다. 느릿느릿한 움직임으로 가게에 들어가 창가 자리에 앉았다. 종업원이 메뉴를 건넸다.

곤도와 에쓰코는 코롤라 안에서 가게 안을 살폈다. 아니, 에쓰코는 거의 눈도 뜨지 못한 상태였다. 뇌가 흔들리는 느낌이었다. 간헐적으로 구토감과 두통이 덮쳐왔다.

"…묻은 장소가… 아니라…."

"묻은 장소? 아, 그렇게 생각했나 보군."

"당연히…."

의식이 멀어졌다. 편안했다.

"그럼… 왜 패밀리 레스토랑…."

"기다리는 거야."

"…누구…?"

"구타니 에미코."

"거짓말…. 그 사람, 죽었잖아요…."

"야마노이와 에미코는 한패였어."

꿈속에서 목소리가 들렸다.

"내 눈은 못 속여. 사람을 죽인 지 얼마 안 된 인간은 이글대다가 시간이 갈수록 씻겨 사라지거든. 야마노이는 그 반대였어. 유치장에 들어왔을 때는 새하얗던 놈이 날이 갈수록 이글거리더군. 틀림없어. 그놈은 들어왔을 때는 아무도 안 죽였어. 하지만 유치장을 나간 뒤에 사람을 죽일 예정이었던 거야."

7

2월 1일.

이날만큼은 에쓰코도 가토인쇄 사장님도 시종 온화한 표정이었다. 에쓰코는 이제 막 납품된 《R경인》 2월호의 페이지를 넘겼다. 잉크 냄새가 희미하게 풍겨왔다.

곤도 미야오의 사진에 시선이 멈췄다. 회상 수기도 잘 실려 있었다. 교도관 업무에 관한 이야기는 아니었다. 경찰관을 지망하는 장남에게 보내는 일종의 편지 같은 글이었다. 곤도의 원고는 에쓰코가 가토인쇄에서 출장 교정을 보고 있을 때 도착했다. 정말이지 아슬아슬했다. 거의 포기했었던 만큼 날아오를 듯 기뻤다. 나중에 전화를 걸어온 곤도는 "하룻밤을 함께 보낸 사이잖아"라며 장난스레 말했다.

그날 밤 일은 아직도 꿈만 같았다.

다만, 시일이 흐를수록 곤도의 '교도관의 눈'에 일리가 있다는 생각이 들었다. 야마노이와 에미코가 공모해서 구타니 이치로를 살해했다. 그렇게 생각하면 모든 게 이치에 맞았다.

곤도의 말대로 당시 신문 기사에도 두 사람이 한패라는 사실을 가리키는 힌트가 있었다. 실종 전날 있었던 다툼이다. 목격자는 에미코의 눈 밑이 퍼렇게 부어 있었다고 증언했지만, 맞은 직후에 바로 부어 있다는 건 이상하다. 손목이나 손등에도 피멍이 있었던 점을 함께 고려하면 에미코는 일상적으로 폭력에 노출되어 있었을 가능성이 높고, 그 가해자는 남편 구타니라고 생각하는 편이 자연스럽다. 텔레비전 카메라 앞에서 오열하고, 석방된 야마노이를 죽이려고까지 한 편집적인 애정. 그 뒤에 에미코에 대한 가정폭력이 숨어 있었을 가능성을 부정할 수 없다.

구타니 살해 계획의 동기 또한 거기에서 찾을 수 있었다. '매 맞는 부인'의 마음속 공포심이 얼마나 컸겠는가. 어디로 도망치든 반드시 붙잡히고, 전보다 더 심한 폭력이 기다리고 있다. 자신이 죽든가 상대방이 죽는 것 외에는 이 지옥에서 달아날 방법이 없다. 에미코는 그런 막다른 상황에 몰려 있었던 것일지도 모른다. 이해할 수 있었다. 언어폭력은 마음을 상처 입히는 것으로 끝난다. 평범하게 살다 보면 누구나 마음 따위 상처투성이가 된다. 하지만 신체로 받는 심각한 폭력은 몸과 마음 모두에 치유되지 않는 상처를 남긴다. 때로는 마음이 그 일을 떠올려서 몸에 고통을 주고, 때로는 몸이 그 일을 기억하고 마음을 난도질한다. 설령 단 한 번뿐이었다 하더라도.

구타니를 죽이지 않고 둘이서 도망친다. 그런 이야기도 나왔을 테지만, 야마노이는 대인공포증으로 외출이 자유롭지 않은 어머니를 내버려둘 수 없었다. 많은 사랑을 받으며 자랐다. 첩이었던 어머니의 설움도 잘 알고 있다. 그런 가정환경이 영향을 주었을지도 모른다. 홍수처럼 밀려오는 보도 경쟁 속에서 모든 사생활이 폭로되었지만, 야마노이의 과거 여성 편력에 관한 이야기는 단 하나도 나오지 않았다. 오로지 에미코뿐이었다. 진심으로 사랑했을 테지. 야마노이는 에미코를 자기 여자로 만들겠다는 마음 하나로 구타니를 살해하기로 결심했을 것이다.

하지만 순조롭게 살해에 성공했다고 해도, 빠르든 늦든 경찰은 두 사람의 불륜관계를 알아낼 게 뻔했다. 형사가 무서운 얼굴로 추궁하면 에미코는 잠시도 버티지 못할 터. 명석한 두뇌로 야마노이는 생각했다. 구타니를 죽여도 죄를 추궁당하지 않는 정당방위. 그게 결론이었다. 에미코를 실종시킨 뒤 야마노이가 죽였다고 믿게 만든다. 남편이 얼마나 비정상적인 사람인지는 에미코에게 질릴 만큼 들어왔다. 야마노이가 석방되면 구타니는 반드시 복수를 위해 나타날 것이다. 날붙이도 예상했다. 체구가 작은 구타니는 틀림없이 흉기를 들고 덤벼올 테니, 오히려 그것을 빼앗아서 찔러 죽인다. 자신의 생각대로 정당방위가 되면 무죄. 설령 과잉방위로 몰리더라도 집행유예 판결을 받을 수 있을 거라고 예상했겠지.

문제는 연출이었다. 야마노이가 에미코를 죽였다고 확신하게 만들지 않으면 구타니가 움직이지 않을 것이다. 그래서 연기를 했다. 동네 이웃이 보는 앞에서 에미코를 때렸다. 자동차도 마찬가지다. 짙은 감색도 가지고 있으면서 훨씬 눈에 띄는 새빨간 포르쉐로 '실종 현장'에 나타났다. 삽의 지문도 자동차 트렁크의 모발도 전부 자작극이었다. 훔치지 않은 쪽의 삽에 범인의 지문이 남아 있었다니, 생각해보면 이 얼마나 이상한 이야기인가.

에미코도 자신의 역할을 잘해냈다. 친구에게 울면서 전화를 걸어 "무서워, 날 죽일 거야"라는 이야기를 불어넣었다. 그다음은 매스컴과 경찰에게 맡겨두기만 하면 됐다. 시나리오대로 흉포하고 끈질긴 불륜 상대는 살인범으로 몰리게 되었다.

야마노이는 날카로운 조사도 간단히 헤쳐나갔다. 어쨌든 정말로 죽이지 않았으니, 거짓말탐지기를 몇 번 한들 반응 따위 나올 리가 없었다. 몸이 무뎌지지 않도록 유치장에서는 윗몸일으키기와 팔굽혀펴기를 빼먹지 않았다. 원래부터 스키와 골프 실력은 프로급이었다. 뛰어난 신체 능력을 겸비한 180센티미터의 도깨비는 구타니의 기습에 대비하며 유치장에서 나갈 날을 손꼽아 기다리고 있었던 것이다.

그리고 감쪽같이 성공했다.

다른 사람이었다면 생각해내기 어려운 살해 계획이었다. 설령 최종적으로 석방되더라도 그만큼이나 의혹이 제기되면, 평범한 사람은 직장을 잃고 밖에서 얼굴을 들고 다닐 수 없다. 하지만 야마노이는 직장 따위 없어도 상관없었다. 유산으로 먹고살 수 있었다. 애초에 세간의 시선은 신경 쓰지 않고 살아온 남자였다. 매스컴에서 떠들든 말든 에미코만 손에 넣을 수 있다면 다른 일은 어떻게 되든 상관없다고 생각했던 게 아닐까.

오 분 정도 이야기하고 헤어졌다. 야마노이의 진술 중 그것 하나만큼은 분명 진실이었을 것이다. 두 사람은 그 슈퍼 주차장에서 헤어졌다. 일 년 후 같은 날, 이웃 현의 패밀리 레스토랑에서 만날 약속을 하고.

모든 일이 야마노이의 생각대로 진행됐다. 혹시 오산이 있었다면, 그건 F서 유치장에 곤도 미야오라는 교도관이 있었다는 점이겠지.

아니….

그날 밤이 생각났다.

패밀리 레스토랑의 주차장. 에쓰코와 곤도는 코롤라 안에서 아침까지 기다렸지만 에미코는 끝내 나타나지 않았다. 야마노이는 미동도 없이 창가 자리에 앉아 있었다. 아마 '약속의 날'이었던 전날 밤도 그렇게 혼자 아침을 맞이했겠지.

에미코는 야마노이의 연심을 이용했다. 에쓰코는 그렇게 생각했다. 위장 살인을 빙자해서 증발하는 데 성공했다. 일 년 뒤의 약속을 지킬 마음은 처음부터 없었다. 야마노이와는 처지가 달랐다. 혹시라도 발각되면 매스컴이 시끄럽게 떠들어 댈 걸 뻔히 알면서 나올 수는 없었다. 더군다나 사라졌던 이유를 아무리 그럴듯하게 꾸며낸다 해도, 자리보전한 시아버지를 돌보던 '착한 며느리'가 남편을 죽인 야마노이와 함께 그 저택에서 지낸다는 추문을 세간이 용서할 리가 없었다.

에쓰코는 상상의 나래를 펼쳐보았다. 지금쯤 에미코는 어느 동네에서 새로운 생활을 시작했겠지. 야마노이가 건네준 돈으로 얼굴이라도 고쳤을까. 더욱더 아름답게 변모해서 남자 한둘쯤은 붙잡았을 수도 있다.

에미코는 그저 폭력을 휘두르는 남편을 영원히 땅에 묻고, 자리보전하는 귀찮은 시아버지를 버리고, 인생을 다시 시작하고 싶었을 뿐이었다. 확고한 목적만 있다면, 여자는 창녀 흉내 따위 얼마든지 낼 수 있다. 야마노이는 찻집에서 우연히 알게 되었다고 했지만, 에미코는 처음부터 남편을 죽여줄 남자를 찾고 있었던 게 아닐까.

에쓰코는 짧게 숨을 내쉬었다.

벌써 다섯 시 반이다. 가방에 《R경인》 2월호를 두 권 넣고 사무실을 나왔다. 한 권은 구보타 야스에에게, 나머지 한 권은 곤도 유키코에게.

곤도 미야오는 오늘 밤도 그 레스토랑 주차장에 있겠지. 이십구 년간 길러온 자신의 보는 눈을 '확인'하기 위해, 분명 아침까지 끈질기게 버틸 테지. 창가 자리에서 여전히 에미코를 기다리는 야마노이 가즈마와 함께.

형태가 없는 것을 믿으며 살아갈 수 있는 남자라는 생물이 부럽기도 했다. 그리고 조금이나마 응원하고 싶은 마음도 생겼다.

응원할게요, 땅굴 형사님.

청사 현관으로 향하는 도중 탈의실에서 나온 다카미와 마주쳤다.

"안녕히 가세요."

둘이서 동시에 말하고 동시에 고개를 숙였다.

에쓰코는 괜히 웃음이 나올 것만 같았다. 제복을 입었을 때와는 달리 새빨간 더플코트를 입은 다카미가 몹시 어려 보였기 때문이다.

자서전

1

이제 곧 점심시간이었다.

다다노 마사유키는 뒷문으로 방송국 건물에 들어가 어둑어둑한 관계자용 통로를 잰걸음으로 빠져나갔다. 시야가 확 밝아졌다. 탁 트인 지붕창에서 쏟아지는 유백색 빛과 안내원의 도회적인 용모 덕분에 '채널 5'의 1층 로비에서 촌스러움은 느껴지지 않았다.

관엽식물 화분으로 구분된 카페 코너에서 요즘 한창 잘나가는 방송국 소속 아나운서 모토키 마리에가 환하게 웃는 모습이 보였다. 중년 남성들이 들뜬 얼굴로 그 주위를 에워싸고 있어서 그 한구석만 마치 생일파티라도 열린 것처럼 흥겨운 분위기였다.

다다노는 관심 없다는 듯 창가에 놓인 테이블 중 하나로 향했다. 찾던 얼굴은 아니지만 스포츠 신문을 펼쳐 든 스즈키의 무뚝뚝한 얼굴이 눈에 들어왔기 때문이다. 다다노가 구성작가 중 하나로 일하는 생활 정보 방송 〈두근두근 와이드〉의 담당 디렉터였다.

"스즈키 씨, 안녕하세요."

"아, 다다노 씨. 일찍 왔네."

사람을 내려다보는 듯한 게슴츠레한 시선이 다다노를 향했다. 서른 살. 다다노보다 세 살 어렸다.

방송 구성작가라고 하면 듣기에는 좋지만, 사실 프리랜서는 힘이 없었다. 일전에 현의 농정부가 제작한 특산품 홍보 책자의 작가로 참여한 적이 있어, 그 경험 덕분에 방송국의 부름을 받게 되었다. 프로그램 속 코너 중 하나인 〈이 동네, 저 마을의 맛있는 음식!〉의 조사를 담당하고 있는데, '설마 고작 그걸로 돈을 받을 생각은 아니겠지'라는 비웃음 섞인 분위기 속에서 다다노는 본래 스즈키가 해야 할 취재 약속이나 현지 섭외 같은 잡일까지 떠맡고 있었다.

그래도….

알맹이가 어떻든 일은 없는 것보다 있는 편이 좋다.

자리를 권하는 스즈키의 손을 눈치채지 못한 척하며 다다노는 손목시계를 봤다. 열두 시에서 오 분이 지났다.

"아카즈카 씨 안 왔어요?"

아카즈카가 바로 다다노에게 작가 일을 권유한 〈두근두근 와이드〉의 프로듀서였다.

"P랑 약속?"

"네, 점심 먹자고 부르시더라고요."

빠르게 대답한 다다노는 스즈키의 시선을 살폈다.

"그렇군. 아까 서브에 있던데. 이쪽에는 안 왔어. 그 사람이라면 약속한 걸 까먹었을 수도 있겠는데?"

시치미 떼는 얼굴에는 아무 변화도 없지만, 스즈키는 아마 아카즈카가 다다노를 불러낸 이유를 알고 있을 터.

다다노는 로비를 가로질러 반지하에 있는 부조정실 문을 살짝 열었다. 입구 바로 왼쪽 책상에서 타임키퍼(TV 프로그램 제작 시 프로그램 길이를 정해진 시간 내에 과부족 없이 담기 위해 시간의 경과를 디렉터에게 알려주는 업무를 하는 사람-옮긴이)인 아케미가 프로그램 진행을 기록한 큐시트를 살펴보고 있었다. 말을 걸자 수면 부족인지 부어서 부석부석한 얼굴을 들었다.

"아, 안녕하세요."

"P는?"

"어? 안 계세요?"

아케미는 긴 머리를 휘날리며 뒤를 바라봤다. 스위처(영상 제작이나 중계 현장에서 화면 전환 작업을 수행하는 기재 또는 담당 스태프의 총칭-옮긴이)인 야마모토밖에 없었다.

"조금 전까지 있었는데."

"대기실인가."

다다노가 혼잣말처럼 중얼거린 순간 등 뒤에서 "아이쿠!"

하는 새된 목소리가 들렸다. 뒤돌아볼 새도 없이 아카즈카 프로듀서가 딱 달라붙어서 어깨동무를 했다. 광택 있는 검은 드레스셔츠 차림이었다.

"다다노, 미안! 완전 깜빡했어. 한 번만 봐줘!"

향수 냄새에 숨이 막힐 것 같았다.

"에이, 괜찮습니다."

"역시 쿨하네. 나는 다다노의 그런 면이 좋더라. 그럼, 밥 먹으러 갈까?"

춤추듯이 걷는 굽은 등을 따라 로비의 카페 코너로 돌아갔다. 모토키 마리에를 발견하자마자 가벼운 인사를 한 아카즈카는 그 주변을 에워싼 남자들에게 싱글거리며 실없는 소리를 지껄였다.

다다노는 조금 전 스즈키가 있었던 창가 쪽에 자리를 잡았다. 주문을 마친 아카즈카는 씩 웃으며 다다노를 쳐다봤다. 오른쪽 겨드랑이 밑에 왼손을 끼워 넣고 작게 뒤를 가리켰다.

"저 녀석들 죄다 회사 사장님이래. 무슨 회산지는 모르겠지만. 마리에랑 한번 자보고 싶어서 안달 난 속이 빤히 보이지 않아?"

"상대가 모토키 씨라면 다들 그렇지 않을까요?"

마리에를 치켜세우는 척하면서 아카즈카를 자극했다. 방송국 안에서 두 사람의 관계를 모르는 사람은 없었다.

"저… 아카즈카 씨."

"왜?"

"저한테 뭔가 하실 말씀이 있으시죠?"

"아, 맞아. 그랬지."

아카즈카는 웃는 얼굴로 말을 이었다.

"와이드 말이야, 좋게 말하면 리뉴얼인데, 다음 달 개편 때 시간이 반으로 줄어들게 됐어. 그러면서 맛있는 음식 코너도 눈물을 머금고 없애게 됐거든. 스폰서가 이거, 이거, 이거 하라는 식으로 나오니까 어쩔 수 없더라고. 여하튼 뭐, 그렇게 됐네. 혹시 다른 일 생기면 연락할게. 다다노가 얼마나 성실하고 일도 잘했는지 아니까 우리도 같이 일하고 싶거든. 그래도 어쩌겠어, 이해 좀 해줘."

잘렸다. 지난 반년간 다다노의 유일한 '고정급'이라 부를 수 있는 수입이었던 방송국 일을 잃게 됐다.

낙담으로 어깨가 무겁게 내려앉았지만, 가슴속에 부풀어 오르던 각종 부정적인 감정은 도중에 시들해졌다. 이럴 때면 늘 머릿속에 떠오르는 말이 한일자로 굳게 다물려야 할 입술 끝을 끌어올렸다.

평범한 불행이네.

중학교에 입학하고 얼마 지나지 않았을 때의 일이었다. 집단 괴롭힘을 당했다. 명찰을 잡아 뜯겨 발로 짓밟히고, 이유도

모른 채 무자비하게 괴롭힘을 당했다. 그곳에 혼자 남아 울면서 명찰을 주웠다. 다다노 마사유키. 눈물로 글자가 흐려진 탓에 '마사유키(正幸)'가 '후코(不幸)'로 보였다. '다다노 후코(た だのふこう, 직역하면 '평범한 불행'이라는 뜻. 동음이의어와 유사한 글자를 이용해 스스로를 자조하는 말장난이다―옮긴이).' 그걸 바라보고 있자니 웃음이 복받쳐 올랐다. 소리 없이 웃던 다다노는 이내 큰 소리로 웃음을 터뜨리고 말았다. 이상하게 우스웠다. 다섯 살 때 어머니에게 버림받았던 일마저 납득되는 듯한 기분이었다.

"미안."

목소리에 고개를 들자 아카즈카의 눈동자에 불안이 서려 있었다.

"너무 갑작스러웠지? 진짜 미안. 이렇게 사과할게."

아카즈카는 두 손을 모아 보이며 말했다. 천상 '업계인'인 아카즈카도 다소 미안함을 느끼고 있을 텐데, 심지어 다다노의 얼굴이 웃는 것처럼 보여서 겁에 질린 모양이었다. 이 자식, 열 받았네. 그렇게 받아들인 건가.

앞으로의 일도 생각해야지. 다다노는 진지한 표정으로 말했다.

"스폰서가 그렇게 말했다면 어쩔 수 없네요. 다음에 다른 일 있으면 불러주세요."

"당연하지! 방금 그렇게 말했잖아."

안심한 모양인지, 아카즈카는 점심으로 시킨 파스타에 다시 손을 뻗으며 방송국 뒷이야기를 떠들기 시작했다.

다다노는 카레를 먹으면서 청취자 역할로 돌아갔다. 실제로 크게 화가 나지도, 억울하지도 않았다. 〈두근두근 와이드〉는 도쿄의 키 스테이션이 일제히 시작한 저녁 시간대 정보 방송을 그냥 덮어놓고 베낀 건데, 외주 제작사도 쓰지 않고 적은 돈으로 대충 만든 탓에 내용이 빈약한 저예산 프로그램이었다. 어차피 앞으로 반년이나 일 년 안에 없어질 게 뻔했다.

다만….

다다노의 뇌리에 예금통장 잔액이 선명하게 떠올랐다. 이번 달과 다음 달은 어떻게든 버틴다고 해도 그 후를 생각하면 입에서 무거운 한숨이 흘러나오려고 했다.

"아카즈카 씨."

"응?"

"정말 부탁드릴게요. 제가 할 수 있을 만한 일이 있으면 바로…."

말이 채 끝나기도 전에 주머니 속 휴대전화가 울렸다.

"신경 쓰지 말고 받아."

"죄송합니다."

전화를 건 사람은 동료 작가인 이소베였다.

"나오미도 장렬하게 전사!"

"어? 뭐가?"

"그 반응이야말로 뭐야. 세 번째 타자인 너한테 기회가 돌아왔다고."

"그러니까 무슨 소리야?"

전화 건너편에서 답답하다는 듯 혀를 차는 소리가 들렸다.

"왜, 그 억만장자 자서전 있잖아. 네가 쓰게 됐다고! 300만 엔짜리 일이야! 300만!"

"아!"

프로그램에서 잘렸다는 사실이 꽤 충격적이었던 모양이다. 새까맣게 잊고 있었다. 효도전기의 회장님, 효도 고자부로의 자서전.

전화를 끊자마자 아카즈카가 말했다.

"왜 그래? 무서운 얼굴인데."

"아뇨, 별일 아닙니다."

다다노는 남은 카레를 급하게 퍼먹었다.

언제부턴가 생각지도 못한 행운을 만나면 입가에서 미소가 사라졌다.

2

세 시가 조금 넘어 패밀리 레스토랑에서 이소베와 합류했다. 마찬가지로 동료 작가인 노구치 나오미도 가냘픈 몸으로 이소베의 옆에 오도카니 앉아 있었다. 두 사람은 삼 년 정도 전부터 같이 살고 있었다. 둘 다 서른이 넘었지만 혼인신고할 생각은 없고, 애초에 그럴 요량으로 동거를 시작했다는 듯이 공동 생활자로서의 건조한 관계를 이어가고 있었다.

다다노가 자리에 앉자마자 이소베가 종이 다발을 거칠게 내밀었다.

"여기, 영감님 자료야. 바통 터치로군. 축하해."

이소베의 얼굴에는 미련이 덕지덕지 들러붙어 있었다.

"축하는 무슨. 나도 퇴짜 맞을 가능성이 커 보이는데?"

"그래도 300만 엔의 권리가 너한테 넘어간 건 확실하지. 나와 나오미는 완벽하게 아웃이니까."

"설마 나오미한테도 딱지를 놓을 줄이야."

다다노의 말을 오해했는지, 나오미는 토라진 듯 입을 비죽 내밀었다.

"아무래도 내가 여자로서 매력이 없나 봐."

보름쯤 전, 잔뜩 취한 나오미가 다다노의 목에 매달렸다. 러브호텔 입구 앞이었다. 하자. 나오미가 신음하듯 내뱉었지만,

잔뜩 소주를 퍼마신 다다노는 당장이라도 토할 것처럼 속이 좋지 않았다.

이렇게 세 명이 '집필 집단 T·I·N'을 시작한 건 이 년 반 전이었다. 지역 내에서 자비로 자서전을 출판하는 바람이 불고 있다는 소식을 접한 이소베가 "대필 수요도 있겠는데?" 하고 말을 꺼냈다. 대개 지역 신문사와 대형 인쇄 회사가 자서전 외주를 받고 있지만, 그 밑에서 작가로 일하는 게 아니라 직접 대필 원고를 쓴 다음 인쇄 회사로 가져가면 수수료를 떼일 일도 없다. 고객 대부분이 부유층일 테니 수입도 상당할 것이다.

이소베가 너무나도 열성적이라서 시험 삼아 시장조사를 해보기로 했다. 예전에 다다노가 보조작가로 일했던 독립 잡지 측에 부탁해서 싼값에 작은 광고를 게재했다. '자서전 집필 보조. 풍부한 경험을 지닌 작가가 성심성의껏 도와드립니다!' 개인의 이름으로는 신용을 얻기 힘들 거라며 붙인 이름이 바로 세 명의 머리글자를 나열한 'T·I·N'이다. 당연히 회사 같은 건 아니고, 그저 손님을 끌기 위한 간판일 뿐이었다.

주문은 뜨문뜨문 들어왔다. 하지만 막상 해보니 평범한 사람들의 자서전을 대필하는 일은 전형적으로 하는 고생에 비해 이익이 적은 일이었다. 자신의 인생을 논리정연하게 말할 수 있는 사람은 없다는 뜻이었다. 더구나 귀가 어두운 노인이라도 맞닥뜨리면 이야기를 듣는 데만 방대한 시간이 걸렸다.

낮에는 다른 일도 해야 먹고살 수 있으니, 자서전 집필은 철야의 연속이었다. 그렇게 해서 한 편당 벌어들이는 수입은 보통 10만 엔, 많으면 30만 엔이었다. 다른 일이 없을 때는 자서전 덕을 보고 있으니 과감하게 그만두지도 못하지만, 어쨌거나 세 사람의 열정은 완전히 식어버렸다. 처음 이 일을 시작하면서 "누가 대어를 낚든 서로 원망하지 말자"라며 정한 다다노-이소베-나오미의 집필 순서도 최근에는 "누가 꽝을 뽑든 서로 원망하지 말자"로 바뀐 듯한 느낌이었다.

그래서 지난주에 집필 순서가 돌아온 이소베가 '300만 엔 당첨!'이라고 연락했을 때는 무척이나 놀랐고, 시샘하기도 했다. 300만 엔이라면, 형태나 두께, 부수에 따라 다르겠지만, 인쇄와 제본까지 포함해서 한 권을 자비 출판할 수 있는 금액이다. 그런 돈을, 취재하고 집필만 하는 작가에게 지급한다는 것이었다.

다다노는 자료에 시선을 떨구었다.

효도 고자부로. 일흔일곱 살. 현 내외에 168개의 점포를 보유한 가전 양판점 '효도전기'의 대표권을 지닌 회장. 증권거래소 1부 상장. 자본금 340억 엔. 작년 매출액은 5,200억 엔. 경상이익 180억 엔. 종업원 수 7,800명.

"엄청나네…."

다다노는 새삼 감탄했다. 놓치지 않고 이소베가 독설을 내뱉었다.

"무리하게 키운 거지."

"독불장군 타입이야?"

"그 수준을 넘어서 완전 폭군이야. 자기밖에 안 믿는다니까. 본인의 눈만 믿어. 낙하산 인사는 회사를 망치니까 절대 하지 않는다는 게 자랑이라나. 몇백 명이 되든 채용시험 면접은 전부 직접 본다고 하더라. 친아들도 시험에서 떨어뜨린 모양이야."

"철저하군."

"멍청아, 감탄하지 마. 낙하산 인사를 안 하는 건 대단하긴 한데, 아들한테 일부러 시험을 보게 해놓고 떨어뜨리다니 그게 부모가 할 짓이냐? 경영자로서는 훌륭할지 모르겠지만, 피도 눈물도 없는 인간이란 말이야. 어쨌거나 돈 없이 빌빌대는 나도 나오미도 면접에서 불합격. 우리한텐 못 맡기겠대. 젠장, 자기가 불러놓고 사람을 바보 취급하다니. 망할 영감탱이."

다다노는 묵묵히 고개를 끄덕였다.

'T·I·N'에 자서전 집필을 의뢰한 건 자신을 무라오카라고 밝힌 남자 비서였다. 지난봄, 세 사람은 효도전기 자회사의 광고 일을 했다. 비디오 제작회사를 통해 '채널 5'에서 내보낼 CF의 광고 카피 작업을 의뢰받았다. 급하게 다섯 가지 패턴이 필요하다는 말에 셋이서 열심히 아이디어를 짜내어 완성했다. 무라오카 비서에 의하면, 그 광고 카피를 대단히 마음에 들어 한 효도가 전부터 생각해오던 자서전 집필을 이 필자에게 맡기고 싶다는 말을 꺼냈다고 한다. 언젠가는 이런 일도 있지 않을까 하는 마음으로 어디에 제출하든 기획서 봉투에는 항상 T·I·N의 홍보 전단도 함께 끼워 넣었다. 300만 엔짜리 일. 처음으로 낚은 대어. 그렇게 될 예정이었다.

잔뜩 들떠서 효도와 대면한 이소베는 "다른 사람을 데려와"라는 말과 함께 쫓겨났다. 그리고 오늘, 나오미 역시 "너는 안돼"라며 효도에게 퇴짜를 맞았다고 했다.

다다노는 아무렇지 않다는 표정을 유지하려고 했지만 쉽지 않았다.

자신에게 기회가 돌아왔다. 효도의 '면접'에 통과하고 싶었다. 그러기 위해서는 실패담만큼 효과적인 참고서가 없을 테다. 대체 무엇이 효도의 역린을 건드렸는가. 눈앞의 두 사람에게 물어보고 싶었지만, 나오미라면 몰라도 이소베에게 실패 원인을 묻기에는 그 나름의 용기가 필요했다. 300만 엔. 다다노와 이소베의 현재 생활을 생각해보면, 동료니 뭐니 하는 이상적인 단어는 지금 당장 산산이 부서져 사라진대도 전혀 이상하지 않을 금액이었다.

다다노는 헛기침을 한 번 한 다음 입을 열었다.

"괜히 좀 그렇네. 혹시 내가 잘 풀리면 조금 떼어줄게."

"됐어."

이소베가 퉁명스럽게 내뱉었다.

"쓴 사람이 다 가지기로 처음에 정했었잖아. 규칙대로 해야지."

"십 퍼센트 나눌게. 두 사람한테 30만 엔씩."

"됐다니까!"

이소베의 얼굴이 벌겋게 달아올랐다.

"제발 그런 짓 하지 말자. 돈 따위 안 받아도 다 말해줄 테니, 열심히 듣기나 해. 그 영감님은 진짜로 면접을 볼 생각이야. 부모님 이야기부터 출신 학교는 어딘지, 생활신조와 인생철학은 뭔지, 질릴 만큼 많이 물어본다고."

"채용시험 면접 수준이라는 말이야?"

다다노는 조심스럽게 되물었다.

"그 이상이야. 엄청나게 질문을 퍼붓는데, 무슨 심문이라도 받는 줄 알았다니까. 완전히 벌거벗겨진 기분. 열심히 대답하긴 했는데, 아무래도 당황하니까 말이 막히거나 좀 머뭇거리게도 되잖아. 그러다가 영감님이 갑자기 일어서서 이제 됐다는 식으로 말하더니, 그대로 끝나버렸지."

다다노는 나오미를 바라봤다.

"나도 똑같아. 이소베한테 듣고 연습해서 갔는데도 제대로 대답하지 못했어. 맥락 없이 질문을 던지니까 당황하게 되더라고. 게다가 그 할아버지, 시선이나 목소리 같은 게 너무 무섭더라."

다다노는 다시 이소베에게 고개를 돌렸다. 가슴팍에서 볼펜을 꺼낸 뒤 자료를 가까이 끌어당겼다.

"메모해도 될까?"

"당연하지."

"수업료는 낼게. 질문 내용이 뭐였는지 기억나는 대로 알려 줘."

이번의 '수업료'라는 말에는 화내지 않고 이소베는 긴 이야기를 시작했다. 다다노는 열심히 펜을 놀리면서 몇 번이나 고개를 끄덕였다. 확실히 효도가 했다는 질문은 미리 들어놓지 않으면 그 자리에서 바로 대답하기 어려워 보이는 게 많았다.

다다노는 나오미를 힐끔 쳐다봤다.

발목과 발등 사이 부근에 온기가 느껴졌기 때문이다. 나오미의 발가락이다. 양말 너머로 그 감촉이 전해져왔다. 원을 그리기도 하고, 장난스럽게 발톱으로 꾹 누르기도 했다.

변화를 바라고 있다. 현재를 부수고 싶어 한다.

이렇게 사는 것도 이제 그만하고 싶어. 러브호텔 앞에서 다다노를 유혹하던 날, 술집 카운터석에서 그렇게 중얼거렸던 나오미.

그 영감 분명 변태야. 나오미가 가면 바로 넘어갈걸? 효도에게 쫓겨난 날 밤, 전화로 그렇게 말한 이소베.

그 이야기를 들었을 때 분명 혐오감을 느꼈다. 나오미를 어떻게든 도와주고 싶다는 생각에 사로잡혔던 것도 사실이었다. 하지만….

다다노는 자료로 시선을 내렸다.

지금도 여전히 귓가에 남아 있는 목소리가 있었다.

아이코한테 한 번씩 말 좀 걸어주렴.

어머니의 목소리는 늘 불안하게 들렸다.

다다노가 초등학교에 들어가기 얼마 전이었다. 두 살 어린 여동생 아이코가 중이염이 악화돼 귀가 잘 들리지 않게 되었나. 잘 들리는지 아닌지 등 뒤에서 아이코의 이름을 부른다. 뒤돌아봤을 때는 뒤돌아봤다고, 뒤돌아보지 않을 때는 뒤돌아보지 않았다고 부엌에 있는 어머니에게 알려주러 간다. 그때마다 칭찬하고 머리를 쓰다듬어주지만, 어머니의 얼굴에 미소는 없었다. 아이코가 걱정되니까. 아이코가 더 작고 귀여우니까.

그런데 아니었다. 어머니는 아이코조차 사랑하지 않았다. 밖에서 남자를 만들고, 아버지와 이혼하고, 다섯 살과 세 살인 남매를 두고 집을 나갔다.

평범한 불행이네.

자서전 따위를 남기려는 사람의 마음이 이해되지 않았다.

흔해 빠진 불행이나 행복 따위를 이 세상에 남기는 데 무슨 의미가 있다는 걸까. 평범한 인생도 특별한 인생도 본인이 그렇게 생각할 뿐, 실제로는 둘 다 그저 흔한 인생이지 않은가.

다다노는 다리를 당겨 앉았다.

테이블 밑에서 핑크색 페디큐어가 할 일 없이 허공을 방황했다.

그날 밤도 다다노는 도망쳤다. 술 때문에 몸이 버티지 못한 건 아니었다. 새로운 거처를 찾기 시작한 나오미에게 겁을 먹었기 때문이다.

"약속은 어떻게 잡으면 돼?"

다다노가 묻자 이소베가 턱으로 자료를 가리켰다.

"그 구석에 있는 번호. 무라오카 비서의 휴대전화야."

"부인은 죽었지?"

"그래, 이십 년 전에. 아들도 회사에 넣어주지 않는 완고한 영감이니, 뒷바라지하다가 지쳐서 먼저 저세상으로 간 거 아니겠어?"

다섯 시가 되기 전에 패밀리 레스토랑에서 나왔다.

삼십 분쯤 뒤에 나오미가 휴대전화로 전화를 걸어왔다.

"한 가지 알려줄게. 당신이 오기 전에 이소베랑 얘기했는데, 할아버지가 화난 이유, 우리가 거짓말을 했기 때문인 거 같아. 잘 보이고 싶어서 이소베도 나도 꽤 우등생인 척했거든. 그러니까 잘해봐. 아, 이 말 했다는 건 이소베한테 비밀로 해줘. 당신한테는 말하지 말라고 하더라고. 부탁할게. 나도 아직은 한동안 그 녀석이랑 같이 지내야 하니까."

3

다음 날은 비가 왔다.

효도 고자부로의 자택은 교외 주택지에 자리 잡고 있었는데, 높은 나무 울타리로 둘러싸인 부지는 다다노의 본가를 여러 채 합친 정도로 넓어 보였다.

무라오카 비서의 휴대전화로 연락해서 오후 첫 번째 일정으로 약속을 잡았다. 다다노는 오랜만에 입은 정장과 넥타이에 몸이 옥죄는 듯한 기분이 들었다. 갓포기(가사나 요리를 할 때 덧입는 소매 달린 긴 앞치마─옮긴이) 차림의 가정부는 안뜰에 면한 다섯 평쯤 되는 응접실로 다다노를 안내했다. 머지않아 무라오카가 나타났다. 오십 대쯤 되어 보였는데, 허옇고 허약한 인상을 주는 남자였다.

"그럼 모셔오겠습니다."

"네, 부탁드립니다."

다다노는 단정하게 다리를 모으고 앉아서 기다렸다. 숨 막

히는 공간이었다. 겸허. 예스러운 주종관계를 강요하는 분위기가 저택 안에 그득했다.

복도에서 소리가 들렸다. 탁, 탁 하고 지팡이를 짚는 소리가 가까워져왔다. 다다노가 마른침을 집어삼킨 순간, 자료 사진보다 조금 더 날카로운 얼굴이 방 안으로 들어왔다. 깊게 팬 주름, 이상하리만치 짙은 눈썹. 벗겨진 이마는 수많은 검버섯으로 뒤덮여 있고, 귀 위쪽으로 얼마 없는 백발이 엿보였다. 베이지색 가운을 걸친 몸은 병적으로 비쩍 말라 있었다. 이소베가 눈살을 찌푸리며 말했었다. 딱 봐도 얼마 안 남았어.

바로 그 효도는 다다노 따위 안중에도 없어 보였다. 답답할 정도로 느릿느릿 좌식 탁자 건너편으로 돌아 들어간 효도는 지팡이로 몸을 지탱하며 간신히 양다리를 벌리고 의자에 앉았다. 무라오카가 줄곧 뒤에 서 있었지만, 시중은 들지 말라고 한 모양인지 머뭇거리며 구석으로 물러나서 정좌했다.

효도가 다다노를 쳐다봤다.

'면접'이 시작되었다. 긴장한 다다노가 몸을 딱딱하게 굳혔지만, 효도의 입은 움직이지 않았다. 움푹 팬 눈 속에 자리한 새까만 눈동자로 지그시 이쪽을 바라보았다. 나오미가 그랬었나? 마치 뱀이나 상어의 눈 같다고.

"이름이 뭐지?"

예상 밖으로 힘 있는 목소리였다.

"다다노 마사유키라고 합니다."

대답한 뒤에야 자신의 입안이 바싹 말라 있다는 사실을 깨
달았다.

"여기 온 이유는?"

생각지도 못한 질문이었다.

"그, 그건… 효도 회장님의 자서전을 쓰기 위해서입니다."

"몇 살이지?"

"서른셋입니다."

"결혼은?"

"안 했습니다."

"독신주의잔가?"

"아니요… 딱히 그렇지는…."

"언젠가는 할 생각인가?"

"그건 모르겠습니다…."

거짓말했기 때문에. 나오미의 말이 머릿속을 스쳐 지나갔다.

"결혼은 하지 않을 것 같습니다."

"왜지?"

가정부가 "드세요"라며 다다노에게 차를 내밀었다. 딱 좋은
순간에 들어온 도움의 손길이었지만, 고작 그 몇 초로 울렁거
리는 마음을 진정시키기는 어려웠다.

효도는 팔짱을 낀 채 대답을 기다리고 있었다.

300만 엔. 마음속에서 천칭이 좌우로 기우뚱거렸다. 효도가 자리를 박차고 일어나면 안 된다. 다다노는 일단 내뱉고 보자는 생각으로 말을 꺼냈다.

"…부모님이 이혼하셨습니다. 요즘 세상에 드문 일도 아니지만, 아무래도 저는 가족이나 가정 같은 데 환상을 가질 수가 없습니다."

"왜 이혼하셨지?"

"어렸을 때라 잘 모르겠지만, 아버지가 어머니를 쫓아내셨습니다. 아버지는 어머니가 오사카로 갔다고만 하셨는데, 아마도 어머니의 남자관계가 원인이었던 것 같습니다."

이런 식으로 말하는 건 처음이지만, 일부러 감추며 살아오지도 않았다.

"언제 적 일인가."

"제가 다섯 살 때입니다."

"태어난 곳은 어디지?"

"구리타마치입니다."

"아버님 직업은?"

"장거리 트럭을 운전하셨습니다."

"은퇴하셨는가?"

"돌아가셨습니다."

"병으로?"

"술을 무척 좋아하셔서, 마지막에는 간경변증으로 돌아가셨습니다."

문득 가슴속이 후련해지는 듯한 기분이 들었다. 솔직히 말하는 게 이렇게 쉬운 일이었다니.

"언제 돌아가셨지?"

"십삼 년 전, 제가 대학교 2학년 때입니다."

"대학은 어디를 나왔나."

"S대를 중퇴했습니다."

"왜 관뒀지?"

"아버지가 돌아가셨기 때문입니다."

"왜 혼자 힘으로 계속 다니지 않았나."

"그렇게까지 해서 다니고 싶은 마음이 없었습니다."

효도의 눈이 매서워졌다.

"자네한테는 의지가 없나?"

"그 말씀을 듣고 보니, 확실히 그렇습니다. 의지라고 할 법한 것을 가져본 적이 없습니다."

너무 솔직하게 말했나 싶기도 했지만, 효도에게 자리를 일어날 기색은 보이지 않았다.

"경력은?"

"여기 돌아와서 이런저런 아르바이트를 했습니다. 광고 중심의 독립 잡지에서 보조작가로 길게 일했는데, 그 후로 글 쓰는 일이 늘었습니다."

"고향에는 왜 돌아왔나?"

"새어머니 건강이 안 좋아지셔서입니다."

"어디가 아프시지?"

"류머티즘입니다. 혈압도 상당히 높고요."

"어떤 분이신가."

"다정하신 분입니다."

"친어머니는?"

"이미 잊었습니다."

"친어머니를 잊는다는 게 가능한가?"

다다노는 대답을 망설였다.

그날 밤 일은 아직도 기억하고 있었다. 불 꺼진 방에서 이불을 뒤집어쓰고 있었다. 아버지의 고함 소리, 어머니의 울부짖는 목소리. 다음 날 아침, 집 어디에도 어머니의 모습은 없었다. 그날 이후 어머니와는 한 번도 만난 적이 없었다. 오사카에 갔다. 아버지가 들려준 어머니 소식은 그게 다였다.

다다노는 숨을 들이마셨다가 내뱉으며 말했다.

"잊기로 했습니다. 저와 여동생을 버렸으니까요."

다다노의 눈을 응시하며 천천히 찻잔으로 손을 뻗은 효도는 입을 축이듯 차를 마셨다.

찻잔을 놓은 직후였다.

"1926년, 나카네무라의 가난한 농부 집안에서 태어났다."

다다노는 어안이 벙벙했다.

"아버지는 간조, 어머니는 도시. 일곱 형제 중 여섯째였다. 농사일을 돕느라 바빠서 학교에는 거의 가지 못했다."

다다노는 재빨리 가방에 손을 쑤셔 넣고 소형 녹음기를 손에 쥐었다. '면접'에 통과한 것이다. 바로 지금 300만 엔이 손에 들어왔다.

"1945년, 나는 이바라키현 도모베마치의 쓰쿠바 해군항공대에 있었다."

효도의 이야기는 갑자기 시대를 뛰어넘었다.

드문 일은 아니다. 지금까지 대필 작업을 했던 노인 대다수가 시간 순서를 무시하고 이야기했다. 자신이 말하고 싶은 순서대로 말하는 것이다. 개중에 전쟁 체험담은 각별한 모양인지, 어떤 노인이든 제일 먼저 이야기하거나, 제일 길게 이야기했다.

다다노는 영업용 반응으로 연신 고개를 끄덕이며 노트를 펼쳤다.

"4월 8일에 발령을 받았다. '제2함대 사령부로 발령을 명함. 속히 향할 것'이라는 내용이었다. 제2함대 사령부는 기함 야마토 안에 있었다. 나는 죽음을 각오했다. 부대 내부 정보로 야마토가 오키나와에 출격한다는 사실을 알고 있었기 때문이다."

전함 야마토의 생존자였군.

다다노의 마음속에 안도가 퍼져나갔다. 연간 5,200억 엔의 상품을 팔아치우는 독불장군 회장이라 해도 똑같았다. '시대의 불행'이라 할 수 있는 전쟁에서 살아남아, 제 인생을 특별한 것이라고 믿고 자신이 살아 있었다는 증거를 이 세상에 남기고자 하는 불쌍한 노인 중 하나에 지나지 않았다.

"천일호(天一号) 작전(제2차 세계대전 당시 태평양 전역에서 이루어진 일본 제국 해군의 마지막 대규모 작전인 천호 작전의 일부-옮긴이) 명령을 받고 야마토는 출격했다. 연료도 충분히 받지 못했고, 호위하는 항공기도 없었다. 야마토는 분고 수도를 빠져나와 오키나와로 향하던 도중 미군기의 파상 공격을 받고 사타 곶 남서쪽 90킬로미터 지점에서 격침되었다. 하지만… 나는 야마토에 타고 있지 않았다."

다다노는 고개를 들었다.

"타고 있지 않으셨다고요…?"

"야마토의 출격은 6일 오후였다. 내가 발령을 받은 8일에는 이미 물고기 밥이 되어 있었지. 발령 실수였다. 나는 그렇게 목숨을 연장할 수 있었다."

다다노는 납득하며 고개를 끄덕였다.

효도 고자부로의 자서전 줄거리가 대충 머릿속에 그려진 느낌이었다. 운명의 발령 미스. 한 번 죽었다 살아난 인간. 그

독특한 체험을 원점으로 효도전기의 창업부터 거대 기업으로 성장하기까지 장대한 입신출세 이야기가 시작되는 것이다.

노트에 펜을 갖다 댄 순간이었다.

"나는 사람을 죽인 적이 있다."

다다노는 다시 한번 고개를 들었다.

"네…?"

눈앞에는 흔들림 없는 검은 눈동자가 있었다.

"삼십 년가량 전의 일이다. 사랑하는 여인을 내 손으로 죽였다."

4

밤에는 비가 그쳤다.

다다노는 고급 스테이크 가게로 이소베를 불렀다. 시간을 두지 않고 오늘 밤 안에 바로 만나는 편이 서로 후련할 거라는 생각이었다.

"대단해! 정말 해내셨군그래."

이소베의 웃는 얼굴은 차마 보기 힘들 정도로 일그러져 있었다.

"그런데 감쪽같이 300만 엔을 먹어치워놓고는 뭔가 우울한 얼굴이네?"

"아니야."

"이봐, 설마 내 눈치 보는 거야? 그러지 말라고 했잖아."

그런 면도 없지는 않았지만, 다다노의 머릿속은 효도의 말이 대부분을 차지하고 있었다.

'나는 사람을 죽인 적이 있다.'

'사랑하는 여인을 내 손으로 죽였다.'

그 말이 진짜일까.

전쟁 중에? 처음에는 그렇게 생각했다. 대필 작업을 위해 한창 이야기를 듣던 도중에 적군을 총검으로 찔러 죽인 과거를 고백한 노인도 실제로 있었다. 하지만 이번은 달랐다. 효도는 '삼십 년가량 전'이라고 했다. 심지어 '사랑하는 여자'다. 즉 평화로운 일본에서 일어난 '보통의 살인'이라는 소리였다.

무라오카 비서는 몹시 허둥댔다. "오늘은 이쯤에서 마무리하시죠"라며 도중에 끼어들더니 다다노를 억지로 복도로 끌어냈다. 나가면서 살펴본 효도는 표정 하나 바꾸지 않고 좌식 의자에 기대어 앉아 있었다.

삼십 년가량 전…. 효도가 지금 일흔일곱 살이니 사십 대 후반에 일으킨 사건이라고 보면 된다. 이소베의 이야기로는 효도의 부인이 타계한 건 이십 년 전이었다. 즉 부인이 아직 살아 있을 때 부인 아닌 다른 여성을 죽였다. 그렇다면 상대는 불륜관계에 있던 사람. 아낌없이 돈을 퍼주며 만든 정부겠군. 요즘은 잘 안 쓰는 말이지만 '첩'이니 '2호'니 하는 남녀관계가 있었던 걸지도 몰랐다.

"나오미는 못 온대."

휴대전화를 닫으며 이소베가 말했다. 때마침 스테이크가 나왔다. 이소베는 고기를 자르는 것조차 못 기다리겠다는 듯 300그램의 레어 스테이크를 덥석 입에 물었다.

"아깝네. 이거 놓치면 다음에는 언제 먹을 수 있을지 모르는데."

문득 나오미는 이런 말들에 소모되고 있는 게 아닐까 하는 생각이 들었다.

"그래서 영감님은 무슨 얘기를 했어?"

"…"

"왜 그래? 멍하니 넋을 놓고."

"아니, 뭐 항상 있는 패턴이지. 가난한 어린 시절과 전쟁 이야기."

"흐음, 그것뿐?"

"오늘은 첫날이었잖아. 영감님도 아직 낯설어서 그런지 시대도 막 뒤죽박죽이고 그래."

여자를 죽였다고 고백했다.

아무리 상대가 이소베라도 쉽사리 입에 담을 수 있는 이야기가 아니었다. 아니, 그뿐만은 아니었다. 이소베에게 냉큼 말해버리기에는 아까웠다. 효도전기 회장님, 효도 고자부로의 비밀을 손에 쥐었다. 그 새까만 마음이 시간이 지날수록 가슴속에서 확실하게 부풀어 오르고 있었다.

효도의 이야기에 아연해하던 다다노는 무라오카 비서가 허둥대는 모습을 보고 일의 중대함을 깨달았다. 무라오카 비서는 효도가 살인을 저질렀다는 사실을 알고 있다. 혹은 무언가 눈치채고 있다. 그래서 그토록 당황했다.

회장에게 살인 전과가 있다는 말인가.

아니겠지. 사십 대 후반이면 효도는 이미 기업가로서 성공을 거둔 뒤다. 그런 시기에 저지른 사건의 전과라면 감출 수도 없고, 애초에 지금 회장 자리에 앉아 있을 수가 없었다.

미해결 살인사건. 틀림없었다. 경찰의 수사망을 잘 빠져나가서 체포를 면한 덕분에 현재의 효도가 존재하는 것이다.

스테이크의 맛은 이미 느껴지지 않았다.

왜 죽였을까.

아니….

효도는 왜 '자백'했을까.

이미 오래전에 시효가 만료되었다. 그래서인가?

비쩍 마른 몸이 뇌리에 떠올랐다. 죽을 날이 머지않았다. 아직 살아 있을 때 모든 걸 털어놓고 싶다는 마음인가. 적군을 찔러 죽인 노인이 고백한 이유는 바로 그것이었다.

하지만 효도는 이름 없는 노인과는 달랐다. 효도전기 회장으로서의 입장이 있다. 그 회장이 과거에 살인을 저질렀다고 고백하면 어떻게 될까. 회사 이름에 흠이 생기고, 경영 쪽으로도 타격을 입게 될 터. 낙하산 인사를 철폐하고 친아들마저 경영에 참여시키지 않았다. 문자 그대로 심혈을 기울여서 여기까지 키워낸 회사가 회장 자신의 한마디로 휘청일 수도 있다.

그런데도 말하고 싶다는 건가.

특별한 자신을 활자에 새겨 이 세상에 남기기 위해서. 그럴 수만 있다면 나머지는 어떻게 되든 상관없다는 생각인가. 이해되지 않았다. 효도라는 남자는 어딘가 망가져 있는 게 아닐까.

"정말 별일 없어?"

이소베의 목소리에 퍼뜩 정신을 차렸다. 이소베가 의아하다는 듯 다다노의 얼굴을 들여다보고 있었다.

"진짜 이상하다니까. 아까부터 멍하니 딴생각만 하고."

"면접 때문에 지쳐서 그래."

"도움은 됐어?"

"응? 뭐가?"

이소베는 대답하지 않고 고개를 숙인 채 마지막 고기 조각을 입에 넣었다.

걱정하지 말라고, 십 퍼센트는 확실히 떼줄 테니까. 다다노는 속으로 독설을 내뱉었다.

30만 엔도, 300만 엔도 보잘것없는 돈처럼 여겨졌다.

업무용 가방은 가게에 들어왔을 때부터 줄곧 신발 옆에 딱
붙여놓았다. 살인 고백. 가방에 든 녹음기는 효도전기 미나미
마치점이 '뛰어난 감도!'를 홍보 문구로 내세우며 판매 중인
추천 상품이었다.

5

이불에 들어가도 잠이 오지 않았다. 장지문 너머로 텔레비
전 소리가 들려왔다. 새어머니는 아직 깨어 있었다. 분명 류머
티즘 때문에 아파서 잠을 못 자는 것일 테지.

소처럼 우직한 새어머니. 그래서 받아들일 수 있었던 것 같
다고 이따금 생각한다. 나뭇가지가 떠오를 정도로 마르고 신
경질적이었던 어머니와는 너무나도 달랐으니까.

다다노는 몇 번째 몸을 뒤척였다.

효도가 아니라, 자신에 대해 생각하고 있었다.

질문받는 대로 아버지와 어머니 이야기를 술술 털어놓았
다. 나오미의 조언이 있었다고는 해도, 그런 이야기를 할 수
있었던 건 상대방이 자신과는 관계없는 사람이었기 때문이

겠지. 돈에 눈이 어두워지기도 했다. 요컨대 '평범한 불행'을 300만 엔에 팔아넘겼다는 말이다.

마음속 어디에도 아픔은 없었다.

이걸로 확실해졌다. 마음속 어디에도 어머니 따위 존재하지 않았다. 스스로 타이를 필요도 없이, 다다노의 신세는 그야말로 '평범한 불행'일 뿐이었다.

고등학교에 진학할 무렵에는 이미 알고 있었다. 이혼 가정은 점차 늘어났다. 저 녀석 집은 아버지가 집을 나갔다. 이 녀석 부모님도 이혼한다고 한다. 반 친구들의 어두운 얼굴을 훔쳐보았다. 다들 똑같았다. 부모는 자식을 위해 살고 있는 게 아니었다. 자신은 남들보다 조금 빨리 버림받았을 뿐이었다.

발등에 나오미의 발가락 감촉이 되살아났다. 하자. 이제 와서 가슴이 두근거렸다. 사타구니에 열이 몰렸다. 나오미와의 미래. 자신에게 그런 게 있을 수 있을까.

새어머니의 마른기침 소리가 들렸다. 바람이 창문을 뒤흔들었다. 얼굴을 파묻은 베개에서는 시큼한 냄새가 났다.

다다노는 어둠 속에서 눈을 떴다.

이 집에서 나가자. 동생 아이코가 삼 대가 함께 사는 원예농가로 시집간 지 십 년. 처음으로 자신의 생활을 바꾸고 싶다는 생각이 들었다.

점심시간의 현청 앞 거리는 런치 타임 서비스만 시행하고 있으면 아무리 맛없는 가게 앞이라도 줄이 생긴다.

'찻집 고지쓰'의 내부는 한산했다. 묵묵히 커피를 내리는 콧수염 난 사장님. 지루한 얼굴로 컵을 씻는 통통한 사모님. 낡고 찌들어서 흐릿한 창문으로는 '채널 5' 건물의 3층 언저리까지 보였다.

다다노는 2인용 좌석에 '신니치은행'의 니시카와와 마주 보고 앉아 있었다. 고교 시절 동창이지만 친한 사이는 아니었다. 일전에 길에서 우연히 마주쳤을 때 작가로 일하고 있다고 하자, '도자이신문' 자료실에 아는 사람이 있으니 소개해주겠다며 자랑스럽게 이야기했던 걸 기억하고 있었다.

니시카와는 흔쾌히 다다노의 부탁을 들어주었다.

"그럼 전화해둘게. 지금 바로 가는 거지?"

"응, 고마워. 신세 좀 질게."

"어려운 일도 아닌데, 뭘. 그런데 조사하고 싶다는 게 뭐야?"

"옛날 사건이야. 방송국에는 종이 자료가 적어서. 그럼, 이만 가볼게."

반쯤 일어선 다다노를 니시카와가 붙잡았다.

"동창회에 올 거야?"

자신이 간사를 맡고 있어서 "갈 거야?"가 아니라 "올 거야?"라고 한다.

"음, 갑작스러운 일만 안 들어오면 갈게."

"이 나이가 되면 나올 수 있는 녀석이랑 못 나오는 녀석으로 나뉘잖아."

그게 내 앞에서 할 소린가. 욱한 마음이 얼굴에 드러난 모양이었다. 니시카와는 황급히 말을 덧붙였다.

"아니, 넌 대단하지. 프리랜서로 열심히 일하잖아. 우리는 어차피 월급쟁이 처지고."

지금까지 몇 명에게 그런 말을 들어왔는지 모르겠다. 늘 그랬듯 똑같은 대답을 돌려주었다.

"먹여주고 재워주는 집이 있으니까 가능한 거지."

"그거 알고 있어? 서른셋부터 다섯까지가 마지노선이라고 하더라."

"어떤?"

"회사를 관두는 나이. 서른다섯 살을 넘기면 확 줄어든대."

듣고 보니 반대의 경우에도 적용되는 소리 같다. 특별한 의지나 신념 없이 적당히 프리랜서로 살아온 사람이 안정을 찾으려 하는 것도 딱 삼십 대 초반인 듯하다. 나오미가 그렇고, 이소베도 말로 하지는 않지만 지금 생활이 지겨울 게 뻔했다. 사실은 나 역시….

"뭐, 나는 계속 다닐 거지만."

니시카와는 웃었다.

"나한테는 너 같은 배짱이 없거든. 게다가 이런 불황 중에 회사를 그만둔다고 했다가는 아내한테 죽을걸."

지겹도록 들어왔던 말이지만 다다노의 뇌는 민감하게 반응했다. 죽는다. 그 키워드가 효도의 고백을 다시 떠올리게 했을 뿐 아니라, 마음속에 싹튼 먼 미래에 대한 불안을 부추긴 기분이었다.

다다노는 인사도 하는 둥 마는 둥 하고 찻집을 나왔다.

잰걸음으로 포장도로를 걷던 중 반대편에서 걸어오는 남녀 무리 속에서 아는 얼굴을 발견했다. 'P'였다.

거리가 가까워졌을 때 말을 걸었다.

"아카즈카 씨, 안녕하세요."

"어, 그래."

그대로 스쳐 지나갔다.

다다노는 걸음을 멈췄다. 뒤돌아서 광택 있는 옷을 걸친 뒷모습을 응시했다. 고작 이틀 만에 무관한 사람이 되었다.

옆 사람과 대화하고 있었기 때문이라고 생각해봐도 초조한 마음은 진정되지 않았다.

발길을 돌려 아카즈카의 뒤를 쫓았다. 바로 앞 교차로에서 신호를 기다리는 뒷모습을 붙잡았다.

"아카즈카 씨."

"왜, 왜 그래?"

아카즈카가 뒤로 주춤 물러섰다. 겁먹은 얼굴이었다. 향수 냄새를 꾹 참으며 귓속말을 했다.

"저기, 제가 스폰서를 데려오면 제 코너를 가질 수 있을까요?"

아카즈카가 눈을 휘둥그레 떴다.

"뭐?"

"그러니까 만일 제가….."

"그야 두 개든 세 개든 줄게. 뭐하면 방송 통째로 넘겨줄 수도 있어."

아카즈카는 물론이고, 옆에 있던 화려한 차림의 여성도 쿡쿡거리며 웃었다. 얼굴이 화끈거렸다.

"또 찾아뵙겠습니다."

재빠르게 말하고 다다노는 도망치듯 그 자리에서 물러났다.

7

도자이 신문사를 방문했을 때는 오후 두 시가 넘어 있었다.

니시카와가 소개해준 자료실의 지인은 서른 전후로 보이는 사에키 유미라는 여성이었다. 신문사 자료실이라고 하면 어두컴컴하고 곰팡내를 풍긴다는 이미지가 있었는데, 막상 안내된 곳은 컴퓨터 단말기만 눈에 띄는 밝고 깔끔한 사무실이었다. 직원 책상에는 문서 종류가 극단적으로 적었는데, 데이터베이스를 관리하는 유미의 책상은 심지어 책꽂이나 자료 상자조차 없었다.

"현 내에서 삼십 년가량 전에 발생한 살인 사건이요?"

그렇게 곱씹어 말한 유미는, 다다노에게 의자를 권하며 고개를 갸우뚱했다.

"네. 찾을 수 있을까요?"

"이십칠, 이십팔, 이십구 년 전쯤이라는 말씀인가요? 가량이라고 하면, 삼십 년 전은 들어가나요, 안 들어가나요?"

"일단 안 들어가는 걸로 해서 찾아봐주세요."

다다노는 모호하게 대답했다.

"그럼, 일단 그 무렵의 신문 제목만 골라내볼까요?"

"바쁘실 텐데 죄송합니다. 부탁드릴게요."

"아니에요, 간단한 일인걸요."

유미는 의자를 돌려 컴퓨터를 마주하고 다양한 키워드를 입력해나갔다. 귀찮아하는 기색은 보이지 않았다. 니시카와와 무슨 사이인지 의심스러울 정도로 유미는 협조적이었다.

채 십오 분도 지나지 않아 프린터가 작동되더니, 살인사건을 보도한 신문 제목 일람이 출력되었다. 놀랍게도 열다섯 장이나 되었다. 건수로 헤아리면 이백 건은 넘겠다.

"이렇게 많다니…."

"아, 이게 같은 사건의 후속 보도 같은 걸로 중복이 꽤 있어서 그래요. 굵은 글씨를 보시면 되는데…. 어디 보자, 사건 수 자체는… 총 서른두 건이네요. 자, 이쪽 책상에서 조사하세요."

다다노는 정중하게 인사하고 옆에 있는 빈 책상에 앉았다.

우선은 굵은 글씨로 인쇄된 서른두 건의 제목을 눈으로 좇았다. 금방 범인이 잡힌 사건이나 동반자살사건 등은 빨간 펜으로 지워나갔다.

몇 분밖에 걸리지 않았다. 남은 건 여덟 건. 이번에는 그 여덟 건에 대해 후속 보도 기사의 제목과 대조하며 하나씩 내용을 파악해나갔다. 죽은 피해자가 남자면 한 건 지운다. 피해자가 여자라도 어린아이나 노인일 경우에는 제외해도 된다. 효도는 '사랑하는 여인'이라고 분명하게 말했으니까.

다다노는 길게 한숨을 내쉬었다.

여덟 건 중 세 건의 피해자는 남성이었다. 노인 두 건, 어린아이 한 건. 나머지 두 건의 피해자는 '여성'이었지만, 후속 보도를 살피던 중 두 건 다 범인이 잡혀서 사건이 마무리되었다는 사실을 알았다.

미해결 살인사건. 그렇게 단정 짓고 있었지만, 아니었다. 효도가 저지른 살인은 범죄 행위 자체가 드러나지 않았다.

시체는 은밀하게 처리되었다.

그렇게 결론 내리자 다다노의 전신은 소름으로 뒤덮였다.

8

"이념보다 사람이 우선이다. 그게 효도전기의 창업 이념이라고 할 수 있다. 연줄로 사람을 뽑으면 회사에서는 긴장감이 사라지고, 점차 안주하다가 끝내 그 자리에 고이게 된다. 사람이 몇백, 몇천이 있든, 불을 피우는 사람이 없으면 회사는 얼어붙는다."

효도의 저택 응접실에는 집주인의 다부진 목소리가 끊임없이 울려 퍼지고 있었다.

"회사가 절차탁마(切磋琢磨)의 장에 머물러서는 안 된다. 이기느냐 지느냐, 죽느냐 사느냐, 둘 중 하나의 전장이다. 출신도 성장 과정도 학력도 상관없다. 나는 항상 인물을 보고 직원을 채용해왔다. 의지가 있는가. 싸움에 임하고 이겨낼 마음가짐이 있는가. 물건을 파는 일에 강한 집착을 가지고 있는가. 채용 기준은 오로지 그 세 가지뿐이다. 유일한 예외는 진심이다. 이것도 높이 산다. 성실함은 의지나 투지와 등가를 이룬다고 본다."

다다노는 눈을 내리뜨고 펜을 움직이고 있었다.

꽤 케케묵은 사고방식이긴 하지만, 말하는 내용에 모순점은 없었다. 이 두 시간 동안 다다노의 귀는 효도가 미치지도 망가지지도 않았다는 점을 줄곧 확인하고 있었다. 하지만….

성실한 인간이자 대기업의 최고 책임자이기도 한 효도 고 자부로의 고백 또한 바로 이 귀로 들었다.

다다노는 고개를 들었다. 새까만 눈동자가 이쪽을 바라보고 있었다.

"저, 오늘은 이제 슬슬…."

구석에서 무라오카 비서가 말했다. 목소리도 태도도 안절부절못하고 있었다.

이대로는 돌아갈 수 없다고 다다노는 생각했다. 가슴속에서 소용돌이치는 의심과 불신감이 분출구를 원하고 있었다.

다다노는 탁자 위로 몸을 쑥 내밀었다.

"저, 회장님. 몇 가지 여쭤봐도 될까요?"

"이봐, 다다노 씨!"

비명과도 같은 목소리가 구석에서 튀어나왔다.

자리에서 일어선 무라오카를 효도가 눈으로 제지했다. 그 두 눈은 천천히 다다노에게 다시 향했다.

"묻고 싶은 게 있으면 말하게."

"네…."

입안에 고인 침을 집어삼키고 말했다.

"회장님께서 절대 고용하지 않는 건 어떤 사람인가요?"

곧바로 답변이 돌아왔다.

"노력도 하지 않으면서 꿈만 꾸는 사람이다."

다다노는 일순 경직되었다. 자신의 약점을 정확히 노린 공격을 받은 기분이었다.

효도는 말을 이었다.

"인간은 두 번 살 수 없다. 매 순간 백 퍼센트의 힘을 쏟지 않는 인간은 살아 있을 가치가 없어."

가치가 없다….

다다노는 발끈하는 마음이 들었다.

사람을 죽여놓고 잘난 척하기는.

당장이라도 입에서 그런 말이 튀어나올 것만 같았다.

침착하자. 냉정해야 해. 그렇게 몇 번이나 자신을 타일렀다.

300만 엔이다. 아니, 더 큰 걸 얻을 수 있을지도 모른다. 인생의 전환점이다. 다시없을 기회다. 효도 고자부로와 대면하고 있는 지금 이 순간이 막다른 곳에 몰린 자신의 미래를 백팔십도 바꿔줄 가능성 그 자체였다.

무엇을 해야 하는지는 알고 있었다. 더 자세한 내막을 캐내야 했다. 효도가 저질렀다는 살인에 얽힌 모든 이야기를.

다다노는 탁자 위에 놓인 녹음기를 곁눈질했다. '녹음 중'을 나타내는 빨간 램프를 확인했다.

심연 너머를 바라보는 심정으로 효도의 눈동자를 응시했다.

"그저께 하신 말씀의 뒷이야기는 없나요?"

"어떤 걸 말하는 거지?"

"사랑하는 여성을 죽였다는 이야기 말입니다."

무라오카가 소리치는 것보다 그를 제지하는 효도의 손이 더 빨랐다.

"뭐가 듣고 싶나."

"더 자세한 이야기를 들려주십시오."

"그저께 말한 걸로는 부족하다는 소린가."

"그걸로는 자서전에 쓸 수 없습니다. 회장님께서 먼저 꺼내신 이야기니, 조금 더 자세하게 말씀해주세요."

"이봐! 적당히…."

결국 참지 못하고 소리친 무라오카를 다시 한번 효도가 단호한 손길로 제지했다.

그 손을 내린 효도는 팔짱을 꼈다.

"정확하게는 이십팔 년 전이다."

"상대는?"

다다노의 목소리는 흥분했다.

"상대는 어디의 누구죠?"

"말할 수 없다."

"말할 수 없다니, 왜죠? 사건의 시효는 이미 훨씬 전에 만료 됐습니다."

"…."

"회장님께서는 사실을 털어놓고 싶으신 것 아닙니까? 그래 서 그저께 제게…."

"도리에 어긋난 사랑이었다."

"네?"

"서로 상대가 있었다. 그런데도 육 년이나 관계를 지속했다. 만일 죽이지 않았다면, 더 오래 만남을 이어갔겠지."

다다노는 저도 모르게 녹음기의 빨간 램프를 바라봤다. 그 와 동시에 효도가 옆에 놓인 지팡이를 붙잡고 천천히 자리에 서 일어났다.

"저, 아직 이야기가…."

"…."

"회장님, 조금만 더 부탁드립니다."

"…."

효도는 다다노를 내려다봤다.

"이다음은 닷새 뒤에 말하지. 그게 마지막이다. 백 퍼센트의 힘을 쏟아서 자서전을 정리해."

9

귓갓길 전철 안은 혼잡했다. 다다노는 손잡이의 움직임에 몸을 맡기고 있었다. 머릿속이 복잡했다.

이십팔 년 전 살인…. 도리에 어긋난 사랑….

처음보다 구체적인 이야기를 이끌어냈다. 더욱 내밀한 비밀을 손에 쥐었음에도 기분은 침울했다. 왜 침울한 기분이 드는지 모르겠다는 점이 한층 더 마음을 울적하게 만들었다.

양심의 가책인가. 자신은 지금 타인의 비밀을 손에 쥐고 이용하려고 하고 있다. 고작 그런 일로 가슴이 뜨끔거릴 자신이 아니라는 건 알고 있다. 실제로 협박이나 공갈을 했다면 몰라도 단지 생각뿐이라면, 다다노는 주변 사람을 전부 이용하고, 다섯 명이나 열 명쯤 날카로운 나이프로 찔러 죽였다.

그렇다면….

역시 그건가. 어째서 침울한 기분이 들었는지 짐작이 된 다다노는 소리 없이 한숨을 내쉬었다.

효도가 살인을 저지른 이십팔 년 전. 어머니가 떠난 것도 마찬가지로 이십팔 년 전이었다. 다다노가 다섯 살 때였다. 지금 나이 서른세 살에서 다섯을 빼면 이십팔이다. 효도의 이야기를 들으며 무의식중에 뺄셈을 하고 있었다. 도리에 어긋난 사랑. 그 예스러운 문구도 어머니를 연상시켰다. 다다노와 아이코를 버리고 남자 품으로 달려간 어머니를.

입가에 미소가 떠올랐다.

대담한 상상이 머릿속을 휘저었다. '이십팔 년 전'이라는 우연을 사이에 두고 효도와 어머니가 이어져 있다. 두 사람은 도리에 어긋난 사랑에 빠졌다. 효도가 어머니를 죽였고, 그래서 어머니는 그날을 마지막으로 다다노와 동생 앞에서 홀연히 모습을 감추었다.

설마 세상에 그런 우연이 있겠는가.

자조하는 웃음이 번지다가, 이내 사라졌다.

또 다른 우연이 생각났기 때문이었다.

무명작가인 다다노가 대기업 회장의 자서전을 집필하게 된 우연.

아니, 아니다. 그건 다다노에게만 일어난 일은 아니었다. 효도는 무라오카를 통해서 'T·I·N'에 자서전 집필을 의뢰해왔다. 다다노를 지명한 게 아니었다. 이소베와 나오미가 우연히 '면접'에서 퇴짜를 맞았고, 그래서 자신에게….

다다노는 허공을 응시했다.

우연히…?

갑자기 몸이 기울었다. 끼기기긱 하는 기분 나쁜 소리를 내며 전철이 급격히 속도를 줄이더니 역이 아닌 곳에 정차했다. 차내 방송이 인명 사고의 발생을 알렸다.

다다노는 숨결이 거칠어졌다.

만일 우연이 아니라면….

효도는 'T·I·N'을 이용했다. 처음부터 다다노에게 쓰게 할 생각이었다. 아니, 다다노에게 살인의 비밀을 고백하기 위해 저택으로 불렀다.

대체 왜?

효도가 죽인 여인이 바로 다다노의 어머니니까.

참회. 그런 단어가 머릿속에 떠올랐다.

자신은 여생이 얼마 남지 않았다. 그래서 말하기로 결심했다. 사건의 진상을. 자신이 죽인 여인의 아들에게.

만일 그렇다면 디디노의 불행은 '평범한 불행'이 아니었다는 말이 된다. 어머니는 살해당했다. 효도 고자부로라는 남자 때문에 인생이 꼬였다.

엉뚱한 망상.

그럴 수도 있다. 하지만….

다다노의 뇌가 다시 상식적인 판단을 내렸다. 망가지지도 미치지도 않은 대기업 회장이 스스로 저지른 살인을 자서전에 쓰게 할 리가 없었다.

전철이 움직이기 시작했다.

다다노는 미동도 하지 않았다. 캄캄한 창문에 비친 자신의 얼굴이 낯선 타인처럼 보였다. 그냥 버림받은 게 아니었다. 다다노의 자서전은 다시 쓰여야만 했다.

10

닷새 후.

효도의 저택은 고요했다.

이제 어머니의 일 외에는 효도에게서 들을 이야기가 없었다.

다다노는 고개를 돌리고 말했다.

"무라오카 씨, 잠시 자리 좀 비켜주실 수 있을까요?"

"왜, 왜지…?"

"나가 있어."

효도가 명령했다.

울 것 같은 얼굴로 무라오카가 장지문 너머로 사라졌다.

다다노는 효도를 응시했다. 확신은 없었다. 하지만 욕구와 욕망과 정체 모를 분노가 목구멍 밖으로 말을 밀어냈다.

"저를 효도전기에 받아주십시오."

효도는 입을 다문 채 다다노의 눈을 응시했다.

"간부로 채용해주세요. 제게는 분명 그럴 권리가 있을 겁니다."

"…"

"당신에게는 그럴 의무가 있습니다. 아닌가요?"

"…."

"어머니를 죽였죠?"

"…."

"당신이 죽인 거야. 이십팔 년 전에."

"…."

"입사시키는 게 어렵다면 돈을 주십시오."

효도는 손을 뻗어 지팡이를 움켜쥐고 천천히 자리에서 일어났다.

"자, 잠시만요!"

"300만 엔은 무라오카에게 받아 가."

억양 없는 말투로 그렇게 말한 효도는 걷기 시작했다.

"기… 기다리라니까!"

그 순간 다다노의 감정이 폭발했다.

"내가 그깟 푼돈에 넘어갈 것 같아? 죽을 때까지 책임지라고!"

"…."

"어머니와 육 년간 사귀었다고 했지? 그럼 난 누구 자식인데? 설마 당신이 내 아버진 거 아니냐고!"

"돌아가."

효도는 다다노를 외면한 채 말했다. 비쩍 마른 몸이 복도로 나갔다. 다다노는 다다미 바닥을 차고 일어나 그 뒤를 쫓았다.

"정말 괜찮겠어?"

다다노는 효도의 얼굴 앞에 녹음기를 들이밀었다.

"나를 회사에 임원으로 채용하고, 재산도 분배해. 안 그러면 이 테이프를 매스컴에 흘릴 거니까! 당신은 파멸하고, 회사도 무너지겠지. 그래도 상관없다는 거야?"

"이제 그만해."

처음에는 누구의 목소리인지 알아채지 못했다.

장지문이 열리고 무라오카가 들어왔다. 아니, 이 사람이 정말 무라오카가 맞나? 빈틈없는 눈초리. 당당한 태도. 다다노는 어안이 벙벙해서 그 자리에 못 박힌 듯 서 있었다.

무라오카는 무릎을 굽혀 탁자 밑으로 팔을 집어넣었다. 그가 끄집어낸 건 최신형 녹음기였다. 빨간 램프가 깜빡이고 있었다.

"협박죄의 명백한 증거다."

무라오카는 코웃음 치며 다다노에게 명함을 내밀었다. '효도흥신소'라는 글자가 눈에 들어왔다.

"미리 말해두는데, 연줄로 지금 이 자리에 서 있는 게 아니야. 아버지는 내 탐정 실력을 높이 사거든."

"그럼, 당신이…."

효도전기 채용에서 탈락한 아들.

다다노는 눈을 부릅뜨고 뒤돌아보았다. 거기에 효도의 모습은 없었다. 지팡이를 짚는 소리만이 복도에서 점점 멀어져 가고 있었다. 탁, 탁, 탁….

다다노의 주의를 돌리려는 듯 무라오카가 말했다.

"일단 오해부터 풀어주지. 당신은 내 동생이 아니야. 혈액형이 맞지 않더군. 다음으로, 당신 어머니를 죽인 건 내 아버지가 아니라, 아마 당신 아버지일 거야."

무라오카의 말이 심장을 관통했다. 다다노는 그 어떤 말도 할 수 없었다.

"당신 어머니와 내 아버지는 함께하기로 결심하고 각각 이혼신고서를 작성했다더군. 아버지가 먼저 담판을 짓기로 약속했는데, 내 어머니가 도장을 찍어주지 않았어. 당신 어머니는 초조해했지. 그리고 얼마 지나지 않아서 사건이 일어났다. 이혼신고서를 보여줬거나 들키거나 했겠지. 격분한 당신 아버지가 어머니를 죽였다. 난 그렇게 보고 있어."

그날 밤….

아버지가 고함치고 어머니는 울부짖고 있었다.

"아버지는 줄곧 당신을 딱하게 여기고 있었을 거야. 자신이 아직 살아 있을 때 회사에 넣어주고 싶다고 하더군. 하지만 내 전례가 있으니 낙하산 채용은 할 수 없지. 그래서 아버지는 면접을 봤어. 자신이 어머니를 죽였다고 생각하게 만들어서 자

116 ◆

네의 본성을 보려고 했지. 성실한 사람인지 아닌지 확인하려고. 원망의 말은 아무리 많이 내뱉어도 합격. 협박하려고 들었을 때만 불합격. 그렇게 정해뒀었어."

다다노는 우두커니 서서 이야기를 듣고 있었다. 머리도 감정도 정지했다.

"교환이다."

그렇게 말한 무라오카는 다다노의 손에서 녹음기를 낚아채고, 그 대신 자신의 녹음기를 쥐여줬다.

"마지막으로 한 가지 알려주지. 당신 어머니는 당신과 여동생도 데리고 집을 나올 생각이었다더군."

바깥은 바람이 불고 있었다. 다다노는 역을 향해 걷고 있었다. 자신의 그림자가 길었다. 흰 고양이가 담벼락 위에서 이쪽을 쳐다보고 있었다. 다 안다는 눈으로 다다노를 배웅했다. 저도 모르게 눈동자가 젖어들었다. 왜 눈물이 나는지 스스로도 알 수 없었다. 흐릿하게 번진 명찰이 보였다. 하지만 그 글씨는 또렷이 읽을 수 있었다.

다다노 마사유키.

평범한 행복(ただの正幸)이네.

다다노는 발걸음 속도를 높였다. 지금까지와는 어딘가 다른 웃음이 속에서부터 조금씩 솟아오르는 게 느껴졌다.

말버릇

1

화요일과 목요일은 쓰레기 버리기, 아침밥은 토스트, 가정 법원의 가사조정위원회. 언제부턴가 그런 생활 리듬이 만들어져 있었다.

세키네 유키에는 회색 정장을 차려입고 거실로 돌아와서 텔레비전 화면에 표시된 시간을 보며 손목시계의 시간을 조정했다. 조금 서둘러야 했다. 아홉 시 이 분 버스를 놓치면 다음 차는 삼십 분 뒤에 있었다. 그 차를 타도 열 시에 시작되는 조정에는 아슬아슬하게 도착할 수 있지만, 조정위원이 숨을 헐떡이며 방에 뛰어들어가는 건 아무래도 보기 흉하다. 게다가 오늘 담당은 새 이혼 조정 건이었다. 당사자를 만나기 전에 짝을 이룰 조정위원과 의견을 교환해둘 필요도 있었다.

오후에는 돌아오겠다고 남편에게 말한 뒤 유키에는 분주히 집을 나섰다. 현관에 장식한 닭의장풀의 흰 꽃이 잔상을 남겼다. 자신의 생일이었던 어제 문득 생각나서 꽂아보았다. 쉰아홉이라는 나이에 특별한 감개는 없었다. 전화를 걸어온 딸들이 농담처럼 입에 올린 "마침내"라든가 "드디어"라는 말을 듣고 아무런 느낌도 없었다면 거짓말이겠지만, 대다수 남자처럼 '예순 살-정년퇴직-노후'라는 도식이 박혀 있는 삶도 아닌지라, 오히려 사 년 전 첫 손자를 품에 안았을 때가 훨씬 더 자신이 늙었다는 사실을 의식했던 것 같다.

버스 좌석의 칠십 퍼센트 정도는 주름진 얼굴이 차지하고 있었다. 남자들은 과묵하고 여자들은 시끄러웠다. 나쁜 건 죄다 며느리이고, 옆집과 앞집이고, 남편의 친척들이다. 라쿠고 (일본의 전통 만담-옮긴이)의 단골 레퍼토리 같은 그 이야기들은 그대로 종합병원 대기실로 장소를 옮겨 끝없이 계속될 터. 유키에는 종합병원의 두 정거장 앞인 '법원 앞'에서 하차 벨을 눌렀다. 해방감과 약간의 우월감이 뒤섞여 손끝을 춤추게 하는 그 순간을 유키에는 좋아했다.

F가정법원은 독립된 건물이 아니라 지방법원 청사의 2, 3층에 병설되어 있다. 햇빛을 충분히 머금은 남쪽 복도에는, 그 밝은 장소와는 대조적으로 심각한 가정 문제를 안고 있는 사람들의 음울한 얼굴이 오간다.

유키에는 정면 계단으로 올라가서 가정법원 서기관실의 문을 조용히 밀어젖혔다.

"안녕하세요."

호리타 쓰네코가 밝은 목소리로 인사했다. 삼십 대 중반의 가사부 서기관인 그는 연장자에게 예의 바르게 행동하고, 여성 서기관에게 흔히 보이는 새치름한 면이 없었다. 실제로는 2층을 꽉 잡고 있는 '왕언니'라고 하던데, 그런 사실을 전혀 모르는 남자 조정위원들은 "세상에 당신 같은 부인만 있으면 이혼 조정도 줄어들 텐데 말이야"라며 쓰네코를 격찬했다.

쓰네코의 긴 손가락이 서류를 넘겼다.

"어디 보자, 세키네 씨는 새 안건이네요?"

"네."

유키에는 평소와 같이 느릿한 손놀림으로 출근부에 도장을 찍은 뒤 쓰네코에게로 고개를 돌렸다.

"와타누키 씨는 벌써 오셨어요?"

"네, 조금 전에 대기실에 가셨어요."

아무렇지 않게 대답한 뒤, 쓰네코는 불쑥 안타깝다는 얼굴로 목소리를 낮추었다.

"힘드시겠어요, 와타누키 씨랑 같이하시려면."

유키에는 어설프게 웃는 표정으로 애매하게 고개를 끄덕였다.

조정은 두 명의 조정위원이 짝을 이뤄서 담당하게 된다. 당연히 상성 좋은 사람과 짝이 되고 싶은 게 사람 마음이지만, 누가 짝이 될지는 위원들이 모르는 곳에서 가사부가 결정한다. 요컨대 뽑기 운이 좋냐 나쁘냐의 문제다. 가정법원 조정에 대해 "조정위원의 편차가 너무 심하다" 같은 비판의 목소리를 자주 듣는데, 바로 그 위원부터가 잘 맞는 짝을 만났냐 아니냐로 일희일비하고 있었다.

이번에는 완전 꽝이라고 볼 수 있었다.

예순여덟 살의 중학교 교장 출신인 와타누키 구니히코는 완고하고 융통성이 없었다. '이혼을 원하는 부인'에게 특히 엄격한 것으로 잘 알려져 있었다. 전에 한 번 와타누키와 이혼 조정에 들어갔을 때, 유키에는 오랜만에 남존여비라는 사자숙어를 실감했다. 남자 조정위원, 그중에서도 나이 많은 위원이 '정숙한 부인', '조강지처'를 추구하는 경향이 강한 거야 어쩔 수 없다 치더라도, 남편의 거듭된 폭력을 견디지 못하고 간절한 마음으로 조정에 온 부인에게 입을 열자마자 "아이를 아비 없는 자식으로 만들 셈인가"라고 몰아붙여서 펑펑 울린 와타누키의 고압적인 태도에는 그저 기가 막힐 뿐이었다.

서기관실을 나온 유키에는 조정위원 대기실로 향했다. 오늘 개시되는 조정도 '이혼을 원하는 부인'이 신청한 것이었다. 심지어 아이가 셋이었다. 보름 전, 와타누키가 짝이라는 사실을 들었을 때부터 유키에는 그 나름 마음을 다잡고 있었다. 자신이 의식해서 부인 편을 들지 않으면 현저하게 불공평한 조정이 될지도 몰랐다.

대기실에는 이미 열다섯 명 정도의 조정위원이 와서 이야기꽃을 피우고 있었다. 새 안건을 맡은 두 팀은 담소를 나누는 무리와는 떨어진 탁자에서 사전 협의를 하고 있었다. 와타누키는 등을 돌리고 창가에 우두커니 서 있었다. 신록이 눈부신 중앙 정원의 나무를 바라보고 있는 듯했다.

"와타누키 씨."

말을 걸자 무표정한 얼굴이 천천히 뒤돌아봤다.

유키에는 정중하게 고개를 숙였다.

"세키네입니다. 이번에 또 함께 일하게 되었습니다. 잘 부탁드립니다."

"그래, 나도 잘 부탁해."

평소의 거만함이 없었다. 두 눈도 흐릿하게 탁해져서 패기가 느껴지지 않았다. 마치 다른 사람 같았다.

"와타누키 씨, 어디 몸이라도 안 좋으세요?"

탁자에 앉아 회의를 시작한 지 오 분쯤 됐을 때 유키에는 물었다. 도무지 이야기에 호응하지 않는 와타누키에게 속이 탔기 때문이다.

"아니, 실은⋯."

와타누키는 순순히 털어놓았다. 시의 정기검진 때 흉부 엑스레이를 찍었는데, 좋지 않은 음영이라도 발견됐는지 어제 보건센터에서 재검사 통지를 받았다고 했다.

그까짓 일로⋯.

귀에 젖은 말이 유키에의 목구멍까지 치밀어 올랐다.

재작년에 돌아가신 어머니의 입버릇이었다. 당차고 자존심도 세고 자식 교육에도 엄격한 분이셨다. 끙끙거리며 속앓이를 하고 있을 때면 늘 그 말을 들었다. 그까짓 일로 울긴 왜 울어. 그까짓 일 따위 얼른 잊고 정리하렴.

저도 모르게 그 말투를 물려받은 유키에도 매서운 어조로 자주 사용했다. 집에서만 큰소리치는 두 딸에게. 사회에서 도망치려고 한 남편에게. 그리고 몇 번이나 좌절할 뻔했던 스스로에게도.

유키에는 표정을 가다듬었다. 건강에 자신감을 잃은 남자가 얼마나 연약한지는 잘 알고 있었다.

"분명 잘못 봤을 거예요. 그런 이상한 차 안에서 촬영한 엑스레이 따위 믿을 게 못 되죠."

"그렇다면 다행인데….."

삼 년 전에 아내를 잃은 와타누키는 돌봐줄 사람 하나 없는 고독한 입원 생활을 성급히 상상해버렸는지 허세도 부리지 못했다.

오늘은 세키네 씨가 주도해서 진행해줘. 그 말을 남기고 와타누키는 화장실로 향했다.

유키에는 한숨을 한 번 내쉰 뒤 탁자 위에 펼친 서류로 시선을 떨구었다.

2002년 (너) 제315호 부부관계 조정사건

신청인   기쿠타 요시미(29세)

피신청인   기쿠타 간지(30세)

　와타누키가 계속 저런 상태라면, 특히나 이번 조정에 한해서
기쿠타 요시미라는 여성은 행운에 당첨된 걸지도 모르겠다.

　유키에는 서류를 읽어나갔다. 이미 두 번쯤 살펴본 뒤라서
대략적인 내용은 머릿속에 들어 있었다.

　기쿠타와 요시미는 고등학생 때부터 사귀다가 팔 년 전에
결혼했다. 자녀는 여자아이만 셋이고, 각각 여덟 살, 여섯 살,
다섯 살이다. 첫째 딸의 나이를 보면 요즘 유행하는 '혼전임
신'이었던 모양이다. 몇 년 전부터 부부관계가 식어서 작년에
별거했고, 요시미는 현재 딸들을 데리고 친정으로 돌아간 상
황이다. 요시미 쪽에서 여러 번 협의이혼을 신청했지만 기쿠
타가 응하지 않아서 이번 조정에 이르게 되었다.

　조정 이유는….

　요시미가 작성한 조정동기란에는 예시 항목의 절반 이상에
동그라미가 그려져 있었다. '성격이 맞지 않는다', '이성 관
계', '술을 너무 많이 마신다', '낭비한다', '정신적으로 학대
한다'. 두 달 전에 실시된 가정법원 조사관의 청취에서는 "남
편과 함께 있을 바에는 차라리 죽는 편이 나아요. 하루빨리 이

혼하고 싶어요"라며 직설적으로 심정을 호소했다.

유키에는 문을 바라봤다. 검사 출신 위원이 막 입실한 참이었다. 그 짝인 보건원 출신 위원이 고개 숙여 인사하고 있었다.

와타누키는 화장실에서 돌아오지 않았다. 곧장 3층 조정실로 향했을 수도 있다는 생각에, 조금 이른 시간이지만 유키에는 서류를 품에 안고 대기실을 나왔다.

계단을 오르기 시작한 직후였다. 위쪽에 기쿠타 요시미의 뒷모습이 보였다. 그렇게 판단한 건 수수한 정장 차림의 그녀가 서류에 적혀 있었던 나이에 부합하는 세 명의 여자아이를 데리고 있었기 때문이다. 첫째와 둘째는 똑같은 원피스를 입고 있었다. 막내로 보이는 원아복 차림의 여자아이는 머리가 희끗희끗한 초로의 여인과 손을 잡고 있었다. 아마도 요시미의 모친이겠지.

막내가 웃었다. 무슨 영문인지 둘째의 한쪽 신발이 벗겨졌기 때문이다.

말을 걸어보자. 작정하고 유키에는 계단을 오르는 발걸음의 속도를 높였다. 제가 담당입니다. 너무 긴장하지 마세요. 그 정도 말은 해줘도 문제없을 터였다. 계단을 다 올라가서야 따라잡을 수 있었다. 유키에의 발소리를 눈치챈 요시미와 모친이 동시에 뒤돌아봤다.

유키에는 숨을 삼켰다. 왜 자신이 그런 반응을 보였는지 깨닫는 건 찰나의 순간이었다.

낯익은 얼굴이었다. 요시미, 아니 그 모친의 얼굴이.

요시미의 모친이 긴장한 표정으로 유키에에게 가볍게 인사했다.

"죄송하지만, 대기실은 어디로 가면 되나요?"

유키에는 오른쪽을 가리켰다. 말은 부자연스러울 정도로 뒤늦게 따라 나왔다.

"신청인 대기실은 저쪽입니다."

"저…."

이번에는 요시미가 입을 열었다. 주저하는 모양새였다.

"조정 상대와 같이 쓰지는 않죠?"

"네, 대기실은 따로따로니까 걱정 마세요."

고개를 숙이는 두 사람을 뒤로하고 유키에는 조정실이 늘어서 있는 복도 쪽으로 걸음을 옮겼다. 그 발걸음은 미약하게 흔들리고 있었다.

설마 싶었다. 하지만 잘못 봤을 리 없었다. 다른 건 몰라도 '그 여자'의 얼굴만큼은….

유키에는 제3조정실로 들어갔다. 와타누키의 모습은 보이지 않았다. 내던지듯이 책상 위에 서류 다발을 펼치고 다급한 손으로 페이지를 넘겼다. 심장이 몹시 두근거렸다. 호적등본을 찾기 전, 가족관계증명서에 적힌 성이 눈에 들어왔다.

온몸의 땀샘이 열린 느낌이 들었다. 역시 맞았다.

기쿠타 요시미의 결혼 전 성은 '도키자와'였다.

2

한동안 망연자실해 있었다.

유키에는 벽시계를 바라봤다. 조정 개시까지 십오 분 남았다. 마음을 진정시키기 위해 의자에 앉았다.

지인일 경우에는 규칙에 따라 이 조정에서 물러나야 한다. 대도시와는 사정이 다르다. 지방에서 오랜 세월 조정위원을 하다 보면 누구나 한두 번은 이런 경우와 맞닥뜨린다. 유키에도 작년에 경험했다. 새 안건으로 맡게 된 입양 무효 사건의 신청인이 안면 있는 지명연구가였다. 유키에는 대학을 졸업하고 현립도서관에서 오랫동안 사서로 근무했었다. 그 당시 그의 자료조사를 몇 번인가 도와준 적이 있어서, 서기관에게 사정을 말하고 다른 위원으로 교체했었다.

하지만….

기쿠타 요시미와 그 모친 도키자와 이토코. 그들을 과연 지인이라 부를 수 있을까.

두 사람과 이야기한 적은 한 번도 없었다. 안면이 있다고 해도, 유키에가 일방적으로 알고 있을 뿐인 관계였다.

유키에는 눈을 감았다.

당시의 기억이 떼구름처럼 되살아났다. 십이 년 전, 아니 벌써 십삼 년 전인가.

그때는 현에서 운영하는 대단지 아파트에 살고 있었다. 장녀 미즈키가 식품 도매업체에 취직하고, 둘째 나쓰코가 현립 고등학교 2학년에 진급한 해였다. 초등학교 교사였던 남편 후사오는 이 년간의 휴직 끝에 석 달 전 교직을 그만뒀다. 자율신경실조증. 최초의 병명은 머지않아 심신증으로 바뀌었고, 결국 정신과 통원 치료를 받게 되었다.

유키에는 눈앞이 캄캄한 심정이었다. 이에 연타를 가한 것이 나쓰코의 등교 거부였다. 장마가 끝나고 얼마 지나지 않은 7월, 나쓰코가 돌연 학교에 가지 않게 되었다.

몸이 안 좋아. 나쓰코는 매일 아침 이불을 뒤집어쓴 채 그렇게 말했다. 어디가 어떻게 안 좋은지 물어도 대답하지 않고, 열도 재지 못하게 했다. 그까짓 일로…. 처음에는 타일러봤지만, 점차 걱정되기 시작했다. 일단 병원에 가서 진찰을 받아보자고 침대에서 손을 잡아끌자, 나쓰코는 울부짖으며 심하게 저항했다. 예삿일이 아니었다. 그제야 몸의 병이나 단순한 학업 태만이 아니라, 제 딸이 등교 거부 상태라는 현실을 깨달았다.

유키에는 무척이나 곤혹스러웠다. 나쓰코가 등교 거부를

하게 된 원인이 도무지 떠오르지 않았다. 학교 성적은 그럭저럭 나쁘지 않았고 본인도 개성적인 선생님이 많아서 수업이 즐겁다고 했었다. 만돌린 동호회 연습을 빼먹은 적도 없었다. 야구부 매니저 같은 일도 하고 있었고, 남학생이 집에 전화를 걸어온 적도 있었다. 나쓰코는 즐거운 청춘 시절을 보내고 있다고 줄곧 생각하고 있었다.

하지만….

따돌림을 받고 있었을지도 모른다. 유키에가 막연한 의심을 품은 건 나쓰코가 좀처럼 반 이야기를 입에 담지 않았다는 사실이 생각났기 때문이다. 나쓰코는 아니라고 딱 잘라 부정했다. 학교에도 가봤지만, 담임선생님은 고개를 갸웃거릴 뿐이었다. 그러던 중 나쓰코가 소중히 여기던 도자기 저금통이 옷장 안에서 사라졌다는 사실을 알아챘다. 나쓰코는 어렸을 때부터 그 저금통에 세뱃돈을 모아왔는데, 은행에 맡기라고 해도 저금통을 깨는 게 싫다며 말을 듣지 않았었다. 10만 엔, 아니 그 이상이 들어 있었을 텐데 대체 어디에 썼을까. 유키에가 따져 묻자 나쓰코는 모른다고 우기더니, 나중에는 "도둑이 들었나 봐"라거나 "언니가 훔친 거 같아"라며 아무 말이나 내뱉었다.

나쓰코의 태도가 누그러진 건 여름방학에 들어서고부터였다. 자기 방에 틀어박혀 있는 시간이 줄고, 표정도 조금씩 밝아지기 시작했다. 학교가 방학이라는 점이 나쓰코에게 변화를 가져온 건 분명했다. 그 점이 따돌림의 존재를 새삼 의심하게 만들기도 했다. 저금통도 마음에 걸렸다. 누군가에게 돈을 갈취당하고 있었던 게 아닐까. 때마침 악질적인 학교 폭력 사건이 여기저기서 드러나며 연일 신문과 텔레비전을 떠들썩하게 하고 있었다.

마음속에 불안과 염려를 품고 있으면서도, 나쓰코가 조금씩 원래대로 돌아오는 모습을 유키에는 감사한 마음으로 지켜보고 있었다. 무슨 일이 있었는지 아는 건 나중으로 미뤄도 된다. 그저 나쓰코가 예전의 모습으로 돌아와주기만을 바랐다. 그런 마음이 전해졌는지, 유키에를 멀리하던 나쓰코의 태도가 조금씩 나아지더니, 오본(한국의 추석에 해당하는 일본 명절이며, 시기는 양력 8월 15일 전후이다−옮긴이)을 지날 무렵에는 권하면 쇼핑에도 따라오게 되었다. 그랬는데….

집 근처 슈퍼에서 있었던 일이었다. 나쓰코가 회를 먹고 싶다고 해서 특가 상품을 살펴보던 중이었다.

시선이 느껴졌다.

고개를 돌리자 통로 앞에 키 큰 소녀가 서 있었다. 나쓰코와 같은 교복을 입고, 손에 든 스포츠 가방에는 테니스 라켓이 꽂혀 있었다.

무서운 눈. 유키에는 그렇게 느꼈다. 소녀는 턱을 당기고 도

전적인 시선으로 이쪽을 바라보고 있었다. 유키에를 보고 있었던 건 아니었다. 소녀의 시선은 똑바로 나쓰코를 향해 있었다. 그때 나쓰코가 보인 반응은 아직도 잊을 수 없다. 고개 숙인 얼굴은 백지장처럼 하얗게 질렸고, 희미하게 입술을 떨고 있었다. "아는 애니?" 하고 작게 물어봤지만, 대답이 없었다. 유키에가 통로로 시선을 되돌리자 소녀는 과자 봉지를 손에 들고 걸어가고 있었다. 소녀는 계산대 근처에서 모친으로 보이는 여자와 합류했다. 살짝 웨이브 진 밤색 머리카락. 하늘색 여름 니트에 꽃무늬 플레어스커트. 도회적인 분위기를 몸에 두른 듯한 인상을 주는 화려한 여자였다.

그날 이후로 나쓰코는 다시 외출하지 않게 되었다. "그 애가 널 괴롭히니?" 큰맘 먹고 던진 유키에의 질문에 나쓰코는 눈을 부라리며 외쳤다. "나 좀 내버려둬! 쓸데없는 짓 하면 죽어버릴 거야!"

남편에게 상담할 수 없다는 게 괴로웠다.

집에 등교를 거부하는 아이가 두 명 있는 거나 마찬가지인 상황이었다. 남편은 거의 자기 방에 틀어박혀 있었다. 아무 일도 하지 않고, 아무 말도 하지 않았다.

심신증이라는 병명이 유키에를 괴롭혔다. 세간의 눈을 의식한 시어머니는 남편이 정신과에 다닌다는 사실을 아무에게도 말하지 말라고 거듭 당부했다. 남편의 미래뿐만 아니라 미즈키와 나쓰코의 결혼에도 영향을 줄 수 있다며 소리를 낮췄다. 유키에도 그게 가장 두려웠다. 마음의 병을 꺼리고 멸시했다. 자신의 조부모와 양친에게 주입받아 당연하게 생각했던 뿌리 깊은 편견은 설령 자기 남편이라 하더라도 간단히 사라져주지 않았다.

슈퍼에서 만났던 모녀가 현영아파트 가장 남쪽에 위치한 K동의 '도키자와'라는 건 동네 자치회 임원을 넌지시 떠봐 알아냈다. 외동딸 요시미는 나쓰코와 같은 2학년이고, 옆 반 학생이라는 사실도 알았다.

몇 번이나 그 집에 쳐들어갈 생각을 했는지 모른다. 요시미가 나쓰코에게 무슨 짓을 했는지 밝혀내서 사과받고, 두 번 다시 나쓰코에게 접근하지 않겠다는 약속을 받아내고 싶었다.

유키에는 끝내 실행하지 않았다. 아직도 후회가 가시처럼 박혀 마음에 남아 있었다. 나쓰코는 쓸데없는 짓을 하면 죽어버리겠다고 말했지만, 그런 말까지 하게 만든 괴로움의 깊이를 생각하면, 엄마로서 딸의 고통을 없애주기 위해 '도키자와'의 문을 두드려야 했던 게 아닐까.

무서웠다. 단지 내에서 분란을 일으키고 싶지 않았다. 소란을 피우면 나쓰코의 등교 거부가 남들 입에 오르내리게 된다. 남편의 병까지 알려질 수도 있었다. 그래서 유키에는 행동에 옮길 수 없었다. 벌벌 떨면서 하루하루를 보내던 때였다. 세간의 눈과 귀와 입이 그 무엇보다도 두려웠다.

유키에는 눈을 떴다. 당시 기억이 가슴속을 가득 메워 아픔이 느껴질 정도였다.

벽시계를 바라보았다. 조정 개시까지 삼 분. 여전히 고민 중이었다. 지인은 아니었다. 하지만 도키자와 모녀에게 특별한 감정을 품고 있다는 사실은 부정할 수 없었다. 비록 비상근일지라도 조정위원은 국가 공무원이다. 역시 사퇴해야 하나.

유키에는 다시금 눈을 감았다.

새빨간 스타렛(토요타 자동차가 제조 및 판매 중인 자동차 브랜드-옮긴이)이 눈에 선했다.

도키자와 이토코는 행복해 보였다. 유키에와 같은 아파트 단지에 살면서, 세련된 옷을 입고 비싼 고기를 사고 본인 전용 차로 보이는 스타렛을 타고 미용실에 갔다.

번쩍번쩍 광이 나는 그 스타렛에 자주 추월당했다. 아파트 단지에서 슈퍼로 가는 언덕길 중간이었다. 땀을 뻘뻘 흘리며 페달을 밟는 유키에의 자전거 바구니에는 늘 할인판매 전단지가 담겨 있었다. 남편을 돌보기 위해 오랫동안 근무했던 도서관 사서 일은 그만뒀다. 내 집 마련을 위한 저금을 헐어서 매달 집세를 내고, 시어머니가 입막음 값이라는 듯 건네는 돈으로 병원비를 충당하고, 이제 막 취직한 미즈키의 박봉으로 네 식구가 먹고살았다. 이까짓 일로…. 입안으로 그렇게 되뇌던 중 저도 모르게 눈물이 흘러나온 적도 있었다.

가을이 되자 단지에서 빨간색 스타렛이 사라졌다.

얼마 뒤, 교외에 커다란 집을 지어 이사 갔다는 이야기가 들려왔다. 그 집 남편이 공조 설비 회사의 과장이라서 새집은 중앙난방이라는 말을 하는 사람도 있었다.

하지만 그 후로 어떻게 된 걸까.

조금 전 본 도키자와 이토코의 늙은 모습은 이루 말로 할 수 없을 정도였다. 머리가 희끗희끗했던 탓도 있을 것이다. 분명 유키에보다 서너 살 아래였을 텐데, 예순을 훌쩍 넘긴 사람처럼 보였다. 몸매도 망가져서 고무줄 바지 같은 옷을 입고 있었다. 도저히 교외 고급 주택에서 유유자적하며 노후를 보내고 있는 걸로는 보이지 않았다.

저절로 유키에의 얼굴에 웃음이 떠올랐다.

나쓰코는 학교에 가기도 하고 안 가기도 하며 다사다난한 고등학교 시절을 보냈지만 어떻게든 졸업은 할 수 있었다. 치과위생사 자격을 딴 뒤, 근무하던 치과의 후계자와 교제 끝에 전형적인 부잣집으로 시집갔다. 피로연 자리에서 신랑이 낭독했던 한 구절이 아직도 귓가에 남아 있었다. "이렇게 다정하고 똑 부러진 여성으로 길러주신 부모님께 진심으로 감사드립니다." 재작년에는 아이도 낳았다. 나쓰코는 행복해 보였다. 새빨간 독일차를 타고 한 달에 한 번은 손자의 얼굴을 보여주러 왔다.

저 여자는 자식 교육을 어떻게 한 건지.

어린 나이에 별 볼일 없는 남자와 결혼해서 딸을 셋이나 낳고, 결국에는 이혼하고 싶다며 가정법원에 애원하러 왔다.

이겼다. 노골적인 감정이 머릿속에 떠올랐을 때 조정실 문이 열렸다. 와타누키였다.

"어라? 아직 안 왔나?"

유키에는 손목시계를 봤다. 열 시 정각이었다.

"그럼, 불러올까?"

고개를 끄덕였다. 마음속으로는.

"왜 그래? 아직 부르면 곤란한가?"

유키에는 시선을 올리고 말했다.

"부탁 좀 드려도 될까요?"

"아, 물론이지."

문이 닫혔다.

복수는 아니었다. 그저 도키자와 모녀의 '그 후'를 엿보고 싶었다. 옛날과 지금의 입장이 역전되었다는 사실을 자신의 눈과 귀로 확인하고 싶었다. 꺼림칙한 마음 따위는 들지 않았다.

유키에는 오른팔을 쓸어내렸다. 그 언덕길에서 느꼈던 빨간 스타렛의 풍압이 지금도 또렷하게 남아 있었다.

3

조정실로 돌아온 와타누키는 유키에의 옆자리에 털썩 걸터앉았다. 잠시 후 문에서 노크 소리가 들렸다.

"실례합니다."

기쿠타 요시미는 시선을 내리깔고 들어와서 주뼛주뼛 정면의 의자에 앉았다. 그런 다음 유키에의 얼굴을 보고 "앗" 하고 작게 소리쳤다.

순간 소름이 끼쳤지만, 다음 순간 요시미가 고개를 숙였다.

"조금 전에는 친절하게 알려주셔서 감사했습니다."

그래, 알아차릴 리가 없었다. 유키에는 아직 이름을 밝히지 않았고, 요시미와 마주쳤던 건 십삼 년이나 전이었다. 심지어 딱 한 번이었다. 유키에 역시 계단에서 모녀 두 사람을 동시에 보았기에 알아차릴 수 있었다. 만일 오늘 도키자와 이토코가 함께 오지 않았다면, 그날 슈퍼에서 만난 소녀의 얼굴과 요시미를 겹쳐볼 수 없었을 것이다.

"아니에요."

억양 없는 말투로 대답한 유키에는 와타누키에게 고개를 돌렸다. 바로 시작하라는 듯한 눈짓이 돌아왔다. 실제로 조정이 시작되면 틀림없이 주도권을 잡고 싶어 할 거라 생각했는데, 예상이 빗나갔다. 와타누키가 평소의 준엄함으로 요시미를 몰아세워주기를 내심 기대했었는데.

유키에는 책상으로 몸을 내밀고 손깍지를 꼈다.

"미리 말씀드리지만, 조정 자리는 재판과는 달리 선악이나 흑백을 담판 짓는 곳이 아닙니다. 저희 조정위원이 사이에 서서 쌍방이 납득할 수 있는 공정하고 타당한 합의를 찾아내는 장소입니다. 저희도 같이 지혜를 짜내고 협력을 아끼지 않겠지만, 어디까지나 부부 두 사람의 문제이니, 본인들 스스로 해결 방법을 생각해야 한다는 점을 기억해주세요."

기쿠타 요시미는 미동도 하지 않고 얌전하게 듣고 있었다. 유키에가 보기에는 그랬다.

"그리고 지금 이 자리에는 없지만, 조정위원회는 저희 조정위원 두 사람과 가사심판관, 총 세 명으로 구성되어 있습니다. 심판관은 현직 판사인데, 매번 저희가 작성하는 보고서를 읽고…."

"저기…."

돌연 요시미가 걱정스러운 목소리로 말했다.

"매번이라는 건, 전부 합쳐서 총 몇 번인가요?"

유키에는 어이가 없었다. 말하는 중에 불쑥 끼어든 것도 그렇지만, 아직 청취도 시작되지 않았는데 조정 횟수를 알려달라니.

유키에는 헛기침을 한 번 한 뒤 대답했다.

"경우에 따라 다르지만, 보통 세 번에서 여섯 번 정도입니다."

"여섯 번이요? 그러면 얼마나 걸리나요?"

"조정은 대개 한 달에 한 번 정도의 간격으로 실시되니까⋯."

"그럼 반년이요?"

또 말을 가로막는 요시미를 유키에는 슬쩍 노려보았다. 대체 가정교육을 어떻게 한 건지.

"반년이나 기다릴 수는 없어요. 이제 진짜 헤어지고 싶어요. 진짜 형편없고 최악인 남자예요. 부모님도 친구들도 다들 헤어지는 편이 낫다고⋯."

이번에는 유키에가 말을 자를 차례였다.

"잠시 진정하세요. 하나하나 제대로 듣고 있으니까요."

유키에는 서류를 넘겼다. 일부러 격식 없는 말투로 질문했다.

"고등학생 때부터 사귀었네?"

"정확하게는 중학교 3학년 때부터예요. 하도 끈질기게 매달리길래 어쩔 수 없이 사귀었어요. 그 사람, 조숙해서 그때부터 엄청 여자를 좋아했거든요."

청춘 시절의 추억까지 죄다 이혼 재료로 쓸 작정인 모양이었다.

"하지만 처음에는 당신도 좋아했죠? 육 년이나 사귀고 결혼했잖아요."

요시미는 살짝 난감한 표정을 보였지만, 남편을 힐난하는 기세는 여전했다.

"같은 고등학교에 다녀서, 어쩌다 보니 계속 사귀게 됐을 뿐이에요. 그 사람 독점욕이 너무 강해서 제가 다른 남자한테 관심을 보이면 고함치기도 하고, 몇 번인가 맞은 적도 있어요."

"당신이 너무 좋아서 어쩔 줄 몰랐던 거겠죠."

남편의 폭력적인 일면을 말했더니, 오히려 반대로 받아들인 유키에의 발언에 요시미는 울컥했다. 와타누키가 유키에를 흘끗 쳐다봤다. 남편 쪽 편을 든다고 볼 수 있는 발언이 의외였겠지.

유키에는 말없이 서류를 넘겼다.

고등학생 때 이야기를 끌어내고 싶었다. 요시미는 왜 나쓰코를 괴롭혔을까. 돈을 빼앗은 사람도 요시미였을까. 대화 속에서 자연스럽게 알아낼 방법은 없을까 머리를 굴려봤지만, 이 조정 자리에서 자신이 그런 이야기를 유도하기는 어렵다는 점도 충분히 이해하고 있었다.

"그 사람한테 저와 헤어지라고 명령해주세요."

유키에의 눈앞에서 피부도 마음도 거칠어진 불쌍한 여자가 입을 삐죽이고 있었다. 나쓰코를 떠올렸다. 아기를 품에 안고 번쩍번쩍한 외제 차에서 내리는 미소 띤 얼굴이었다.

유키에는 작게 숨을 들이마셨다.

"그러면 구체적인 내용을 들어보겠습니다. 우선, 조정을 신청한 동기. 많네요."

"네."

"남편분의 이성 관계를 의심하는 거죠?"

"네. 엄청나게 바람을 피웠어요."

"불륜의 증거는 있어요?"

"그런 건 없지만, 알 수 있어요."

"어떻게 알죠?"

"호텔 성냥이나 향수 냄새나, 휴대전화도 수시로 울리고요."

아무 말이나 내뱉는 것처럼 느껴졌다.

"정신적인 학대. 이건요?"

"이것저것 있는데, 많아서 다 셀 수도 없어요."

"예를 들어봐요."

"저를 무시하거나, 다른 여자를 과하게 칭찬하기도 해요. 저집 부인은 아들을 연달아 낳았느니 어쩌니 하면서."

"남편분이 아들을 원해요?"

"저 들으라고 일부러 그러는 것뿐이에요. 아이한테는 아무 관심 없을 거예요. 별거한 뒤로 한 번도 애들을 만나러 오지 않았으니까."

요시미는 짜증스러운 기색을 숨기지 않고 거칠게 숨을 내뱉었다.

"저기요, 이런 말 아무리 해봤자 소용없잖아요. 이런 거 말고, 그 사람을 설득해주세요. 저쪽이 알겠다고 하면 바로 헤어질 수 있으니까."

유키에는 서류철을 덮었다. 어느 정도 시간을 두었지만 와타누키의 호통 소리는 들려오지 않았다. 이럴 때, 남자들은 오로지 자기만을 위해 살아간다는 사실을 뼈저리게 느낀다.

요시미의 불만스러운 얼굴을 바라보며 유키에는 낮은 목소리로 말했다.

"그렇게 간단한 일이 아니에요. 딸도 셋이나 있고."

"제가 잘 키울 수 있어요."

"여기 오기 전에 남편이랑 양육비 얘기 같은 건 해봤어요?"

"아니요. 그 사람은 위자료나 양육비를 주기 싫어서 안 헤어지는 거예요."

"그렇게 말하던가요?"

"말은 안 하지만, 뻔해요."

죄다 자기중심적으로 생각하고 있었다.

유키에는 눈앞에 앉은 요시미를 통해 도키자와 이토코의 얼굴을 보고 있었다.

목구멍에 걸려 있던 질문이 밀려 나왔다.

"지금 친정에 있죠?"

"네."

"이혼한 뒤에는 어떻게 할 생각이에요?"

"나오려고요. 집이 좁거든요."

"좁다고…?"

저도 모르게 되물었다.

"네. 전에는 큰 집에 살았는데, 아버지가 다니던 회사가 도산해서 지금은 작은 셋집에서 살고 있거든요."

등줄기가 오싹했다. 오한인지 쾌감인지 알 수 없었다.

"고생 많았겠네요."

유키에는 요시미의 코를 응시하며 말했다.

요시미의 눈동자가 일순 의아하다는 듯 흐려졌다. 말의 의미와는 다른 울림을 감지한 게 틀림없었다.

유키에는 시선을 올렸다. 열 시 사십 분. 상대방인 기쿠타 간지를 부를 시간이었다.

"지금부터 남편분 얘기를 듣겠습니다. 끝나면 한 번 더 부를 테니까 그때까지 대기실에서 기다려주세요."

요시미는 그 장소에 미련이라도 있는 듯 천천히 자리에서 일어났다. 유키에와 와타누키를 번갈아 보고 애원하는 말투로 말했다.

"제발 부탁입니다. 이혼하게 해주세요. 물론 즐거웠던 시절도 있었습니다. 야구부 에이스였던 그 사람은 멋있었고, 제게 썩 잘해주기도 했어요. 하지만 이제는 아니에요. 서로 완전히 마음이 멀어졌어요. 무리하게 요구할 생각은 없습니다. 돈이 필요하기는 하지만, 빨리 헤어져주기만 한다면 많이 주지 않아도 괜찮아요. 그 사람에게 그렇게 전해주세요."

요시미는 고개를 숙이고 조용히 방을 나갔다.

유키에는 와타누키를 쳐다봤다.

"어떻게 생각하세요?"

"하루빨리 헤어지고 싶다, 돈도 필요 없다는 걸 보면 딴 남자가 있다는 소리겠지."

와타누키는 시시하다는 듯 그렇게 말했다. 새 출발을 위한 이혼. 요시미에게 내연남이 있고, 은밀하게 재혼을 준비하고 있다고 본 것이다.

유키에도 같은 생각이었다. 요시미의 언동이 너무나도 연기 같아 보였기 때문이다. 게다가 요시미의 화장이나 옷차림에도 신경 쓴 기색이 남아 있었다.

조정위원을 하다 보면 안다. 더 나은 사람을 찾아 이혼하는 여성의 비율이 확실히 늘어나고 있었다. 여성이 강해졌다는 뜻이다. 시대와 여론을 내 편 삼아, 이혼 따위 개의치 않고 새로운 사랑을 찾아 떠나게 되었다. 그 한편에서 여자를 자신 옆에 붙들어둘 노력도 하지 않고 능력도 없는 남자들이 늘어나고 있는 것 같다고 유키에는 생각했다. 남자 다루는 법에 통달한 '완성된 여자'를 의지하고 따르면서 평안함을 추구한다. 그런 유약하고 연애에 서투른 남자들이 이런 이혼을 증식시키고 있다는 생각을 지울 수가 없었다.

"상대방을 불러 오겠습니다."

와타누키에게 한마디 하고 유키에는 복도로 나왔다.

특별히 요시미를 탓할 마음은 들지 않았다. 지금의 유키에에게는 강물에 빠진 개가 운 좋게 강 가운데 모래톱에 기어오른 행운을 웃으며 지켜볼 마음의 여유가 있었다.

4

야구부 에이스이고 멋있었다. 기쿠타 간지는 여자들에게 인기 있던 시절의 자의식이 여전히 남아 있는 눈빛을 하고 있었다. 올백으로 넘긴 머리. 목깃이 높은 셔츠의 버튼을 두 개 풀고 있었다.

와타누키는 또다시 전부 맡기겠다는 얼굴이었다.

"부인분은 이혼 의사가 확고하신 모양입니다."

유키에가 말을 꺼내자 기쿠타는 머리를 북북 긁었다. 이런 데는 오고 싶지 않았다고 얼굴에 쓰여 있었다.

"기쿠타 씨, 대체 왜 이렇게까지 사이가 틀어지셨을까요?"

"글쎄요…."

"기쿠타 씨의 바람이 원인인가요?"

기쿠타는 얼굴 앞에서 손을 내저었다.

"바람 안 피웠습니다. 뭐, 옛날에는 몇 번 정도 있었던 것 같기도 하지만요."

서른 살 남자가 말하는 '옛날'이란 언제일까.

"그럼, 원인이 뭐죠?"

"음, 성격이 안 맞는다고 해야 하나, 그 여자 완전히 변했어요."

"그래도 이혼은 하고 싶지 않다?"

"네, 뭐…."

"왜죠? 돈 때문인가요?"

기쿠타는 혀를 찼다.

"요시미가 그러던가요?"

"아니요, 부인분이 그렇게 말씀하신 건 아닙니다."

유키에는 황급히 부정했다.

"아이가 셋이나 있으니까, 일반적으로 생각하면 양육비가 많이 들죠."

"그 정도는 어떻게든 할 수 있어요."

목소리에 허세가 섞여 있었다. 유키에가 손에 든 서류의 직업란에는 '야나카 물산 근무'라고 기재되어 있었다. 처음 듣는 회사였다.

"그렇다면 이혼에 동의하지 않는 이유가 뭐죠? 부인을 아직 사랑하시나요?"

"설마요."

기쿠타는 내뱉듯이 말했다.

"그렇게 신경질적인 여자랑 같이 사는 건 저도 싫습니다."

유키에는 기쿠타를 가만히 응시했다. 그렇다면 대체 왜? 물끄러미 바라보는 유키에의 시선에 기쿠타가 단념했다는 듯 한숨을 내쉬었다.

"꼴사납잖아요. 일방적으로 이혼하라는 소리를 듣고, '네, 알겠습니다' 하고 도장을 찍을 순 없어요."

남자의 체면이 깎였다는 말이다. 분풀이로 고집을 부리고 있었다.

잠시 시간을 두고 유키에는 조용히 말했다.

"다시 잘해볼 마음이 있는 건 아니라는 말씀이시죠?"

"없습니다."

기쿠타는 단호하게 말했다.

유키에는 와타누키를 쳐다보고 시선으로 강하게 촉구했다. 여기서는 남자 대 남자로 얘기해.

"음… 뭐, 그렇군…."

와타누키는 의자 등받이에서 몸을 일으켰다.

"이대로라면 결말이 나지 않겠군요. 두세 번 조정해보고 안 되면 부인 쪽은 본 재판을 바랄 겁니다."

"재판…."

기쿠타의 표정이 어두워졌다.

"네. 여기와는 달리 공개적이죠. 당신 친구나 지인이 증인으로 불려올 수도 있고요."

이번에는 얼굴에 두려움이 스쳐 지나갔다.

"회사 사람도요?"

"필요하다면."

"그건 곤란합니다. 회사에는 아직 별거 중이라는 말도 안 했는데."

체면치레에 자기 보신까지. 차례로 기쿠타의 본성이 보이기 시작했다.

"그런 부분도 잘 검토해서 다음 조정까지 마음을 좀 정리해 오세요. 다시 잘해볼 마음이 있는지 없는지, 이혼한다면 어떤 형태가 바람직한지. 문제를 피하지 말고 차분하게 생각해보라고요."

와타누키는 자신에게 들려주는 게 좋을 듯한 설교를 늘어놓으며 이야기를 마무리 지었다.

기쿠타는 완전히 풀이 죽어서 복도로 사라졌다. 유키에는 한 번 더 요시미를 불러 오기 위해 곧장 자리에서 일어났다. 그런데….

복도로 나온 유키에는 그 자리에 못 박혔다. 기쿠타도 마찬가지였다.

서로 어깨를 바싹 붙인 세 아이가 신청인 대기실 앞에 서서 이쪽을 바라보고 있었다. 아버지를 보는 시선이 아니었다. 여섯 개의 눈동자에는 감정이 결여되어 있었다.

기쿠타는 도망치듯 계단을 내려갔다.

아이들 뒤에서 요시미가 얼굴을 내비쳤다. 바로 눈이 마주쳤다. 고개를 한 번 끄덕이고 유키에는 방으로 돌아왔다.

요시미의 본색을 본 기분이었다.

오늘은 평일이다. 요시미는 학교와 유치원을 쉬게 하고 아이들을 여기 데려왔다. 저런 일을 시키기 위해서.

방에 들어온 요시미는 가련한 태도로 의자에 앉았다. 유키에는 그 얼굴을 눈여겨보았다.

지독한 여자. 저런 남자는 너희 아빠가 아니라며 매일같이 아이들에게 아버지의 험담을 불어넣고 있겠지. 도키자와 이토코가 요시미를 키웠고, 바로 그 요시미가 세 아이를 키우고 있었다. 참으로 무시무시하다는 생각이 들었다.

유키에는 무릎 위에 손을 얹고 입을 열었다.

"협상 여지가 전혀 없지는 않은 것 같아요."

요시키의 얼굴이 확 밝아졌다.

"정말요?"

즉각 못을 박았다.

"그렇게 순조롭지는 않겠지만요."

"네…?"

"요시미 씨가 한 말은 전부 모호해서, 남편분에게 큰 잘못이 있다는 생각은 들지 않아요. 불륜 증거 같은 것도 아무것도 없죠?"

"그, 그건 그렇지만…."

"게다가 이혼하게 되더라도 정해야 할 일이 산더미예요. 재산 분할, 위자료, 양육비, 친권, 감호양육 그리고 면접교섭권까지… 반년에서 일 년은 차분히 협의할 필요가 있다고 생각해요."

"일 년!"

욱한 요시미가 대들었다.

"말도 안 돼요. 그렇게까지 못 기다려요."

"그렇게까지 안 기다려주는 게 아니라?"

요시미의 눈이 휘둥그레지더니 삽시간에 얼굴이 붉게 달아올랐다.

"세키네 씨…."

와타누키가 저지하려고 했지만, 유키에는 개의치 않고 말을 이었다.

"내 말 잘 기억해둬요. 만일 당신 쪽에서 부정이 발각되면, 조정은 지금보다 훨씬 더 복잡해지고 늘어질 거라는 걸."

"그럼 재판할게요!"

요시미는 새된 목소리로 외치며, 애원하는 표정으로 와타누키를 바라봤다.

"제발요. 재판하게 해주세요."

"미안하지만."

단호한 말로 요시미의 주의를 되돌렸다.

"조정전치주의라고 해서, 조정이 불성립되지 않으면 재판은 할 수 없어요."

요시미는 눈을 부릅떴다.

"웃기지 마! 이딴 짓을 일 년이나 하고 있을 수는 없다고요!"

유키에는 서류철 모서리로 책상을 두드리고 일어섰다.

"장밋빛 인생이 기다리고 있잖아요? 그까짓 일로 엄살떨지 마세요!"

5

법원 근처에서 장을 보고 집으로 돌아왔을 때는 벌써 한 시에 가까운 시각이었다. 평소와 같이 남편은 차 한 잔 마시지 않고 기다리고 있었다.

"금방 차려줄게요."

유키에는 팩에 담긴 초밥을 접시에 옮기고, 재빨리 맑은장국을 만들어서 거실로 돌아왔다.

"큰맘 먹고 사봤어요."

이유도 묻지 않고 후사오는 표정 없는 얼굴로 초밥에 손을 뻗었다. 간장도 찍지 않고 차례차례 입으로 옮겼다.

이 사람의 유약함을 용서한 건 아니었다.

남편은 학교에서 무리하게 '열정적인 선생님'인 양 행동했던 것 같다. 6학년을 맡아 졸업시킨 다음 해에 2학년 담임을 맡게 됐다. 몹시 산만한 아이가 여럿 있어서 요즘 말하는 학급붕괴 같은 상황에 부딪혔던 모양이다. 수업이나 생활지도는 마음대로 되지 않고, 교장의 질타나 학부모의 압박에 시달리던 중 몸에 이상이 생겼다.

자율신경실조증. 의사에게 병명을 들었을 때의 남편 얼굴을 잊을 수 없다. 안도하는 표정이었다. 그럴듯한 병명이 붙은 사실을 기뻐하고 있었다. 이걸로 더 이상 학교에 가지 않아도 돼. 그 교실에서 벗어날 수 있어. 일순 그렇게 생각했던 거다.

그게 다였다. 남편은 병에 맞서려고 하지 않았다. 뻔뻔하게 병을 받아들이는 법도 몰랐다. 그저 자신에게 주어진 병명에 기대어, 달콤한 자기연민에 빠져 멍하니 인생을 허비해나갔다. 시어머니를 원망했다. 어째서 이렇게 연약한 인간으로 키우고 말았을까. 약하다는 게 때로는 죄가 된다는 사실을 왜 가르쳐주지 않았을까.

그까짓 일로.

딱 한 번, 유키에는 남편에게 대놓고 말한 적이 있었다. 심신증 진단을 받기 얼마 전이었다. 쉬운 쪽으로 쏠리는 남편의 성격을 잘 알고 있었던 만큼, 도무지 마음의 병을 인정할 수 없었다. 설령 병이라고 해도 반드시 이쪽으로 다시 데려올 수 있을 거라고 믿었다. 병이든 아니든, 남편의 마음속에 한창 활발하게 일할 나이대 남성으로서의 갈등이 숨어 있을 거라고 믿어 의심치 않았다. 하지만 그 갈등의 존재를 유키에가 분명히 인식하게 된 건 남편이 예순 살을 넘기고부터였다. 옛 동료들이 차례로 정년을 맞이했다. 이제 일하지 않아도 아무도 비난하지 않는다. 그 사실을 깨달은 순간 남편의 병세는 놀랄 만큼 호전되었다.

유키에는 정원으로 눈길을 돌렸다. 시어머니가 남긴 이 집과 유산이 없었다면, 지금쯤 어떻게 되었을까.

유키에는 후사오의 옆모습을 바라봤다. 묵묵히 초밥을 먹고 있었다.

이 사람을 지켜냈다. 병에 걸린 사실을 누구에게도 들키지 않고 두 딸을 길러냈다. 유키에 자신도 이 나이에 일을 구하는 행운을 만났다. 도서관 사서 시절에 알게 된 퇴임 판사가 추천장을 써준 덕분에 조정위원 시험을 칠 수 있었다. 조정위원 보수와 연금으로 먹고사는 데는 문제가 없었다. 남은 평생 그런 걱정은 없을 거라는 확신까지 갖게 되었다.

도키자와 모녀의 모습이 뇌리를 스쳤다.

작은 셋집. 진흙탕 싸움 꼴인 이혼 조정.

"여보."

목소리가 들떴다.

"오늘 말이죠, 법원에서 옛날에 알던 사람이랑 딱 마주쳤어 요."

"응."

"무척 예쁜 사람이었어요. 늘씬하고, 도회적이고."

"응."

"그렇지만 옷이나 화장 같은 게 좀 화려했어요. 생활도 화 려하고. 미용실이나 자동차도 그렇고."

"응."

"그런데 참 인생이란 게 뭔지. 오늘 그 사람을 보고 내가 얼 마나 놀랐는지 알아요? 그 사람 엄청나게 늙었더라고요."

"응."

"게다가 그 사람 딸이 이혼 조정을 하러 왔는데, 애가 셋이나 있으면서 이혼하고 싶다는 거예요. 뒤로는 다른 남자랑 사귀 는 거 같던데, 정말이지 어이가 없어서 말이 안 나오더라고요."

"응."

"역시 자식 교육도 그렇고, 생활도 그렇고 제대로 해야 한다니까요."

마지막으로 "응"이라는 말을 남기고 남편은 자리에서 일어났다. 소파에 누워 리모컨으로 텔레비전을 켰다.

유키에는 할 일 없이 차를 홀짝였다.

시야에 전화기가 들어왔다. 나쓰코에게 오늘 일을 이야기하면 뭐라고 할까.

가정법원은 사일런트 뷰로(Silent Bureau)다. 조정위원으로 임명됐을 때, 가정법원 소장이 인사에서 한 말이었다. 직역하자면 '침묵의 기관'이다. 공판을 원칙으로 하는 지방법원과는 달리, 가정법원은 모든 안건이 개인의 사생활과 관련된다. 그러니 묵비 의무를 소홀히 하지 말라는 뜻이었다.

유키에는 자리에서 일어나 식기를 쟁반에 담고 부엌으로 발걸음을 옮겼다. 그 순간, 전화가 울렸다.

작게 가슴이 두근거렸다. 은퇴한 노인의 집에 낮부터 전화를 걸어오는 건 수상한 판매업자 아니면 두 딸 중 하나다.

"세키네입니다."

"아, 엄마, 벌써 집에 왔네요."

나쓰코였다.

유키에는 긴 숨을 내쉬었다.

"왜 그래요?"

"깜짝 놀라서. 마침 너한테 전화할까 생각하고 있었거든."

"뭔데?"

"응?"

"용건."

"아, 그냥… 별거 아니야."

"뭐야, 신경 쓰이게. 말해봐요."

하려던 말은 벌써 목구멍까지 차올라 있었다. 옛날 일이다. 나쓰코도 웃으면서 '비밀'을 말해줄지 모른다. 혹시 그러지 못하더라도, 당시 유키에와 나쓰코가 얼마나 괴로웠는지를 생각하면, 그 장본인인 기쿠타 요시미의 불행담은 역시 나쓰코와 공유하고 싶었다.

유키에는 작은 목소리로 말했다.

"저기, 기쿠타라는 여자애 기억나니?"

대답이 없었다.

유키에는 황급히 정정했다.

"미안, 아니다. 도키자와였어. 너랑 같은 학교였던 도키자와 요시미라는 애."

수화기 건너편은 여전히 침묵하고 있었다.

"잊어버렸니? 왜, 네가 고등학생 때…."

"엄마."

나쓰코가 단호한 말투로 말을 가로막았다.

"자기 딸의 행복을 망가뜨리는 게 재밌어?"

자신의 귀를 의심했다.

"그냥 내버려두라고 했잖아! 쓸데없는 짓 하면, 나 진짜로 죽어버릴 거야!"

유키에는 수화기를 든 채 움직일 수 없었다. 과거 일이 아니었다. 나쓰코의 목소리는 고등학생 시절의 비통한 외침을 그대로 닮아 있었다.

6

초여름. 현관의 꽃은 칼라로 바뀌어 있었다.

제2회 조정 기일 아침. 유키에의 생활 리듬은 몹시 흐트러진 상태였다. 쓰레기 배출을 깜빡했고, 무의식중에 아침식사로 밥을 만들었다. 늘 타는 버스를 놓쳤고, 열 시 오 분 전에야 조정실에 들어가는 등 대단히 어수선한 아침이었다.

한 달 만에 대면한 기쿠타 요시미는 묘하게 태연자약해 보였다.

더 이상 이 여자 일에는 관여하지 않는 편이 좋다. 아침 나절의 혼란은 그런 예감인지 예언인지 모를 것을 유키에에게 암시하고 있었다. 그렇다고 이제 와서 도망칠 수는 없었다. 스스로 이 조정에 발을 들여놓았다. 후회스러웠다. 그날, 다른 위원에게 바꿔달라고 했다면 아무 일 없었을 텐데….

"지난번 조정 이후로 뭔가 변화가 있으셨나요?"

유키에가 질문하자 요시미는 고개를 크게 끄덕였다.

"그 사람이 조건에 따라서는 이혼에 응하겠다고 전화했어요."

"그렇군요."

서로를 마주 봤다. 서로의 시선 속에 지난번 일로 각자 응어리가 남아 있음을 알아챘다.

요시미가 입을 열었다.

"제가 지난번에 돈은 별로 필요 없다는 식으로 말했는데, 그 말 취소할게요."

이혼할 수 있을 것 같은 상황이 되자, 받을 수 있는 건 받아내려는 마음이 든 모양이었다. 배후에 있는 남자가 그렇게 말하라고 부추겼을 수도 있겠다.

"그리고 조정을 하더라도 협의이혼으로 할 수 있다고 들었는데, 맞나요?"

"가능합니다."

"그러면 그렇게 해주세요. 호적에 조정 이혼이라고 남기기 싫거든요."

"적당히 좀 하세요."

위협하듯이 말한 건 와타누키였다.

"그런 것보다, 부모라면 아이들 이야기를 먼저 해야 하는 거 아닌가요?"

와타누키의 재검사 결과는 '이상 없음'이었다. 그는 서기관실에서 최상의 컨디션이라고 선언하고 이곳으로 향했다.

유키에는 와타누키를 쳐다봤다. 제가 할게요. 눈으로 그렇게 말한 뒤, 다시 요시미에게로 고개를 돌렸다.

"알겠습니다. 그러면 순서대로 진행하시죠."

"질질 끄는 건 싫어요."

유키에는 고개를 갸우뚱했다. 이혼하는 방향으로 이야기가 진행되기 시작했다. 이제 초조해할 필요는 없을 텐데.

"전에 말했었죠? 남편분에게 큰 잘못은 보이지 않습니다. 신청인이라고 해서 당신이 유리한 입장이라는 소리는 아니에요."

"네. 그래서 증거를 가져왔어요."

"네…?"

유키에의 눈동자를 요시미가 들여다보는 듯했다.

"그쪽이 그랬죠? 불륜 증거를 가져오라고."

"그런 말은 하지 않았습니다."

"했어요, 비슷한 말. 그래서 알아왔어요. 그 사람, 지금 사귀는 여자가 있어요."

유키에는 적잖이 놀랐다. 탐정이라도 고용해서 조사했다는 말인가.

"알겠습니다. 말해보세요."

요시미는 동의하는 눈빛을 보냈다.

"상대는 스물아홉 살. 예전에 남편과 사귀었던 사람이에요. 최근에 다시 만나서 물타올랐나 봐요."

"불타올랐다는 말이죠?"

"네, 그거요."

"증거는?"

"⋯."

"있는 거죠?"

요시미는 불길한 미소를 떠었다.

"있어요."

"그러면 보여주세요."

"제 눈앞에 있어요."

유키에는 요시미의 손으로 시선을 내렸다. 아무것도 가지고 있지 않다.

"무슨 말이죠?"

매섭게 묻자, 요시미는 유키에를 똑바로 응시하며 말했다.

"당신이 증거를 가지고 있어요."

"이봐요!"

몸을 책상 앞으로 내민 와타누키를 손으로 제지했다. 그 손이 미약하게 떨렸다.

아침결의 예감. 예언.

긴 침묵이 내려앉았다.

유키에는 마음을 단단히 먹고 말했다.

"알아들을 수 있게 말해주세요."

요시미의 입술이 일그러지듯이 움직였다.

"전에 말한 것처럼 전 중학생 때부터 그 사람이랑 사귀었어요. 고등학교도 같다 보니 점점 관계가 깊어져서 키스나 페팅 같은 것도 하게 됐고요. 그 사람은 섹스하고 싶어 했지만, 집이 엄했던 저는 도저히 결심할 수 없었죠. 그때 그 여자가 나타났어요. 야구부 매니저였는데, 자기가 먼저 접근해서 바로 몸을 허락했다더군요."

"거짓말하지 마!"

유키에는 벌떡 일어났다. 그를 따라 요시미의 시선이 위로 올라갔다. 그날 본 눈이었다. 슈퍼에서 보여준 도발하는 듯한 그 눈.

"거짓말이 아니에요. 그 여자는 나한테서 그를 가로채려고 했어요. 술집 여자 같은 짓을 해서 그의 관심을 끌다니, 최악이죠?"

"닥쳐!"

"그렇지만 역시 나쁜 짓은 하면 안 되겠더라고요. 임신해버렸거든요. 그는 있는 돈을 전부 건네주고 울면서 부탁했죠. 결국 개는 어디선가 낙태하고, 그 후로 학교에 오지 않게 됐어요. 난 쌤통이라고 생각했죠."

유키에가 손바닥을 휘둘렀다. 그 손은 고개를 젖힌 요시미의 귓불을 스치고 허공을 갈랐다.

요시미는 의자에서 홱 물러서더니 문을 향해 뒷걸음질 쳤다.

"조정은 철회할게요. 그 사람도 협의이혼하고 싶다니까."

7

오후의 카페는 나른한 공기에 휩싸여 있었다.

카페에 들어오는 건 몇 년 만일까. 유키에는 창밖에 오가는 인파를 멍하니 바라보고 있었다.

손을 휘두른 그날부터 벌써 이 개월이 흘렀다.

유키에의 기세에 눌렸는지, 아니면 얼마간의 배려인지 모르겠지만 와타누키가 입 다물어준 덕분에 사일런트 뷰로는 지켜졌다. 그 좁은 조정실에서 벌어진 일이 방 밖으로 새어 나갈 일은 없었다.

기쿠타 요시미의 이야기에는 딱 하나 거짓말이 섞여 있었다. 나쓰코와 기쿠타 간지의 관계는 다시 시작되지 않았다. 나중에서야 요시미의 책략이었다는 사실을 알았다. 과거 이야기에 '피할 수 없는 현재'를 더함으로써 유키에와 나쓰코가 좋든 싫든 서로 대화할 수밖에 없게 만들었다.

나쓰코는 울면서 전부 털어놓았다. 딸의 비밀이 모녀가 공유하는 비밀로 바뀌었을 뿐이다. 앞으로도 계속 치과의사 남편에게 들키지 않도록 둘이서 함께 비밀을 지켜나가면 된다.

하지만….

유키에의 마음은 자꾸만 과거를 떠올리고 가라앉았다.

딸의 임신을 눈치채지 못했다. 낙태했다는 사실도.

남편의 병으로 정신이 없었다. 나쓰코가 등교 거부를 하기 전까지는 아이들 걱정은 안 했었다. 잘 키웠다. 그렇게 생각하고 있었다.

유키에는 가게 문에 눈길을 줬다. 기쿠타 요시미가 막 들어온 참이었다. 맞은편 자리에 요시미가 앉았다. 조정실과 똑같은 자리 배치였다.

"불러내서 미안해요."

"아니에요."

차가운 목소리와 목소리가 교차했다.

요시미는 창밖에 시선을 둔 채 말했다.

"느긋하게 이야기할 시간은 없어요. 엄마랑 아이들이 맞은

편 서점에서 기다리고 있어서."

"삼 분이면 충분해요."

유키에는 가방에서 갈색 봉투를 꺼냈다.

"그런 건 됐다고 했는데."

"그럴 수는 없죠. 돌려드릴게요."

유키에는 탁자 위에 내려놓은 갈색 봉투를 앞으로 쭉 밀었다. 안에는 3만 엔이 들어 있었다.

나쓰코의 저금과 기쿠타 간지가 건넨 돈만으로는 부족했다. 요시미도 낙태 비용을 보탰다. 분명 그를 되찾고 싶다는 마음 하나로 그랬을 것이다.

"기쿠타 씨."

"아, 이제 도키자와예요."

"벌써?"

"네. 이야기가 순조롭게 진행됐거든요."

요시미가 부탁한 커피가 나왔다. 약속했던 삼 분은 이미 지났다.

하지만….

한 가지, 유키에가 아무리 생각해봐도 알 수 없는 점이 있었다.

"도키자와 씨."

"왜 그러시죠?"

요시미는 입가의 커피잔을 테이블에 내려놓았다.

유키에는 목소리를 낮추고 말했다.

"당신과는 두 번 다시 만나지 않을 겁니다. 만나고 싶지 않아요."

"저도 그래요."

"마지막으로 알려줘요. 어떻게 내가 그 애 엄마라는 걸 알았죠?"

"아…"라고 말하고 요시미는 웃었다.

"딱 한 번, 그 애한테 따진 적이 있었어요. 어제 간지랑 호텔에 갔었지, 하고. 그랬더니 걔가 그러더군요. 그까짓 일로 소란 피우지 말라고."

유키에는 천장을 바라봤다.

"여고생이 그런 말투는 잘 안 쓰잖아요. 그래서 굉장히 인상 깊었어요. 조정에서 당신한테 똑같은 말을 듣고 깜짝 놀라서, 그래서 얼굴이 생각났어요. 옛날에 당신이랑 그 애가 같이 있는 모습을 몇 번이나 봤으니까."

각자 계산하고 가게를 나왔다.

작별 인사는 주고받지 않았다. 눈도 마주치지 않고 각자 다른 방향으로 걸어갔다.

유키에는 꽃집 앞에서 걸음을 멈췄다. 가게 앞에 놓인 꽃에 시선을 빼앗겼다. 제철을 맞은 꽃들이 너무나도 아름다워서 가슴이 벅차올랐다. 여러 꽃잎 색이 번져서 겹쳐 보였다. 이제

울 이유 따위 없을 텐데 눈물이 한 줄, 두 줄 뺨을 타고 흘러내렸다.

정신을 차렸을 때, 누군가 유키에의 옆을 스쳐 지나갔다. 요시미와 손에 책을 든 세 딸, 그리고 수수한 블라우스를 입은 도키자와 이토코….

풍압은 느껴지지 않았다. 담담한 뒷모습이었다. 승리도, 패배도, 아무것도 없었다.

유키에는 가만히 눈물을 닦았다.

가게 앞 꽃으로 시선을 되돌렸다. 투명하게 빛나는 흰 꽃이었다. 그 패랭이꽃을 꽃병에 장식하고 싶어졌다. 형태 좋은 한 줄기를 골라, 유리병에 길쭉하게 꽂아두기로 마음먹었다.

오전 다섯 시의 침입자

1

어둠 속, 머리맡에 놓인 시계에 눈길을 주었다.

정확한 'L' 자가 희푸르게 표시되어 있었다. 오전 세 시.

옆자리에서 잠든 아내의 숨소리가 들렸다.

다치하라 요시유키는 몸을 일으켰다. 이 시간만 되면 늘 눈이 뜨였다. 아내는 믿지 않지만, 신문 배달로 몸에 밴 세 시에 일어나는 습관이 마흔을 넘은 지금까지도 체내 시계에 살아남아 있었다. 초등학교 4학년 때부터 고등학교를 졸업할 때까지 하루도 빠짐없이 조간신문을 배달했다. 비 오는 날도, 눈내리는 날도, 폭풍우가 치는 날도 쉬지 않았다.

다치하라는 천천히 이불 위에 다시 누웠다.

참 열심히 살았지…. 한 번 더 잠드는 행복을 만끽하며 자신을 칭찬하는 습관은 경찰관이 된 이래 줄곧 이어져오고 있었다. 그 습관이 긍정적인 사고를 낳고, 나아가서는 바람직한 언동을 그리는 이미지트레이닝 효과를 가져왔다고 생각했다. 경찰 일이 힘들다고 느낀 적은 없었다. 파출소에서도 관할서에서도 성실하게 꾸준히 실적을 쌓아왔다. 본부 관리부문에 발탁되어 동기 중 세 번째로 경부(한국 경찰의 경감에 해당한다-옮긴이)로 승진했다. 그래서 잠들면서 더욱더 스스로를 칭찬해준다. 훌륭해. 이대로 힘내자. 넌 더 잘할 수 있어….

다섯 시에 일어나는 새로운 습관은 반년 전 'S현 경찰 홈페이지'를 만든 뒤부터 생겼다. 경무부장의 제안으로 예산이 배정되면서 정보관리과에 적을 둔 다치하라가 책임자로 임명되었다. 언젠가는 경찰도 인터넷 사회에 자신들을 노출하게 될 거라 생각하고 조직 내에 컴퓨터의 'ㅋ'도 없던 시절부터 조금씩 독학으로 쌓아온 지식이 인정받은 것이었다.

다치하라는 아내를 깨우지 않도록 조심하며 이불에서 빠져나갔다. 수도꼭지를 조금만 돌려서 가느다란 물줄기로 세안을 마친 뒤, 발소리를 죽이며 거실로 가서 탁자에 앉았다. 다치하라는 노트북을 앞에 두고 잘 닦은 손을 한 번 더 잠옷 배 주변에 문질렀다. 매일 수족처럼 사용하는 관청 비품이었지만, 어쩐지 이른 아침의 이 순간만 되면 족히 20만 엔은 하는 그 컴퓨터가 자신에게 과분한 사치품처럼 느껴졌다. 그런 다치하라를 보고 아내는 웃지만, 지금도 물건을 사면서 만 엔짜리 지폐를 내밀 때는 가슴에 희미한 죄악감이 들었다. 시급으로 환산하면 몇백 엔쯤 되었을까. 신문 배달을 했던 시절의 금전 감각을 잣대로 지금을 재단하는 버릇은 쉰, 예순을 넘겨도 바뀌지 않을 것이다.

— 그럼, 해볼까.

다치하라는 양손을 맞대고 비벼서 물기가 없는 것을 확인한 뒤, 전원을 켜고 컴퓨터를 실행시켰다.

메일을 확인했다. 안 읽은 메일이 열세 건. 그중 다섯 건은 업무 연락이었다. 급한 용건은 없었다. 여느 때처럼 직속 부하인 야자와 계장이 보낸 메일은 몹시 무미건조했다.

어제 접속 아흔두 건. 이상 없음.

지난 반년간, 야자와는 매일 밤 오전 영시에 현경 홈페이지에 접속해서 '방문자' 수와 게시글 내용을 확인한 뒤 다치하라에게 보고하는 업무를 마친 뒤에야 잠자리에 들 수 있었다. 덕분에 밖에서 과음하지 않게 되었습니다. 그는 감사인지 불평인지 모를 말을 정기적으로 입에 담았다.

— 아흔두 건인가.

다치하라는 팔짱을 꼈다.

일반 시민들의 접속이 계속 줄어들고 있었다. 개설 초에는 사백 건을 넘긴 날도 흔했는데, 그 후 조금씩 하강 곡선을 그리더니 최근 두 달 정도는 완전히 시들해졌다. 재방문객이 적다는 말이겠지. 흥미 본위로 한 번은 들여다보지만, 두 번 다시 '놀러' 오지 않는다. 요컨대 경찰이 전하고자 하는 바와 시민이 알고자 하는 바에 간극이 있다는 소리다.

— 의견을 좀 살펴볼까.

다치하라는 받은 메일을 확인하기 시작했다. 홈페이지 끄트머리에 '의견함'을 설치해서 누구나 자유롭게 의견을 보낼 수 있게 해두었다. 여기로 시민의 반응을 알 수 있는데, 메일을 읽을 때는 적지 않게 긴장되었다. 홈페이지에 대한 감상만 보내오는 게 아니었기 때문이다. 현경에 대한 불만이나 비난, 혹은 경찰관의 비행, 추문. 만일 그러한 내용이 적혀 있을 경우, 재빨리 관계 각부에 연락해야 했다. 오전 영시에 야자와가 확인한 뒤 아침까지 이상한 메일이 오지는 않았는지. 다치하라가 다섯 시에 일어나서 컴퓨터를 켜는 건 그 때문이었다.

방범 Q&A. 알기 쉽고 좋았다.

더럽게 재미없음. 법원 홈페이지가 차라리 나음.

감식 업무 내용을 좀 더 자세히 실어주세요. 과학수사연구소 같은 것도 부탁합니다.

딱딱한 얘기뿐이라서 재미없다. 경찰관의 생생한 목소리도 올려주면 좋겠다.

방범 대책 굉장히 유용한 내용이었습니다. 그나저나 현 내에 이렇게 도둑 피해가 많았다는 사실에 놀랐습니다.

안도의 한숨이 저절로 새어 나왔다.

내용도 그런대로 나쁘지 않았다. 변함없이 '딱딱하다', '재미없다'라는 단어가 눈에 띄지만, "알기 쉽고 좋았다", "굉장히 유용했습니다" 같은 메시지가 마음을 들뜨게 만들었다.

다치하라는 컴퓨터를 닫고 부엌으로 향했다. 물을 끓였다. 더없이 행복한 시간이다. 희미한 잉크 냄새를 풍기는 조간신문을 읽으면서 마시는 커피의 맛은 각별했다. 하지만 주전자가 증기를 내뿜기 시작한 뒤에도 밖에서 오토바이 소리는 들리지 않았다. 다섯 시 이십 분. 조간신문이 진작 도착하고도 남을 시간이었다.

문득 떠오른 생각에 달력을 바라봤다. 10월 15일. 신문 휴간일이다. 아니, 정확하게 말하면 어제 14일이 휴간일이고, 그날은 신문을 제작하지 않기 때문에 뒷날의 조간신문은 쉬게 된다.

다치하라는 혀를 찼다.

매일 아침 신문을 기대하고 있는 사람이 휴간일이라는 사실을 깨달았을 때 느끼는 낙담은 상당히 크다. 맥 빠짐. 허탈함. 뭔가 골탕을 먹은 기분마저 든다.

다치하라가 신문 배달을 하던 시절에는 휴간일이 일 년에 세 번, 1월 1일, 어린이날, 추분의 날로 정해져 있었다. 그런데 지금은 어떤가. 한 달에 한 번은 휴간일이 있었다. 즐거움을 뺏긴 분함과 그토록 휴일이 갖고 싶었던 당시의 기억이 겹쳤다. 심지어 힘들게 번 아르바이트비로 술을 사러 갈 수밖에 없었던 일이나 부어오른 뺨의 아픔까지 되살아나자, 다치하라는 얼른 부정적인 생각을 차단했다.

— 옛날 일은 됐어.

다치하라는 커피잔을 손에 들고 거실로 돌아갔다.

지금 삶에 만족한다. 먹고살기에 충분한 돈. 방 세 개짜리 관사. 너그러운 아내. 한창 사춘기인 두 딸. 적성에 맞는 일. 기대 이상의 계급. 가스도 전기도 수도도 끊길 일은 없다. 텔레비전이 있다. 에어컨과 전화기, 자동차도 있다. 그리고 평안한 시간. 한 잔의 커피. 당시에는 없었던 모든 것이 여기에 있다. 아버지는 죽었다. 두 번 다시 다치하라 앞에 나타날 일은 없다.

다치하라는 다시 컴퓨터를 실행시켰다.

신문사 덕분에 생각을 다듬을 시간이 생겼다고 여기기로 했다. 홈페이지 이미지 개선 방법이라도 생각해보자. 지금까지도 나름대로 머리를 굴려 몇 번이나 손봤지만 '재미있다'라는 감상은 받지 못했다. 매사 무난함을 추구하는 야스이 과장은 그걸로 됐다고 하지만, 분명 좀 더 쥐어짜다 보면 경찰의 체면을 지키면서도 재미있는 홈페이지를 만들 수 있는 아이디어가 떠오를 것이다.

다치하라는 마우스를 움직여서 현청 홈페이지에 접속했다.

화면이 채 표시되기도 전에 다치하라의 뇌리에 푸른 하늘을 배경으로 한 S현경 본부 빌딩 사진이 떠올랐다. 애초에 그 메인 화면부터 케케묵고 딱딱한 인상을 주는 게 아닐까.

순간 사고가 멈췄다.

다치하라는 눈을 거듭 깜박거렸다.

익숙한 본부 빌딩 사진은 나타나지 않았다. 화면이 새까맸다. 거기에 빨간색으로 글이 적혀 있었다. 가로쓰기로 네 줄. 딱 봐도 영어는 아니었다.

프랑스언가…?

잘못 접속한 모양이다. 다치하라는 쓴웃음을 지으며 화면 상단의 주소를 확인했다. 웃음이 사라졌다. 주소는 틀림없었다. 페이지 새로고침 버튼을 클릭했다. 그 손가락이 뻣뻣하게 굳어 있는 게 느껴졌다.

일순 화면이 사라졌다가 다시 표시되었다.

똑같았다. 새까만 화면. 붉은색 글자.

사이버 테러. 뇌 속을 후려친 불길한 글자에 다치하라가 온몸을 떨었다.

"그럴 리가…."

정신없이 키보드를 쳐서 주소를 재입력하고 다시 한번 페이지를 불러 왔다. 기도하는 마음으로 그렇게 했다.

결과는 마찬가지였다. 칠흑의 어둠을 연상시키는 화면. 가로로 쓰인 글자의 붉은색이 마치 핏빛처럼 보였다.

인정할 수밖에 없었다. 네트워크를 어지럽히는 '크래커'가 침입해서 홈페이지 화면을 바꿔치기한 것이다.

다치하라는 낮게 침음했다. 술이 떨어지면 늘 아버지가 그랬듯이, 이를 드러내고 짐승 같은 신음 소리를 흘렸다.

2

십 분 후, 다치하라는 현경 본부를 향해 차를 몰고 있었다. 동시에 대여섯 가지를 생각하느라 머릿속이 비명을 지르고 있었다.

"우선은…."

다치하라는 마음의 동요를 가라앉히려고 부러 큰소리를 냈다.

범인은 누구지. 목적이 뭘까. 대체 그건 어느 나라 말이고, 어떤 내용일까. 아니다. 지금 단계에서 그런 걸 알 수 있을 리 없다. 생각해봤자 소용없다. 지금 해야 할 일은….

상사에게 연락. 야나세 경무부장. 야스이 과장. 부하인 야자와에게도 이 사태를 알려야 한다. 아니, 아니다. 그것도 나중에 해도 된다.

일단은 그래, 그 화면을 어떻게든 해야 한다. 인터넷상에서는 지금 이러는 동안에도 테러당한 화면이 S현경의 공식 홈페이지로 노출되어 있다. 시민들이 보면 소란이 벌어진다. 매스컴이 달려들고, 현경의 체면은 뭉개지겠지. 책임 문제로 발전하게 되면, 당연히….

전신의 모공에서 식은땀이 흘러나왔다.

다치하라는 핸들을 세게 붙잡았다.

지워야 한다. 한시라도 빨리 능욕당한 그 화면을 지워 없애야 해.

서버 전원을 차단해야겠다. 그렇게 결론 내린 다치하라는 자동차 속도를 올렸다. 조금만 더 가면 도로에 전화박스가 있었다. 빨간불에 걸렸다. 안달 나고 초조했다. 파란불로 바뀌자마자 달려 나갔지만, 그곳의 전화박스는 이미 철거되어 흔적조차 없었다. 그다음 전화박스로 서둘러 이동했다. 다치하라는 이를 갈았다. 엉뚱한 곳에서 안티 휴대전화의 대가가 돌아왔다.

문을 부수듯 열어젖히고 오래된 전화박스로 뛰어들어갔다. 수첩을 펼쳐 일단 야나세 부장의 관사로 전화했다. 역시 사후 보고를 할 수는 없었다. 서버의 전원을 차단하려면 상부의 허가가 필요했다.

부장은 벌써 일어나 있었던 모양이다.

"무슨 일인가?"

"홈페이지에 누가 장난을 쳤습니다."

장난. 저도 모르게 자기방어적인 단어를 입 밖으로 내뱉었다.

"무슨 소리야?"

"자세한 일은 나중에 보고드리겠습니다. 일단 서버 전원의 차단을 허가해주실 수⋯."

"서버⋯?"

다치하라는 내심 혀를 찼다. 야나세의 제안으로 홈페이지를 개설하기는 했지만, 그렇다고 해서 야나세가 컴퓨터에 해박하다는 소리는 아니었다.

"현청 홈페이지가 설치되어 있는 컴퓨터입니다. 시민들의 접속을 포함해서, 그 서버가 홈페이지에 관한 모든 일에 대응하고 있습니다."

일단 잘 구슬려야 하니 아마추어가 알아들을 수 있게 적당히 설명했다. 전원 차단 허가를 받아내자마자 훅을 내려서 전화를 끊고, 동시에 다른 손으로는 바쁘게 수첩을 넘겼다. 나카가와 미키오의 자택 번호를 눌렀다. S현청 총무부 정보시스템과 직원인 그는 현경 홈페이지를 개설할 때도 손을 빌려준 베테랑 기술자였다.

전화를 받은 부인이 나카가와를 바꿔줄 때까지 잠시 기다렸다.

"나카가와입니다. 무슨 일이시죠?"

잠기운이 가시지 않은 목소리였다.

"아침 일찍 죄송합니다. 저희 홈페이지가 크래커한테 당했습니다."

"네…?"

"사이버 테러입니다. 완전히 엉망진창으로 바꿔놨어요!"

말하면서 점점 흥분한 다치하라와는 달리 나카가와는 금세 평소의 차분한 목소리를 되찾았다.

"진정하세요. 크래커가 서버에 침입했다는 말씀이시죠?"

"네, 그렇습니다. 한시라도 빨리 서버를 인터넷에서 분리하고 싶습니다."

"알겠습니다. 저도 바로 나가겠습니다. 조정실에서 합류하시죠."

그게 가장 빠르다. 현경 서버는 현청의 시스템 조정실에 설치되어 있었다.

"부탁드립니다. 아, 그리고 나카가와 씨…."

"왜 그러시죠?"

"현청 서버에 저희 홈페이지를 잠시만 옮길 수는 없을까요?"

욕심이 났다.

현경 서버의 전원을 끊으면 일반 시민이 그 화면을 볼 걱정은 하지 않아도 된다. 하지만 홈페이지에 접속한 시민은 이상하게 생각할 게 틀림없다. 화면에 "페이지를 표시할 수 없습니다"라는 메시지가 뜨기 때문이다. 경찰의 공식 홈페이지가 접속되지 않으면, 그건 그것대로 이런저런 억측을 부르고, 매스컴도 금세 알게 될 것이다.

하지만… 현청 서버에 잠시만 맡겨두면, 지금까지와 똑같은 주소로 현경 홈페이지를 볼 수 있었다. 크래커에게 당했다는 사실을 아무에게도 들키지 않고, 아무 일 없었다는 듯이 말이다.

다치하라는 간절함을 담아 말했다.

"안 될까요? 어려운 일은 아니시잖아요."

"DNS를 변경하면 금방 되지만…."

나카가와는 말을 얼버무렸다.

아직 크래커의 수법을 확인하지 않아서 아무 말도 못 하는 것이다. 만일 컴퓨터 바이러스에 의한 공격이라면 현청 서버에 감염될 수도 있었다.

"그 건은 만나서 얘기하시죠. 그런데 크래커에게 뚫린 이상 지금 서버에 있는 데이터는 못 쓸 텐데, 최신 백업 데이터는 있으세요?"

"어제 했습니다."

"그럼 그걸 챙겨 와주세요."

"알겠습니다. 이 은혜는 잊지 않겠습니다."

승낙을 받지 못한 채로 감사 인사를 하고, 다치하라는 전화 박스에서 뛰쳐나왔다.

오전 다섯 시 오십칠 분. 손목시계 바늘이 예리한 칼날처럼 보였다.

— 대체 누가 이딴 짓을 한 거냐.

신음하듯이 중얼거린 다치하라는 자동차 액셀을 밟았다.

3

다치하라는 일단 현경 본부 빌딩에 들러서 홈페이지 백업 데이터를 들고, 옆에 있는 현 청사로 달렸다. 엘리베이터를 타고 6층에 내려서 정보시스템과의 시스템 조정실에 뛰어들어가 안쪽 작은 방의 문을 힘차게 밀어젖혔다. 다섯 대의 탑상형 컴퓨터가 나란히 늘어서 있었다. 맨 오른쪽 끝의 한 대가 현경 서버였다.

나카가와는 이미 도착해서 엉거주춤한 자세로 현청 서버를 만지고 있었다. 자신들은 당하지 않았나 조사하고 있었던 게 틀림없었다.

까치집처럼 부스스한 머리가 뒤돌아봤다.

"그럼, 분리하겠습니다."

"당장 부탁드립니다."

나카가와는 현경 서버 뒤로 손을 뻗어서 네트워크 랜선을 뽑았다. 전원을 끄는 거나 마찬가지였다. 현경 서버는 네트워크에서 독립되어 그 누구도 외부에서 접속할 수 없는 상태가 되었다. 다치하라는 시계로 눈을 돌렸다. 여섯 시 십이 분. 그 꺼림칙한 화면의 사망 시각이었다.

하지만 숨 돌릴 여유는 없었다. 서버가 네트워크에서 독립했다는 말은 지금 S현경 홈페이지가 폐쇄 상태라는 뜻이었다.

"나카가와 씨, 아까 한 말 들어주시면 안 될까요? 현청 서버로 복구를…."

"네, 바로 하시죠."

나카가와는 시원하게 승낙했다.

다치하라가 오기 전에 조사해보고 바이러스에 감염될 위험은 없다고 평가한 걸까. 아니, 현청 서버는 네 대나 있으니, 나카가와는 상부와 상의해서 비교적 중요도가 낮은 한 대에 리스크를 부담시키겠다는 결단을 내렸겠지. 원래 현청과 현경은 같은 현지사 산하의 형제 같은 조직이다. 궁지에 빠진 현청의 부탁을 무턱대고 거절할 수는 없었다.

"잘 부탁드립니다."

다치하라는 백업 데이터를 나카가와에게 건네고 고개를 숙였다. 일각을 다투는 일이었다. 모든 작업은 숙련된 나카가와에게 맡기기로 했다.

나카가와는 현청 서버 중 한 대로 향했다.

"일단은 현경용 디렉터리를 만들어서 그 안에 백업을 복사해두겠습니다. 그런 다음에 DNS 서버 파일을 변경하고, 현경 주소를 이쪽 서버에 할당하면…."

나카가와의 작업은 빨랐다.

"됐다. 이제 끝났습니다. 바로 홈페이지를 볼 수 있을 거예요."

여섯 시 이십오 분이었다. 십삼 분간의 '공백' 끝에 S현경 홈페이지는 다시 인터넷 세계로 돌아갔다.

초기 대응은 끝났다. 다음은….

크래커의 침입 시간이었다. 그리고 그 화면을 몇 명의 시민이 봤는가. 그것을 파악하는 게 급선무였다.

다치하라의 말에 나카가와는 현경 서버로 자리를 옮겨 키보드를 두드렸다. 파일 일람을 불러왔다.

화면에 일자와 시간 숫자가 죽 나열되었다.

"다치하라 씨, 마지막으로 페이지를 갱신한 게 언제죠?"

"어제 오후 여섯 시에 교통사고 건수를 수정했습니다. 그 후에는 손대지 않았습니다."

"그렇다면…."

나카가와는 숫자 하나를 가리켰다.

"이거겠네요. 오늘 아침 다섯 시 정각에 데이터를 수정한 흔적이 있어요."

오전 다섯 시 정각.

머릿속에 아침 광경이 떠올랐다.

다치하라가 거실에서 홈페이지에 접속하기 직전에 크래커가 침입했다는 소리다. 놀라움과는 별개로 다치하라는 희미한 희망의 빛줄기를 본 듯한 기분이 들었다. 다섯 시에 침입당하고 나서 랜선을 뽑은 건, 그로부터 한 시간 이십 분 뒤였다.

다치하라는 조급한 말투로 물었다.

"나카가와 씨, 수정된 후에 몇 명이 접속했나요?"

"음, 잠시만요. 다치하라 씨의 접속을 제외하면… 둘… 셋… 네 명이네요."

― 겨우 네 명!

다치하라는 저도 모르게 가슴 앞에서 주먹을 쥐었다.

불행 중 다행이라 해야겠지. 얄궂게도 홈페이지의 부진한 성적이 좋은 결과를 가져왔다. 다행히 크래커의 침입이 '관람객'이 적은 새벽 시간대였던 것도 한몫을 했다. 그리고 무엇보다도 발견과 대응이 빨랐다.

겨우 네 명. 그렇다면 소문이 퍼질 가능성은 작았다. 아니, 그건 입막음할 수 있는 인원수라고 봐도 되었다.

다치하라의 말이 더 빨라졌다.

"네 명은 어디에서 들어왔죠?"

"어디 보자, 엠넷의 기리하라 액세스 포인트에서 세 명⋯."

잘됐다. '엠넷'은 현 내에 거점을 둔 프로바이더였다.

"나머지 한 명은 대기업인 알넷이네요. 구리카와 액세스 포인트에서 들어왔어요."

"프로바이더에 물어보면 접속한 사람이 누군지 찾을 수 있죠?"

"네. 아직 시간이 별로 지나지 않았으니, 로그를 찾아볼 수 있을 겁니다."

나카가와는 화면에서 고개를 들고 이쪽을 봤다. 다치하라가 한 질문의 진의를 알아차린 얼굴이었다.

"양쪽 다 오래된 지인이 있습니다. 제가 은밀하게 알아볼게요."

말투는 부드럽지만, 안경 너머의 눈빛에는 위압감이 느껴졌다. 방대한 인허가권을 지닌 현청이라는 조직이 어떤 기업이나 개인에게 경찰 이상으로 강권을 휘두를 수 있다는 사실을 아는 눈이었다.

"감사합니다."

고개 숙인 다치하라의 머릿속에는 벌써 다음 질문이 떠올라 있었다.

"나카가와 씨, 범인의 침입 수법과 접속 경로는 뭐였나요?"

"거기까진 저도…."

나카가와는 희미하게 웃었다.

"업체의 해커 대책팀에 맡겨야 할 것 같습니다."

예상했던 답변에 고개를 끄덕인 뒤, 다치하라는 또다시 생각에 빠졌다.

그 밖에 지금 단계에서 해야 할 일은….

다치하라는 현경 서버를 쳐다보았다. 나카가와가 예의 새까만 화면을 띄웠기 때문이다.

"다치하라 씨, 이거 프랑스어 맞죠? 전혀 못 읽겠지만."

그래, 일의 발단으로 되돌아갈 때였다.

빨간 글자로 적힌 이 문구를 얼른 번역해야 했다. 어떤 의미인지 알면 범행 의도를 파악할 수 있을 터였다. 어쩌면 범인을 찾을 실마리를 얻을 수 있을지도 몰랐다.

다치하라는 다시 한번 빨간 글자를 눈으로 좇았다.

J'ai aimé la vérité... Où est-elle?...
Partout hypocrisie ou du moins
charlatanisme, même chez les plus
vertueux, même chez les plus grands;

의미가 있는 문장인 건 틀림없어 보였다. 사회에 대한 어떤 메시지인가, 정치적인 내용이 담긴 글인가, 아니면 S현경을 노린 공격인가?

중상모략, 도발, 협박….

새로운 공포가 등줄기를 타고 올라왔다.

대체 뭐라고 쓰여 있는 거지?

화면 너머에서 검게 소용돌이치는 끝없는 악의와 증오가 보인 듯한 기분이 들어 다치하라는 몸서리를 쳤다.

4

오전 여섯 시 사십오 분. 현경 본부 빌딩 3층, 경무부 정보관리과.

다치하라는 '과장 보좌' 명패가 놓인 자신의 책상에 앉아 있었다. 이제 막 야나세 경무부장과 야스이 과장에게 보고를 마쳤다.

야나세는 전화를 받자마자 불을 뿜듯이 호통쳤다. 이게 그냥 장난이야! 다치하라가 공중전화로 보고한 직후, 관사 컴퓨터를 통해 서버 교체 전의 홈페이지를 본 것이다.

야스이에게는 홈페이지에 누가 장난을 좀 쳤지만, 바로 조치를 취했다고 보고했다. 그런데도 야스이는 몹시 불안해하며 몇 번이나 질문을 거듭했다. 이미 관사를 뛰쳐나와 여기로 향하고 있겠지.

야자와 계장에게도 전화했다. 크래커에게 당한 사실을 전하고, 서둘러 현청의 나카가와에게 가도록 지시했다. 어지간히 놀란 모양인지, 야자와는 한동안 말을 잇지 못했다.

등 뒤의 컴퓨터 책상에서는 프린터가 귀에 거슬리는 소리를 내고 있었다. 조금 전 현경 서버에서 복사한 소스 파일을 이용해 그 검은 화면을 인쇄하는 중이었다.

프린터가 토해내는 빨간 글자를 슬쩍 본 다치하라는 다시 수화기를 들고 형사기획과의 동기 아카마쓰 마사키에게 전화를 걸었다.

아카마쓰는 이불 속에서 전화를 받은 것 같았다.

"다치하라…? 웬일이야, 이런 아침부터."

"궁금한 게 있는데, 형사부에서 채용한 통역 중에 프랑스어 하는 사람도 있어?"

현청에서 돌아오면서 떠오른 생각이었다. 대학교수나 레스토랑 셰프 같은 직업이 머리에 떠올랐지만, 현경에 대한 악의적인 문구일 가능성이 크니 외부에 번역을 맡기는 건 안 되겠다고 생각을 바꿨다. 하지만 영어라면 몰라도 조직 내에 프랑스어를 아는 사람이 과연 있을까. 이리저리 생각하던 중, 얼마 전에 본 신문에서 형사부가 통역을 모집했던 게 떠올랐다. 경찰에 채용된 통역자라면 비밀 유지에 대한 이해도 있다. 외국인 범죄자의 조사에 동석하는 그들은 취조실 내에서 있었던 일을 외부에 누출하지 않겠다고 서약하기 때문이다.

내 담당은 아니지만 물어볼게. 아카마쓰는 그렇게 말하고 일단 전화를 끊었다. 다치하라는 조바심이 났지만, 시간으로 보면 채 십 분도 지나지 않아 다시 전화가 걸려왔다.

"있어. 현 내에서 프랑스어나 스페인어 통역은 찾기 힘든데, 다행히 모집 마감 직전에 프랑스어 한 명이 응모했다고 하더라. 엄청난 수재야. T대에서 프랑스어를 배우고 다른 대학에 다시 들어가서 바이오를 공부한 뒤에, 올봄까지 닛폰종묘에서 근무했었다는군. 왜, 전 세계에 연구소와 출장소가 있다는 그 회사 말이야."

"그래."

다치하라는 아카마쓰의 말을 가로막았다.

"그 사람 이름과 연락처 좀 알려줘."

"담당자가 경력 사항 자료를 넘겨줬는데, 전송해줄까?"

극비 문서를 번역시켜야 하니, 이쪽도 경력 정도는 알아두는 편이 좋을 터.

"부탁할게."

"관사지?"

"아니, 회사야."

"회사? 엄청 일찍 출근했네."

"아카마쓰, 미안한데 급한 일이야."

"그래, 알았다고. 그런데 프랑스어는 대체 왜 찾는 거야?"

"그게… 번역을 좀 맡기고 싶어서."

"그래? 정보관리과는 역시 뭔가 다르군그래."

장난스러운 야유를 날린 아카마쓰가 겨우 전화를 끊었다.

다치하라는 벽시계에 시선을 줬다. 벌써 일곱 시가 넘었다. 당장이라도 사무실 문을 열고 낯을 붉힌 야나세와 야스이가 뛰어들어올 것만 같았다.

팩스가 움직이기 시작했다. 평소보다 느리게 느껴졌다. 종이 위쪽에 'S현 경찰 불어 통역자(8월 29일 촉탁)'라고 적혀 있었다. 팩스가 이어서 이름과 경력을 뱉어냈다. 에토 히사시. 서른네 살. T대 문학부 불문과 졸업. U대 공학부 생물공학과 졸업. 전 '닛폰종묘' 사원. 유럽 및 미국 근무 경험 다수. 현 영어학원 강사.

이 지방 도시에서 프랑스어를 살릴 수 있는 일은 없었던 거 겠지. 주소와 연락처 번호가 보이기 시작하자 다치하라는 책상 위의 전화를 끌어당겼다.

다섯 번 정도 신호음이 갔을 때 상대방이 전화를 받았다.

"네, 에토입니다."

품위 있는 남성의 목소리였다.

"아침 일찍 죄송합니다. 저는 현경 본부의 다치하라라고 합니다."

전화 상대가 에토 히사시 본인이라는 게 확인되자, 다치하라는 곧장 용건을 꺼냈다.

"실은 은밀하게 프랑스어 문장을 번역해주셨으면 합니다."

"번역이요…?"

"네. 사실 프랑스어인지 아닌지도 확실하지 않습니다만, 어쨌거나 네 줄 정도 되는 짧은 문장입니다. 팩스는 있으신가요?"

"아, 네. 전화와 같은 번호입니다."

"그럼 바로 보내겠습니다. 읽고 나서 다시 연락해주세요. 여기 번호는…."

에토의 당혹스러운 목소리를 무시하고 전화를 끊은 다치하라는 조금 전 출력한 종이를 팩스로 전송했다.

머지않아 책상 위의 전화가 울렸다.

"저… 못 읽겠습니다."

"못 읽겠다고요? 프랑스어가 아니라는 말씀인가요?"

"아니요. 그게 아니라, 글자가 뭉개져서 알아볼 수가 없습니다."

깜빡했다. 검은 바탕에 붉은 글자. 그걸 흑백 팩스로 보냈으니, 저쪽이 받은 건 분명 상당히 읽기 어려운 놈이었을 테지.

"그러면 제가 직접…."

구두 소리에 반응한 다치하라는 사무실 문을 바라봤다. 벌겋게 달아오른 야나세의 얼굴과 새파래진 야스이의 얼굴이 함께 들어왔다. 그들이 오기 전에 문장 내용을 파악해두려던 다치하라의 생각이 어긋났다.

두 사람을 향해 얌전히 목례한 뒤, 다치하라는 낮은 목소리로 수화기에 대고 말했다.

"나중에 자택으로 찾아뵙겠습니다."

"저, 내일 오시면 안 될까요?"

"급한 일입니다."

만난 적도 없는 남자에게 공연히 짜증을 냈다.

"…알겠습니다. 기다리고 있겠습니다."

오전 중으로 약속을 정한 뒤 황급히 수화기를 내린 다치하라는 심호흡을 한 번 하고 부장실로 달려갔다.

5

"당장 앉아!"

방에 들어가자마자 노성이 날아왔다.

야나세의 이런 모습은 처음 봤다. 언젠가 부장의 인품을 묻는 아내의 질문에 온화한 사람이라고 대답한 적이 있었다. 실제로 컴퓨터에 관한 설명을 듣는 야나세는 아이처럼 솔직했고, 마지막에는 항상 "그럼 잘 부탁하네"라는 말과 함께 미소로 다치하라를 배웅했다. 하지만 지금 눈앞에 있는 거만하고 표독스러운 모습이 진짜 모습이라는 소리군. 과장인 야스이는 진작 본성을 알고 있었던 게 분명했다. 그는 다치하라의 그림자에 숨듯이 소파에 앉아, 숨을 죽이고 있었다.

야나세의 문책이 시작됐다.

"홈페이지를 망가뜨린 범인의 정체는 파악했나?"

"그게… 크래커의 정체를 밝히는 건 불가능에 가까운 일이라고 할 수 있습니다."

"불가능에 가깝다…?"

야나세가 눈을 부라리며 되묻자, 다치하라는 황급히 고쳐 말했다.

"현재, 업체의 해커대책팀에 연락해두었습니다. 경찰청 기술대책과와도 협의해서 가능한 추적할 생각입니다. 하지만 유감스럽게도 네트워크는 전 세계에 뻗어 있고, 크래커가 수법을 공유하는 정보 교환 사이트도 무수히 많기 때문에…."

"잠깐. 해커 아닌가? 지금 자네가 말하는 크래커는 대체 뭐야?"

다치하라는 말문이 막힐 뻔했다.

"여러 번 말씀드렸습니다만, 데이터를 훔쳐보는 쪽이 해커고, 데이터 조작 등을 하는 과격한 패거리를 크래커라고 부릅니다."

"헷갈리는군. 뭐, 그런 건 됐고, 왜 당했지? 대체 보안이 어떻게 되어 있는 거야?"

이번에는 정말로 말문이 막혔다. 이제 와서 보안에 대해 말하라는 소린가.

"왜 그러지? 대답해."

"네…. 당연히 ID와 패스워드는 엄중하게 관리하고, 보안대책도 여러 겹으로 마련되어 있습니다. 하지만 새로운 보안 시스템을 개발해도 크래커들이 구멍을 발견해서 파고들고, 그 구멍을 막으면 또 다른 수법으로 파고드는 악순환이 끊임없이 반복되는 건 전 세계적인 현상입니다. 게다가 홈페이지는 그 성격상 누구나 쉽게 접근할 수 있어야 합니다. 예를 들어, 네트워크상의 공공 도로에 위치하고 있다는 식으로 생각하시면 됩니다. 기밀정보 관리 등에 비하면, 아무래도 보안은 훨씬 약할 수밖에 없습니다."

"훨씬 약해…? 이, 멍청한 놈이! 그러면 시작하기 전에 그렇게 말했어야지!"

말했다. 홈페이지 개설 전에 구두로 몇 번이나 설명하고, 서면에서도 그 위험성에 대해 몇 페이지나 할애했다.

관심이 없었다는 뜻이다. 야나세는 그저 다른 현경에 뒤처지기 싫어서, 아니면 경찰청이나 본부장에게 점수를 따기 위해서 홈페이지 개설을 서두른 것이었다.

"이게 대체 무슨 망신이야!"

야나세는 주먹으로 자신을 무릎을 내리치며 분노를 증폭시켰다.

"덜떨어진 놈! 하필이면 경찰 홈페이지가 해커 놈들에게 당하다니. 매스컴이 냄새를 맡으면 엄청나게 물어뜯을 텐데, 이제 어쩔 거야!"

"……."

"다치하라, 내 말 듣고 있어? 이 건이 일반에 알려지면 당신 실직이야!"

실직.

그 구체적인 한 단어가 다치하라의 심장을 꿰뚫었다. 시야가 맥없이 일그러졌다. 아버지의 모습이 뇌리를 스쳤다. 술내나는 입김을 내뿜고, 고함치고, 때리고, 걷어차고, 아들의 주머니에서 돈을 뒤지는, 아귀처럼 비열한 모습.

없는 것을 빼앗으려 했던 아버지.

있는 것을 빼앗으려 하는 범인.

둘 다 증오스러웠다.

처자식을 먹여 살릴 급여. 방 세 개짜리 관사. 적성에 맞는 일. 기대 이상의 계급.

이제 와서 손에서 놓을 수 있을 리 없었다.

"매스컴에 들킬 일은 없습니다."

무의식중에 그런 말이 튀어나왔다.

"안 들킨다고? 무슨 근거로…."

"전화 좀 빌리겠습니다."

이번에는 분명한 의사를 가지고 말하며 다치하라는 자리에서 일어났다. 동시에 노크 소리가 들리더니 표정을 굳힌 야자와 계장이 들어왔다.

다치하라는 다가가서 귓속말했다.

"안 그래도 전화하려던 참이었어. 어떻게 됐지?"

"네, 나카가와 씨 덕분에 네 명 모두…."

낮은 목소리로 말하면서 야자와는 이름과 주소가 적힌 메모를 다치하라에게 건넸다.

"그리고 나카가와 씨 말로는 크래커가 프랑스의 프로바이더에 침입한 뒤, 거기를 통해서 저희 홈페이지로 들어왔다고 합니다."

"그래."

딱히 놀랍지는 않았다. 프랑스에서 들어왔다고 해서 발신원이 반드시 프랑스라고 할 수는 없었다. 수많은 '발판'을 만들고, 그것을 차례로 경유해서 표적에 침입하는 게 크래커의 상투적인 수단이니까.

— 그보단 이쪽이 먼저다.

소파로 돌아간 다치하라는 승부수를 던지는 마음으로 야나세의 얼굴을 응시했다.

"부장님, 현재 S현경 홈페이지는 더없이 정상적인 상태로 인터넷상에 존재하고 있습니다. 상처 자국이나 수술 자국도 일절 없습니다. 누가 봐도 어제와 다름없는 모습입니다."

"늦었어. 지금 그렇다고 한들, 이미 그 화면을 본 사람이 있을 거 아닌가."

"있습니다. 하지만 고작 세 명입니다."

네 번째 사람은 눈앞의 야나세라서 생략했다.

"이름과 주소도 파악했습니다. 그 세 명만 입 다물어준다면 이번 크래커 소동은 처음부터 없었던 일이 됩니다."

야나세는 흠칫 놀란 얼굴로 다치하라를 바라봤다.

"없었던 일…?"

"그렇습니다."

"하지만… 본청 보고는 어쩌고?"

"없었던 일은 보고할 수 없지요."

야나세는 침음했다.

야스이는 딱딱하게 굳어 있었다.

위험한 도박. 하지만 다치하라는 망설이지 않았다.

범인이 저지른 일은 '부정 접속 행위 금지 등에 관한 법률'에 저촉되는 명백한 범죄행위였다. 하지만 S현경에는, 아니 이 방 안에는 피해자라고 일컬을 만한 사람이 존재하지 않았다. 피를 흘린 사람은 아무도 없었다. 재산이나 생활도 침해받지 않았다. 피 흘릴 일이 생기는 건 이 일이 매스컴에 알려졌을 때다. 그때 처음으로 피해자가 발생하게 된다.

— 어처구니없는 이야기다.

다치하라는 진심으로 생각했다.

과연 이걸 범죄라 부를 수 있을까. 이 모든 건 가상 세계에서 일어난 형체 없는 사건이었다. 크래커에겐 이름도 얼굴도 마음도 없다. 그런 허구의 존재가 보낸 고작 몇 줄짜리 글로 직업도 생활도 가족도 있는 살아 있는 인간이 피를 흘려서야 되겠는가.

긴 침묵을 깨뜨린 건 야나세의 낮은 목소리였다.

"입막음할 수 있겠나?"

"반드시 해내겠습니다."

"하지만 그게 잘 풀리더라도 한 가지 문제가 더 남아 있어."

"뭔가요?"

"그 프랑스어의 의미."

"번역하셨습니까?"

"아니. 나는 프랑스어는 전혀 몰라. 하지만 만일 그 문장이 정치적인 의도를 갖고 경찰을 공격하는 내용이라면 묵살할 수는 없네. 습격 예고나 폭파 예고일 가능성도 있어."

한 박자 쉬고 다치하라는 되물었다.

"단순한 장난이라고 확인되면 묵살할 수 있다는 말씀이시죠?"

대답은 없었다.

야나세는 아직 망설이고 있었다.

다치하라는 자리에서 일어났다. 팽팽 돌아가는 머리로는 프랑스어 통역가의 자택 주소를 되뇌고 있었다.

6

상상했던 집과는 달랐다.

머릿속에 구체적인 집 구조를 그리고 있었던 건 아니지만, 에토 히사시의 경력이나 왠지 가정교육을 잘 받았을 것 같은 전화 목소리로는 이런 함석지붕의 초라한 단층집을 상상할 수 없었다.

어쨌거나 초인종을 눌렀다. 잠시 뒤 현관의 미닫이문이 열리면서 흰 피부의 단정한 얼굴이 나타났다.

내일 오시면 안 될까요.

에토가 전화로 그렇게 말한 이유는 그를 보자마자 알 수 있었다. 그는 정장에 검은 넥타이 차림이었다. 오늘은 죽은 모친의 사십구재로, 오전에는 스님이 온다고 했다.

다치하라는 깊게 머리를 숙였다.

"억지 부려서 죄송했습니다."

"아닙니다. 들어오세요."

안내받은 거실에는 위패가 모셔져 있었다. 선향 연기가 떠다니는 불단에는 에토의 부친으로 보이는 남성의 사진도 놓여 있었다. 반쯤 열린 장지문 너머로 보이는 책장과 다다미 바닥 위에 엄청나게 많은 장서가 쌓여 있었다. 저런 걸 원서라고 하나. 책등에 적인 글자는 죄다 가로글씨뿐이었다.

"죄송합니다. 좀 어수선하죠."

에토는 부엌에서 차와 센베이를 가져왔다. 말투나 행동에서 어딘가 여성적인 인상을 풍기는 사람이었다.

"반년 전에 어머니가 쓰러지셔서 고향에 돌아왔는데, 홀몸이다 보니 아무래도 청소 같은 것도 쉽지 않더라고요."

"닛폰종묘에서 근무하셨다고 들었습니다."

"아, 네…."

언뜻 자랑스러운 듯한 표정이 엿보였다.

"불문학으로 대학을 졸업했는데, 아슬아슬하게 낙제를 면한 수준이라 제대로 된 취직 자리가 없었거든요. 그래서 큰맘 먹고 U대에 재입학해서 원래 흥미가 있었던 컴퓨터와 생물공학 기초를 졸지에 공부했습니다. 뭐, 프랑스어에 생명공학까지 더해서 간신히 닛폰종묘에 입사할 수 있었는데, 그 회사는 사람을 좀 험하게 부린다고 해야 하나, 짧은 주기로 미국과 유럽 곳곳에 사람을 보내서….”

다치하라는 이 화제를 꺼낸 일을 후회했다.

“에토 씨.”

이야기에 잠시 틈이 생겼을 때 파고들었다.

“서둘러서 죄송합니다만, 바로 봐주실 수 있을까요?”

“아, 네.”

다치하라는 가방을 열고 화면을 출력한 종이를 꺼냈다. 검은 바탕에 붉은 글자. 몇 번을 봐도 악질적이었다.

순간 에토는 당황한 표정을 보였지만, 바로 “프랑스어네요” 라고 말한 뒤 전화기 옆에 놓인 메모장과 볼펜에 손을 뻗었다.

십 분도 걸리지 않았다. 번역을 시작한 에토는 도중에 한두 번 허공을 응시하기도 했지만 거의 막힘없이 펜을 움직였다.

“직역이긴 하지만, 이런 의미인 것 같습니다.”

“좀 보겠습니다.”

다치하라는 에토가 내민 메모에 시선을 떨구었다.

나는 진실을 사랑했어.

그건 어디에 있는 거지?

모든 곳에 위선이, 하다못해

사기가 있다.

가장 덕이 있는 자에게도.

가장 위대한 자에게도.

당장은 아무 말도 나오지 않았다.

목구멍에 뭔가 걸린 듯한 느낌이었다. 불안한 기분에 휩싸이며 고동이 점차 빨라졌다.

"이건…."

다치하라가 굳은 얼굴을 들자, 에토도 의아하다는 표정으로 고개를 갸웃거리고 있었다.

"무슨 뜻일까요…."

말인즉슨, 단어 하나하나의 의미는 알겠지만, 그 문장이 의미하는 바를 모르겠다는 거였다.

다치하라는 숨을 가다듬었다.

한 번 더, 처음부터 읽어보았다.

진실, 위선, 사기.

경찰 비판. 혹은 경찰을 원망하는 문장. 깊이 생각해보면 그렇게 받아들이지 못할 것도 없었다. 경찰 권력을 '가장 위대한 자'로 비유하고, 그 경찰 조직 내부에는 '모든 곳에' '위선'

과 '사기'가 있다고.

그렇게 해석한다면 이 문장은 내부 고발의 냄새를 풍긴다. '나'는 경찰관이거나 전직 경찰관이겠지. '진실을 사랑했어'는 성실하게 일해왔다는 뜻으로 바꿔 읽을 수 있다. '가장 덕이 있는 자'는 조직의 간부나 상사를 가리키는 걸지도 모른다.

결국은 다 상상이었다. 구체적인 내용은 아무것도 쓰여 있지 않았다. 이 문장으로 범인상을 추측하는 건 무모하다고밖에 할 수 없었다.

더욱더 섬뜩하다고 느끼면서도, 또 한편으로는 문장이 난해하고 추상적이라는 점이 다치하라를 안도하게 했다. 적어도 야나세 부장의 말처럼 습격 예고나 폭파 예고가 아니라는 점만은 분명했다.

S현경을 꼭 집어 말하고 있지도 않았다. 만일 번역된 문장이 일반에 공개되더라도 S현경을 공격한 문서라고 생각하는 사람은 아무도 없을 것이었다. 이 문장으로 경찰 조직 전체가 타격을 받을 일도 없었다. '무해'하다. 문장 자체는.

— 이거라면 묵살시킬 수 있다.

다치하라가 그렇게 생각했을 때였다.

"시의 한 구절일까요?"

에토가 툭 내뱉었다.

시의 한 구절….

다치하라는 처음부터 다시 읽어봤다. 듣고 보니 그런 느낌도 있었다.

'모든 곳에 위선이, 하다못해 사기가 있다.'

다치하라는 문득 기묘한 감각에 사로잡혔다.

안다. 그런 느낌이 들었다. 이 구절을 알고 있다.

어디선가 읽었나? 들었나? 모르겠다. 하지만 알고 있었다. 이 구절을 마음속으로 중얼거린 적이 있었다.

갑자기 신경이 곤두섰다.

서로 부르고 있었다. 기억과 문장이 서로 공명하고 있었다.

그 놀라움이 다치하라의 의식을 일순 멀어지게 만들었다.

7

"요컨대 사이버 테러 방지 훈련 화면이었다는 말이야. 그게 그만 실수로 홈페이지에 표시됐던 거지."

대강 이야기를 마친 다치하라는 눈앞에 있는 대학생의 반응을 살폈다.

"그러셨군요…."

도미타 도루. 스무 살. 믿기지는 않지만 따를 수밖에 없다는 얼굴이었다. 매사에 순종적이고 집착하지 않는다. 의욕이라고는 전혀 느껴지지 않는다. 요즘 대학생은 다 이런가. 네 평쯤 되는 넓이의 방은 물건으로 가득 차 있었다. 컴퓨터도 데스크톱과 노트북으로 두 대고, 값비싼 부속품이 몇 개나 연결되어 있었다.

"뭐, 자랑할 만한 이야기는 아니니까 다른 사람들에게는 비밀로 해줬으면 좋겠는데."

"네….."

"벌써 누군가에게 말했나?"

"아니요, 안 했습니다."

"그럼, 부탁하네."

마지막으로 힘주어 말한 뒤 다치하라는 자리에서 일어났다.

방을 나오려는 다치하라의 뒤에서 도미타가 말을 걸어왔다.

"저, 저기요….."

뒤돌아보자 어설픈 미소를 띤 도미타의 얼굴이 보였다.

"경찰관 되는 거 어렵나요?"

그냥 순종적이고 집착이 없는 대학생이기만 한 건 아닌 모양이었다. 불황이 이렇게까지 장기화하면 일반 관청뿐만 아니라 경찰 역시 인기 직종이 되기도 한다.

"학생이라면 분명 될 수 있을 거야."

그렇게 말하고 도미타의 집을 나왔다.

다치하라는 재빨리 차를 몰아 '두 번째 인물'의 자택으로 서둘러 향했다. 오전 열한 시 반. 야자와 계장은 지금쯤 공항에 도착했을까. 나머지 한 명은 나가사키시에 사는 회사원이었다.

목적지가 가까웠다. 다치하라는 공원 근처 공터에 차를 세우고 지도를 보며 '가도쿠라'라고 쓰인 문패를 찾았다. 프로바이더 계약은 집주인인 가도쿠라 아키오가 했지만, 미리 전화로 확인한 바에 의하면 실제 컴퓨터를 사용하는 건 중학교 3학년인 둘째 딸이라고 했다.

은둔형 외톨이. 두 딸이 있는 다치하라로서는 남 일 같지 않은 이야기였지만, 이번 일에 한해서는 컴퓨터 사용자인 가도쿠라 지에가 학교 관계자와 직접 접촉하지 않았다는 사실이 천만다행이라 여겨졌다.

저택이라고 불러도 될 만큼 훌륭한 삼층집이었다. 이미 전화로 용건을 전하고 승낙받았음에도 불구하고, 응대하러 나온 모친은 딸과 만나는 걸 꺼렸다.

"기분이 별로 좋지 않아 보여서요."

"십 분이면 됩니다."

다치하라는 반강제적으로 집에 들어갔다.

딸의 방은 3층에 있었다. 문을 노크해도 응답이 없어서, 모친이 "들어간다", "진짜 들어갈게"라고 몇 번이나 말을 건 다음 문을 열었다.

가도쿠라 지에는 침대에 있었다. 코끝까지 이불을 뒤집어쓰고 경계 어린 눈빛으로 이쪽을 바라보고 있었다.

"지에, 아까 얘기했었지? 경찰 아저씨가 할 말이 있으시대."

"…."

"저기, 네가 뭘 잘못했다거나 하는 게 아니라, 부탁할 게 있으신가 봐."

다치하라는 지에의 모친에게 눈짓을 보내 방에서 나가도록 종용했다. 지에의 모습에서 모친에 대한 혐오가 느껴졌기 때문이다.

둘만 남게 되자마자, 지에는 모기 같은 목소리로 말했다.

"저, 나쁜 짓은 하나도 안 했어요."

"알고 있단다. 실은 말이지…."

다치하라는 대학생에게 했던 이야기를 그대로 들려줬다. 지에는 묵묵히, 대체 몇 개인지 짐작도 되지 않는 수많은 인형과 함께 다치하라를 지그시 바라보고 있었다.

"다른 사람들에겐 비밀로 해줬으면 좋겠는데, 약속할 수 있겠니?"

"…알겠어요."

"고맙구나. 그럼, 아저씨는 이만 가볼게."

자리에서 일어선 다치하라는 문득 떠오른 생각에 지에를 응시했다.

"그런데 경찰 홈페이지는 왜 보려고 했던 거니?"

소박한 궁금증이었다. 경찰의 어떤 점이 중3 여자아이의 관심을 끌었나.

이불 속에서 대답이 돌아왔다.

"그거 말고는 이제 볼만한 게 없으니까."

높낮이가 없는 목소리였다. 침대 맞은편 장식장에 놓인 무기질의 서양 인형이 말한 것처럼 들렸다.

책상 위의 노트북은 닫혀 있었다. 한밤중, 불 끈 방에서 컴퓨터의 창백한 빛이 반사된 표정 없는 소녀의 얼굴이 보인 듯한 기분이 들었다. 학교에 가지 않고 밖에 놀러 나가지도 않고, 그저 네트워크의 바다를 끊임없이 유영한다. 한도 끝도 없는 무한대의 바다. 그곳마저도 더 이상 열네 살 소녀의 가슴을 뒤흔드는 게 아무것도 없다는 말인가.

다치하라는 가도쿠라의 집을 떠났다. 우울한 기분이었지만, 그것도 차에 돌아올 때까지였다.

전부 다 잘되어가고 있었다.

현경 홈페이지는 이미 복구되었고, 프랑스어 문장은 무해했다. 그리고 벌써 두 건의 입막음에 성공했다.

현경 본부 빌딩에는 오후 두 시 정각에 돌아왔다.

정보관리과에 들어가자 야스이 과장이 과장된 동작으로 손짓했다. 무슨 움직임이라도 있었나?

"까먹기 전에 말해두겠는데, 다치하라, 그런 식이면 곤란해."

"네…?"

"오늘 아침 말이야. 왜 부장님께 전화하기 전에 나한테 연락하지 않았지? 자네가 휴대전화를 안 가지고 있으니, 내가 대신 혼났다고."

아침부터 줄곧 그 말이 하고 싶었던 모양이었다.

다치하라는 사과하지 않았다.

"무슨 움직임이라도 있었습니까?"

"아, 몇 가지 있었지."

야스이는 불퉁한 표정으로 말했다.

하나는 나가사키로 날아간 야자와의 연락이었다. 순조롭게 마무리됐다. 회사원을 붙잡아 "아무에게도 말하지 않겠다"라는 언질을 받았다고 했다.

다른 하나는 현청의 나카가와가 전달해준 정보였다. 프랑스에 부임 중인 업체 사람이 두 번째 '발판'을 찾아냈다. 이번에는 런던 교외의 도서관이었다. 크래커는 그 도서관의 서버에서 파리의 프로바이더에 침입한 뒤 현경 홈페이지를 공격했다고 했다. 물론 도서관 전에 또 다른 '발판'이 있었다고 봐야겠지.

다치하라는 물끄러미 야스이의 얼굴을 응시했다. 이 두 가지 정보보다 방금 한 이야기가 중요하기라도 하다는 말인가.

하지만 야스이는 아직 터무니없는 비장의 카드를 가지고 있었다.

"그리고 다치하라, 총무과장에게 전화가 왔는데, 돌아오면 바로 본부장실로 오라더군."

"설마, 이 건으로요?"

"나는 모르지."

기가 막혀서 말이 안 나왔다. 다치하라는 사무실에서 나와 복도를 잔달음질 쳤다. 일개 경부를 본부장이 부른다. 있을 수 없는 일이었다.

총무과 문을 열자 과장석에서 이시마키가 손을 번쩍 들었다.

"기다리다가 목 빠지는 줄 알았네."

다치하라는 당길 정도로 등줄기를 쭉 편 다음 안쪽에 있는 본부장실 문을 노크했다. 순사로 임명된 이래 첫 입실이었다.

스미타 본부장은 집무 책상에 앉아 있었다.

"왔군. 거기 앉게."

어떻게 걸었는지 모르겠다. 본부장을 마주하고 소파에 앉았다. 신발 밑창에 바닥이 느껴지지 않을 정도로 카펫이 두꺼웠다.

스미타는 조용한 어조로 말했다.

"다치하라라고 했지? 자네, 야나세 부장에게 사이버 테러

건을 본청에 보고하지 말라고 했다던데?"

다치하라는 빳빳하게 굳었다. 얼굴에서 핏기가 가시는 게 스스로도 느껴졌다.

"네, 네….."

"이유가 뭐지? 현경도 경찰청도 다 같은 경찰이잖아?"

"매스컴에 누설되지 않기 위해서… 입니다."

"매스컴에 알려지면 곤란한 건 사실이야. 하지만 그것과 본청에 보고하지 않는 건 별개지."

대답이 궁했다.

머릿속에 야나세의 얼굴이 떠올랐다. 아마 다치하라가 했던 이야기를 그대로 스미타에게 말했겠지. 하지만 스미타에게 질책받고 곧바로 책임을 회피했다. 다치하라의 이름을 꺼낸 것이다. "홈페이지 책임자가 그렇게 말했습니다" 하고.

스미타는 말을 이었다.

"본청에 알리지 않는다는 말은 수사를 포기하겠다는 소리다. 그렇지?"

"…그렇습니다."

"말해보게. 자네를 그렇게까지 제 한 몸 지키는 데 급급해지도록 몰아붙인 게 대체 뭔지."

"…."

스미타는 마지막까지 신사적인 태도를 유지했다.

"잊지 말게. 비록 관리 부문에 있지만, 우리 또한 경찰관이라는 사실을."

8

어둠. 정확한 'L' 자.

오전 세 시다. 옆에서 잠든 아내의 숨소리가 들렸다.

다치하라는 이불 위에 앉아 있었다.

'말해보게. 자네를 그렇게까지 제 한 몸 지키는 데 급급해지도록 몰아붙인 게 대체 뭔지.'

미움이 온 마음을 지배했다.

스미타 본부장은 올바른 사람이었다. 그 올바름이 다치하라의 증오를 불러일으켰다.

'모든 곳에 위선이, 하다못해 사기가 있다.'

'가장 덕이 있는 자에게도. 가장 위대한 자에게도.'

악의라면 받아들일 수 있었다. 야나세 부장이나 야스이 과장 따위 대수롭지 않았다. 노골적인 악의, 교활함, 음험함까지 모조리 아버지 안에 있었다. 줄곧 그것을 보며 자랐다.

주변 사람 모두를 미워했다. 가난을 비웃는 반 친구를 미워했고, 수업 중 한 번도 다치하라를 지명하지 않는 교사를 미워했고, 돈을 빌려주지 않는 사채꾼을 미워했다.

하지만….

다치하라가 진정으로 미움을 느낀 건 일견 올바르고 다정해 보이는 사람들이었다. 눈에 보일 때는 자애로운 시선으로 친절한 말을 건네고, 일시적인 기분으로 다정함을 나누어주어 소년의 마음에 등불을 밝혀두고는, 어떤 때는 무표정으로 그 등불을 불어 꺼트리는 사람들이었다.

그들은 '모든 곳에' 있었다.

조간신문을 배달했던 수백 채의 집에.

그들과 다치하라의 사이에는 담장 아니면 산울타리가 있었다. 그들은 그 울타리 안에서 바깥을 바쁘게 뛰어다니는 다치하라를 상냥하게 지켜봐주었다.

하지만 그들의 본성이 상냥한 건 아니었다. 배달 코스에서 우유가 도둑맞으면, 의심의 눈길은 가난한 소년을 향했다. 실수로 신문 넣는 걸 잊으면, 소년에게 얼마나 큰 재난이 닥칠지 생각도 하지 않고 점주의 귀에 날카로운 목소리를 불어넣었다. 거리에서 스쳐 지나갈 때는 단벌 신사인 초라한 소년을 모른 척하고, 다음 날 아침에 신문을 배달하러 가면 이렇게 말하곤 했다. "정말 기특하구나. 항상 고생이 많아."

어떻게 해야 할지 알 수 없었다. 상냥함이나 친절함을 의심할 수밖에 없었다. 어머니가 살아 계셨다면 하는 생각을 몇 번이나 했을까. 아버지가 죽어주기를 몇 번이나 바랐을까.

간절한 마음이 하늘에 통했는지, 다치하라가 열네 살이던 해 여름에 아버지가 위암으로 죽었다. 삼촌 부부의 집에 거두어져, 신문 소년에게 주는 장학금으로 고등학교에 다녔다. 공무원의 신분과 승진 제도를 동경해서 경찰관이 되었다. 같은 제복과 같은 급여로 시작해서 노력 여하로 타인의 위에 설 수 있는 계급사회. 일이 힘들다고 느낀 적은 없었다. 상승. 거기에는 늘 가슴이 후련해지는 듯한 쾌감이 있었다. 그렇게 하나씩 손에 넣어갔다. 먹고살기에 충분한 돈. 방 세 개짜리 관사. 너그러운 아내. 한창 사춘기인 두 딸. 적성에 맞는 일. 기대 이상의 계급. 텔레비전도 자동차도 에어컨도….

겨우 손에 넣은, 그토록 바라던 울타리 안의 생활이었다.

크래커는 그것을 빼앗으려 했다. 조직의 울타리 안에서 다치하라를 끌어내려고 했다. 실직이야. 야나세의 그 한마디에 상궤를 벗어났다. 울타리를 위협하는 모든 가능성을 배제하려고 했다. 설령 그게 경찰청일지라도 봐줄 수 없었다. 그렇게 생각했다.

하지만 모르겠다.

가장 미워해야 할 크래커에게 마음이 흔들리는 건 왜일까.

그 문장이 과거 기억과 겹쳐서 공명했다. 단지 그뿐인가.

나는 진실을 사랑했어.

그건 어디에 있는 거지?

모든 곳에 위선이, 하다못해

사기가 있다.

가장 덕이 있는 자에게도.

가장 위대한 자에게도.

아니. 알고 있었다. 훨씬 전부터 알고 있었다. 역시 그렇게밖에 생각되지 않았다.

문장을 읽었나…? 들었나…? 그렇다면 대체 언제…?

다치하라는 어둠을 응시했다. 그 어둠은 새까만 화면을 연상케 했다. 붉은 글자가 눈앞을 스쳤다.

그 순간이었다.

머릿속에서 무언가가 폭발했다. 사고덩어리들이 사방으로 흩날렸다. 네트워크 속을 질주하는 무수한 정보처럼 그것들은 다치하라의 머릿속을 순식간에 누볐다.

9

닷새 후. 다치하라는 문고판 책 한 권을 손에 들고, 최근 알게 된 남자의 집을 방문했다.

범인이 누군지 알았다. 증거는 없었다. 마음속에 확신만 있을 뿐이었다.

"결국 '발판'은 유럽과 미국에 곳곳에 다섯 개가 있었지만, 발신원은 일본이었어. 아오모리의 주부인데, ID와 패스워드를 도둑맞았더군."

"저를 떠보시는 건가요? 저는 번역 부탁은 받았지만, 사건에 대해서는 아무것도 들은 바가 없습니다."

에토 히사시는 하얗고 단정한 얼굴에 희미한 미소를 띠고 있었다.

"하지만 뭐, 좋습니다. 저도 이야기하고 싶었던 건 맞으니까요. 당신에게 몇 가지나 힌트를 주고 눈치채기를 내심 기다린 것도 사실이고요."

다치하라는 에토의 눈을 응시했다.

"인정하는 건가?"

"아오모리 다음은 어려울 겁니다. 추적은 아마 불가능할 거예요. 보세요, 이 방에는 컴퓨터가 없죠? 하지만 밖에는 컴퓨터가 흘러넘치죠. 이십사 시간 내내 접속 중인 컴퓨터가 발에 차일 정도로 많습니다."

"왜 이런 짓을 했지?"

에토는 한층 더 짙은 미소를 지었다.

"장난이에요, 장난. 당신도 제 장난이라는 걸 알았으니까 여기 왔잖아요?"

그 말을 들은 다치하라는 무릎 옆에 있던 문고본 책을 테이블 위에 올려놓았다.

스탕달의 《적과 흑》. 다치하라도 젊은 시절 읽었었다. 지위도 재산도 없는 청년의 야심 찬 이야기를.

검은 화면에 붉은 글씨로 적힌 그 구절은, 결코 짧다고는 할 수 없는 이 소설의 결말 부근인 제44장의 중간쯤에 나온다. 사형을 선고받은 주인공 쥘리엥이 감옥에서 남긴 독백으로.

《적과 흑》으로 짐작되면, 당연히 에토에게 의심의 눈길이 향한다. 닷새 전, 번역을 마친 에토는 "시의 한 구절일까요"라고 했다. 불문과를 나온 에토가 어째서 《적과 흑》을 알아채지 못했을까. 아니, 그것이야말로 의도적으로 숨겨둔 '힌트'였을 것이다. 처음의 주어를 '나(俺)'(일본어의 자칭 대명사 중 하나로, 주로 남성이 사용한다-옮긴이)로 번역한 것도 그렇다. 직역이라면 "나(私)"(일본어의 자칭 대명사 중 하나로, 성별에 관계없이 가장 일반적으로 사용된다-옮긴이)로 해야 하지만, 《적과 흑》에 맞게 바꿔 말했다.

"원래 제 취미가 해킹이었어요. 닛폰종묘에 다니던 시절, 해외를 떠돌면서 아무도 돌보지 않는 서버를 발견하면, 몰래 '뒷문' 같은 걸 만들곤 했는데, 이번에는 그게 도움이 되었습니다."

"왜 현경을 표적으로 삼았지?"

"말씀드렸잖아요, 장난이라고. 경찰을 놀리면 재밌잖아요. 핏대를 올리면서 소란을 피우고, 게다가…."

이야기를 가로막고 다치하라는 말했다.

"현경 통역에 응시한 건 8월 29일이었지?"

"네?"

에토 모친의 사십구재는 휴간일 직후인 10월 15일이었다. 역산하면, 에토는 모친이 죽은 다음 날 통역에 응모했다는 소리다.

"우와!"

감탄사를 내뱉은 에토는 눈을 빛냈다.

"알겠습니다. 거기까지 파악했다면 말할게요. 사실 그《적과 흑》에는 또 다른 의미가 있습니다. 어이없는 말장난이지만요."

"말장난?"

"네. 제 아버지는 학교 교감까지 했던 사람인데, 그 당시는 뭔가 교원 조합과 그렇지 않은 선생님들 간에 다툼이 엄청났었나 보더라고요. '빨간 교사'니 '검은 교사'니 하면서 서로를 매도하고, 끝내는 폭력 사건으로까지 번졌던 모양이에요. 심약한 아버지는 그 사이에 껴서 갈팡질팡하다가 결국 과로사 비슷하게 죽어버렸어요. 그래서 저는 줄곧 그런 줄 알고 있었는데, 죽기 직전에 어머니가 그러시더라고요. 경찰이 아버지를 죽였다고."

다치하라는 침묵으로 이야기의 뒤를 재촉했다.

"선생끼리의 폭력 사건으로 아버지도 경찰에서 조사를 받았는데, 그게 상당히 거칠었던 모양이에요. 너는 적이냐, 흑이냐 그런 식으로. 뭐, 진짠지 아닌지는 모르지만, 정신없는 상태에서도 경찰, 경찰 하고 어찌나 어머니가 말씀하시던지."

"…"

"아, 그런 거 아니니까 착각하지 마세요. 복수 같은 게 아니라 장난이니까요. 정말로, 단순한 장난입니다."

요즘 같은 세상에 이런 사람도 충분히 있을 수 있다. 희미하게 떨리는 에토의 입술을 보지 못했다면, 가벼운 말을 그대로 믿었을지도 모른다.

"묻고 싶은 게 하나 있는데."

다치하라는 조용하게 말하며, 창문으로 시선을 돌린 에토의 옆모습을 응시했다.

"나는 진실을 사랑했다. 그 말 말인데, 에토 당신이 사랑한 진실은 대체 뭐지?"

"기호입니다."

에토는 창문을 응시한 채 중얼거렸다.

"T대, U대, 불문과에 바이오, 닛폰종묘…. 아무리 모아봤자 알맹이가 없으면 소용없더라고요. 사실은 저 닛폰종묘에서 해고당했습니다. 공무원과는 다르게, 요즘은 삼십 대라도 능력이 없으면 가차 없거든요. 그래서 뭐, 어쩔 수 없이 이 다 쓰러져가는 집에 돌아오게 된 겁니다."

에토는 고개를 돌려 다치하라의 눈을 응시했다.

"가난하다는 게 어떤 건지 아세요?"

"…."

"꽤 힘들어요. 어머니와 둘이서 아버지의 연금으로 어떻게든 먹고살았지만, 저는 도저히《적과 흑》을 프랑스 왕정 시대의 사회소설로만 읽을 수는 없더라고요."

다치하라는 작게 한숨을 내쉬었다.

"대학을 두 개나 나온 사람이 할 소린가."

"그래서 기호라는 겁니다. 그 팔 년간, 제게는 아르바이트 외의 기억이 없어요."

다치하라는 자리에서 일어나 에토를 내려다보며 말했다.

"이봐, 시소게임의 의미를 아나?"

"네…?"

"그때그때 이길 때가 있는가 하면, 질 때도 있다는 소리야."

에토는 희미하게 얼굴을 굳혔다.

다치하라는 강한 어조로 말했다.

"두 번은 없어. 다음에 또 우리 쪽에 놀러 오면 반드시 체포할 테니까."

10

오후 열 시가 넘었다.

다치하라는 관사를 향해 차를 달리고 있었다. 가슴에는 에토의 말이 여전히 들어박혀 있었다.

기호….

마찬가지였다. 다치하라도 줄곧 그렇게 살아왔다. 공무원. 돈. 방 세 개짜리 관사. 너그러운 아내. 두 딸. 적성에 맞는 일. 기대 이상의 계급…. '행복의 기호'를 모아왔다. 언제나 그 수를 세고 확인했다. 늘어나면 늘어난 만큼 과거에서 멀어질 수 있다고 믿었다.

다치하라는 주차장에 차를 세우고 어둠 속을 걸었다. 관사 계단을 오르는 발이 무거웠다.

이번 일로 상부의 신뢰를 잃었다. 내년 봄에 분명 이동이 있겠지. 스미타 본부장이 믿는 올바름은 자신이 속한 경찰청을 무시한 지방경찰을 용서하지 않을 것이다. 그의 '울타리'를 침범해버렸으니 단순한 이동으로는 끝나지 않을 터.

다치하라는 대문 손잡이에 손을 뻗었다.

그 순간 안쪽에서 먼저 문이 열렸다.

"고생했어요! 놀랐죠? 창문으로 차가 보였거든요."

아내는 득의양양한 얼굴을 해 보였다.

"그랬군."

"그랬군, 은 무슨. 늦길래 걱정했다고요."

"그랬군…."

거실에 들어서자, 두 딸이 양쪽에서 팔을 붙잡고 두 귀에 카랑카랑한 목소리를 쏟아부었다.

"아빠? 괜찮죠?"

"휴대전화, 허락해주는 거죠?"

벌써 보름이나 이 난리를 피우고 있었다.

"사도 되죠? 아, 제발. 다들 갖고 있단 말이에요. 반에서 휴대전화가 없는 건 나뿐이라니까."

"나도, 나도. 애들이 비웃는단 말이에요. 창피해서 학교에도 못 간다고요."

양쪽에 매달린 딸들이 팔을 강하게 흔들었다.

어쩐지 가슴이 뜨거워졌다.

집 안을 쓱 둘러봤다. 부엌에서 '매일 밤 고생이네' 하는 표정으로 웃는 얼굴이 있었다.

기호가 아니었다.

얼마 전까지만 해도 단풍잎 같았던 손이 다치하라의 팔을 붙잡아 흔들고, 잡아당기고, 꼬집고 있었다.

이런 게 기호일 리가 없었다.

천천히 녹아서 사라져가는 감정이 있었다.

설령 지금보다 집이 좁아지고, 급여가 줄고, 지위나 직무를 잃게 되더라도….

"아, 정말! 아빠, 내 말 듣고 있어요? 휴대전화 사도 되죠?"

"그럼 살게요. 이제 진짜 결정 난 거예요."

다치하라는 생각났다는 듯이 숨을 내뱉었다.

"안 돼."

바보! 구두쇠!

세면대까지 쫓아온 딸들의 온갖 비난을 뒤로하고, 다치하라는 졸졸 흘러나오는 물로 얼굴과 손을 씻었다.

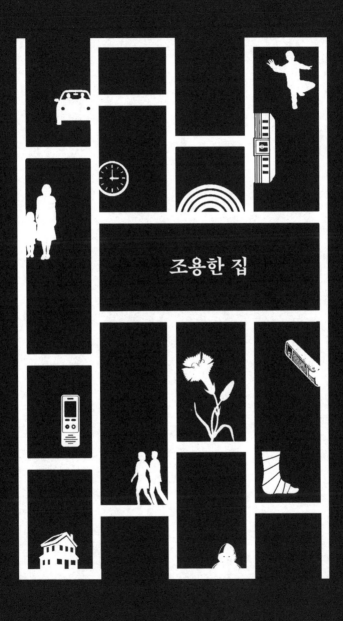

조용한 집

1

편집부는 오후 여덟 시가 넘어야 깨어난다.

현민신보 본사 빌딩 5층 편집국. 출입구 근처 편집부 구역
에는 스무 개쯤 되는 머리가 북적대고 있었다. 데스크에서 건
네받은 원고를 훑어보는 사람. 책상 위에 펼쳐진 지면 레이아
웃 용지에 선을 긋는 사람. 팔짱을 끼고 허공을 노려보면서 제
목을 생각하는 사람. 컴퓨터 단말 편집기 앞에 앉아 지면 제작
을 서두르는 사람….

한발 앞서 그런 작업을 마친 다카나시 도루는 완성된 '지역
면'의 가인쇄를 훑어보고 있었다. 외근 기자로서는 십육 년 경
력의 베테랑이지만, 편집 업무는 아직 맡은 지 얼마 되지 않아
서 1면이나 사회면보다 책임과 부담이 적은 지역면을 담당하
는 경우가 많았다. 완성된 지면을 인쇄 공정으로 보내는 '강
판'은 대개 오후 여덟 시 반으로, 다른 지면보다 서너 시간 빨
랐다.

─그런대로 괜찮네.

다카나시는 가인쇄한 기사를 검토하면서 내심 가슴을 쓸어내렸다. 편집 기자에게는 다양한 사상에 대응할 수 있는 유연성과 판단력이 요구되는데, 그 이상으로 필요한 게 감각과 요령이다. 날카롭고 설득력 있는 제목. 읽기 쉬우면서 보기에도 아름다운 레이아웃. 자신에겐 그런 것을 만들어낼 재능이 부족했다. 지면 제작 요령은 대충 파악했지만, 감각은 별개라고 매일 뼈저리게 느꼈다. 외근 기자 시절에는 개의치 않았는데, 편집을 삼 개월쯤 해보니 '잘 만든 지면'과 '촌스러운 지면' 정도는 구별할 수 있게 되었다.

하지만 오늘은 다행히도 괜찮은 지면이 완성되었다. 머리기사인 시민 마라톤은 사진을 크게 써서 대담하게 배치했다. 헤드라인은 〈강바람을 가르며 쉼 없이 달리다〉. 그럴듯하다. 사건이나 정치, 경제 기사에는 단도직입적으로 핵심을 찌르는 제목을 붙이지만, 지역면은 기사 내용의 분위기를 잘 반영한 제목이 좋다고 한다.

두 번째로 큰 기사인 수화 강좌와 지면 중앙의 여름 축제 기사도 균형 있게 배치됐다. 중간부터 하단에 걸쳐 있는 열 개 정도의 작은 기사도 평소라면 밋밋한 느낌인데, 오늘은 제목과 기사 배치에 강약이 있어서 나쁘지 않았다. 이거라면 부장이나 데스크도 딱히 트집 잡을 곳은….

어라?

사고가 정지됐다. 눈으로 훑던 가인쇄에 위화감이 느껴졌기 때문이다.

"다카나시."

걸걸한 목소리에 뒤돌아보자 지역면 데스크인 아라카와가 기사 용지와 사진을 내밀고 있었다.

"미안한데, 이것 좀 넣어줘."

"이제 와서요?"

다카나시의 목소리가 날카로워졌다. 벽시계에 눈길을 주었다. 여덟 시 이십 분. 강판 예정 시간까지 십 분밖에 남지 않았다.

"내일 하면 안 될까요?"

기사를 건네받으며 다카나시는 찌푸린 얼굴로 말했다. 지역면의 지면은 그날 취재해서 작성된 '생생한' 원고와 게재가 급하지 않은 보존 원고를 섞어서 만든다. 애초에 지역면으로 넘어오는 원고에 긴급성 따위가 있을 리 없으니, 늦은 시간에 기자가 보내온 원고는 하루 묵혔다가 사용하기 일쑤였다.

"자사 건이야."

아라카와의 답변에 다카나시는 낙담했다. 자사 건, 즉 현민 신보가 주최했거나 후원하는 행사라는 말이었다.

다카나시는 종이로 시선을 내렸다. '본사 후원'이라고 붉은 글씨로 적혀 있었다. 기자가 붙인 가제는 'Y지구(地區) 주니어 발레 발표회'였다. Y지국의 사 년 차 기자 유자와의 찢어진 눈이 떠올라 화가 치밀었다.

"이런 원고 나온다는 소리도 못 들었어요. 심지어 여덟 시도 넘었는데."

"Y시는 시장선거 중이잖아. 그쪽에서 허둥지둥하다가 쓰는 게 늦어졌대."

"그래도 출고 연락 정도는…."

말을 꺼내다 말고 다카하시는 한숨을 내쉬었다. 투덜거려 봤자 소용없었다. 원고는 우는 아이도 그치게 만든다는 자사 건이었다.

"총 몇 행인데요?"

"30행 정도."

"사진도 꼭 써야 하나요?"

"응, 써줘. 주최자인 이시이라는 할머니가 부사장 지인이래."

다카나시는 자리에서 일어났다. 원고용지와 사진을 들고 편집부 데스크인 가마치에게 다가갔다.

"예정에 없던 게 와서 다시 짜겠습니다."

가마치는 손목시계를 흘끗 본 다음 고개를 들었다.

"수정이 많나?"

"자사 건 30행, 사진도 있습니다."

책상 위에는 조금 전 다카나시가 배포한 지역면 가인쇄가 펼쳐져 있었다. 가마치도 최종 검토 중이던 모양이었다.

두 사람은 난감한 얼굴로 가인쇄를 쳐다보았다.

"위에 이건 뺄 수 있나?"

오른쪽 상단에 배치한 수화 강좌는 제2사회면에 다 들어가지 못해 넘어온 원고였다. 다섯 개 봉사단체의 공동 주최라서 뉴스성이 있고, 무엇보다 이백 명이나 참가했다.

"내일로 넘기기는 좀 그렇습니다."

가마치의 시선이 밑으로 내려갔다.

"…이걸 빼고 싶은데, 오늘까지군."

"네, 그렇습니다."

다카나시는 제목에 시선을 주었다.

〈스가이 사진 개인전 개최, 오늘까지〉

무지개와 구름을 주제로 했다는 사진 개인전 기사였다. '스가이'의 직함은 사진작가라고 적혀 있지만, 다카나시는 그 남자의 이름을 들어본 적이 없었다. 아마추어보다 조금 나은 수준이겠거니 싶어서, 그저께 출고된 이 원고를 이틀 묵혔다. 나흘간 열리는 개인전은 내일이 마지막 날이기 때문에, 오늘 실어주지 않으면 집객 효과를 얻을 수 없었다.

"그러면…"

가마치는 최하단에 있는 중요도 낮은 기사를 가리켰다.

"이 두 개를 뺄까? 교통안전 캠페인 기사는 지긋지긋하기도 하고."

"여기에 발레를 넣나요?"

"자사 건이니 그럴 수는 없지. 상단에 발레를 넣고 수화 강좌를 밑으로 내린다. 중앙의 축제 크기를 좀 줄이면 그럭저럭 수습되겠지."

눈앞이 깜깜해지는 기분이었다. 완전히 갈아엎으라는 소리 아닌가.

"해보겠습니다."

다카나시는 벽시계를 노려보며 빠른 걸음으로 전자제작부에 가서 발레 사진을 스캐너로 호스트 컴퓨터에 입력해달라고 부탁한 뒤, 잰걸음으로 자신의 책상에 돌아와 기사가 몇 행인지 세었다.

저도 모르게 혀를 찼다. 39행이나 되었다.

다카나시는 앉은 채로 의자를 굴려 편집기 앞으로 이동했다. 화면에는 강판 직전이었던 지역면이 띄워져 있었다. 전에 없이 완성도 높은 지면. 망가뜨리기 아까웠다.

하지만 그런 소리를 하고 있을 때가 아니었다. 일단 마우스를 클릭해서 발레 원고와 사진이 입력되었는지 확인했다. 들어 있었다. 조급한 손길로 마우스를 조작해서 교통안전 캠페인 기사 두 개를 뺐다. 상단과 중앙의 기사도 일단 빼서 지면 칸 밖으로 옮긴 다음, 빈 상단 공간에 발레 원고를 집어넣었다. 그 순간, 화면 오른쪽 아래에 에러 메시지가 깜빡거렸다.

행수가 너무 많아서 다 안 들어가는 것이다. 원고를 줄여달라고 데스크에 부탁할까. 아니, 사진 크기를 줄이면 될 것 같다. '가로' 사진을 편집해서 억지로 '세로' 사진으로 바꿨다. 그런 다음 한 번 더 원고를 집어넣었다. 다음 순간, 또다시 에러 메시지.

젠장!

다카나시는 속으로 욕하면서 손목시계를 봤다. 여덟 시 삼십오 분. 강판 예정 시간을 넘겼다.

"힘들어 보이네."

옆자리의 구시키가 말을 걸어왔다. 다카나시와는 동기로 입사했지만, 편집에서는 십이 년이나 한 구시키 쪽이 대선배였다.

"별거 아냐."

허세를 부린 건 맞은편 자리에 있는 데즈카 리에의 눈이 신경 쓰였기 때문이다. 입사 이 년 차인 스물네 살. 뛰어난 편집 감각을 지녔고, 그 점을 자랑스럽게 여기는 구석이 있었다. 다카나시가 허둥대면 그걸 보고 소리 죽여 웃었다. 다카나시는 내년이면 마흔이었다. 이제 와서 내근직을 맡았다고 부루퉁해질 나이는 아니지만, 서로 외근 기자로 만났다면 턱으로 부렸을 어린애에게 무시당할 때마다 다카나시는 편집국 간부를 저주하고 싶어졌다.

"서둘러줘."

가마치 데스크의 목소리가 날아왔다.

다카나시는 편집에 열중했다. 시곗바늘은 잔혹하리만큼 빠르게 움직였다. 행수를 맞추는 데 시간이 걸린 탓에 아홉 시가 넘었다. 아래층 사진제판과에서 전화가 왔다. 이봐, 대체 어떻게 된 거야? 노성에 가까운 말이 날아왔다.

저도 압니다. 다카나시도 성난 마음을 숨기지 않고 거칠게 수화기를 내려놓았다.

배치는 끝났다. 남은 건 제목뿐이었다. 주니어 발레 발표회의 제목… 제목…. 다카나시는 엄지손가락으로 미간을 꾹 눌렀다. 짜증이 났다. 사옥을 개축하면서 데스크 근처가 금연으로 바뀌었다. 덜덜 떠는 다리의 진폭이 점차 커졌다.

순간 문구가 딱 떠올랐다.

⟨병아리 프리마돈나 관중을 매료⟩

이 정도면 무난하겠지. 이제 됐다. 다카나시는 편집기의 키보드를 두드렸다. 뒤에서 쿡쿡 웃는 소리가 들렸다. 뒤돌아보자 초승달눈을 한 리에가 화면을 훔쳐보고 있었다.

"뭐야?"

노려보면서 말했지만, 리에는 기죽지 않았다.

"병아리 연습생이라면 모를까, 병아리 프리마돈나는 좀 아니지 않아요? 미래의 프리마돈나 정도로 하는 편이 좋을 것 같은데.”

되받아치려다가 말문이 꾹 막혔다. 미래의 프리마돈나. 그보다 적절한 문구는 없을 것 같다는 느낌이 들었다.

리에는 기세를 몰아 덧붙였다.

“그리고 관중이라는 것도 좀 과장 같아요. 그냥 관객이라고 하는 편이 나아요.”

위압적인 태도로 리에를 내쫓은 뒤 다카나시는 제목을 다시 입력했다. 곧장 ‘가인쇄 실행’ 버튼을 누르고, 의자에서 튕겨나가듯이 일어나 구석에 놓인 통칭 ‘빅 마우스’로 달려갔다. 평소라면 이삼 분 만에 가인쇄를 뱉어내지만, 다카나시의 작업이 늦어진 탓에 과학면이나 시황란과 겹쳐서 여기서도 십 분 정도 시간을 낭비했다.

“여기 있습니다.”

재작성한 가인쇄를 가마치의 책상에 올려놓은 순간, 다카나시의 책상 전화가 울리기 시작했다. 아홉 시 이십오 분. 전화벨 소리가 날카롭게 들렸다.

“쭉 보고 문제없으면 진행해.”

가마치가 빠르게 말했다.

다카나시는 고친 부분을 손가락으로 더듬으며 자신의 책상으로 향했다. OK. 괜찮아. 그렇게 중얼거리고 수화기를 들어 올렸다.

"이봐! 대체 지금이 몇 신지 알고 있는 거야!"

"지금 보냈습니다!"

우선 말부터 내뱉은 다음 다카나시는 '강판 실행' 버튼을 눌렀다.

끝났다.

긴 한숨을 내뱉었다. 가운데로 쏠렸던 양쪽 눈썹이 좌우로 쓱 펴지는 게 스스로도 느껴졌다. 이런 점이 외근 기자와는 결정적으로 달랐다. 아무리 바쁜 시간을 보냈더라도, 자신의 지면만 일단 강판하면 편집 업무는 흔적도 없이 머릿속에서 사라진다. 수동적인 직장이기 때문이다. 내일 일은, 내일 출고되는 원고를 보지 않으면 예정을 세울 방도가 없었다.

다카나시는 퇴근할 준비를 했다. 주위는 살기등등했다. 신문 제작의 진정한 수라장은 지금부터였다.

"그럼, 먼저 가볼게."

옆자리 구시키에게 평소와 같은 인사를 남기고, 다카나시는 조용히 자리를 떴다.

일단 로비의 흡연 코너에서 한 대 피워야겠다. 그런 사소한 즐거움이 다카나시의 발걸음을 놀랄 만큼 가볍게 했다.

2

저녁 반주 후 가벼운 식사를 하고, 마지막 뉴스 방송을 다 보자 오전 한 시에 가까운 시각이었다. 아내 사키코는 이제 막 잠들었다. 그녀는 다카나시가 편집부로 옮긴 뒤부터 대단히 기분이 좋았다. 늘 당신한테 휘둘리기만 했으니까. 자못 기쁜 듯이 외근 기자 시절의 불규칙한 생활을 입에 올렸다. 편집부는 로테이션 근무라서, 월초에 그달의 근무 일정이 다 정해졌다. 업무 내용과는 반대로 내일 계획을 세울 수 있어서 아내와 함께 쇼핑하거나 영화 보러 가는 일이 늘었다.

다카나시는 멍한 머리로 앞날을 생각하고 있었다. 편집부에서 이삼 년 일하면 지역면 데스크 자리에 앉을 수 있을까….

편집국 내 누구와 비교해도 손색없을 기자 경력을 쌓아왔다. 신출내기 때 경찰 담당 이 년, 스포츠 삼 년. 지국 두 곳을 돌았고, 본사로 돌아와서 시정과 현정도 경험했다. 매사 열정적으로 덤벼들었던 건 아니지만, 가는 부서 어디서나 수월하게 일을 처리해왔다고 자부한다. 타사를 깜짝 놀라게 한 특종도 몇 개나 터뜨렸고, 도로 행정이나 교육 문제에 관한 캠페인 기획도 펼쳤다. 각 방면에서 인맥을 쌓았고, 술자리나 골프 모임도 열심히 나가면서 기자라는 직업을 빼고는 논할 수 없는 일상을 보내왔다.

그런데….

편집부로 이동한 지 고작 삼 개월 만에 새로운 생활 방식에 물들어가고 있었다. 당연하다는 듯이 티셔츠 차림으로 정오를 넘겨 출근하고, 상사의 안색을 살피며 근무 시간의 대부분을 책상 앞에서 보내면서, 일하는 도중 짬을 내어 피우는 담배 한 대에 행복감마저 느끼고 있었다. 그런 매일에 혐오를 느끼기는커녕 오히려 내근직으로 바뀌고 어깨의 짐을 내려놔서 홀가분하고 좋다고 생각하기 시작한 부분도 분명히 있었다. 그렇다면 한 손에 명함을 들고 십육 년간 밖을 활보했던 자신은 대체 뭐였을까.

자신감을 잃었기 때문일지도 모른다. 외근 기자는 날카로운 직감을 가졌거나, 풍채가 좋거나, 끈기가 있거나, 무언가 하나만 남들보다 뛰어나면 해나갈 수 있는데, 편집부에서는 그 사람이 지닌 '기본 성능'이라 할 수 있는 능력을 매일같이 시험받는다. 편집 감각도 그렇고, 부서의 상사나 제작국 사람들에게 업무 과정을 하나부터 열까지 내보이는 압박감도 견뎌야 한다. 외근 기자처럼 혼자 일하고 원고로 결과만 보여주면 된다는 식으로는 할 수 없다.

별 볼일 없는 사내였다. 자신을 그렇게 비하했을 때, 외근으로 돌아가고 싶다는 마음이 사그라들었다고 생각한다. 위를 노리게 된 것도 그 때문이었다. 애초에 외근 기자의 세계에서는 출세 개념이 희박했다. 줄곧 기자로 활동하는 것을 내심 자랑스럽게 여기고, 그래서 설령 직급이 없더라도 당당할 수 있었다. 다카나시의 동기나 연배가 비슷한 사람 중에는 민완 기자로 칭송받으며 앞으로도 내근과는 무연한 기자 인생을 쉼 없이 달릴 사람이 여럿 있었다. 반쯤 비뚤어진 마음으로 그들에 대한 대항심이 싹텄다. 이렇게 되면 데스크라도 되어서 녀석들과 겨루는 수밖에 없었다.

다카나시는 담배에 불을 붙였다. 재떨이에 꽁초가 산처럼 쌓여 있었다. 대체로 하루에 피우는 개수가 전보다 늘었다. 잠이나 자자. 반라의 여자들이 웃고 떠드는 텔레비전을 끄니, 방은 정적에 휩싸였다.

자리에서 일어서려는 순간, 전화가 울렸다.

다카나시는 흠칫 놀라서 탁상시계를 봤다. 오전 한 시가 넘었다. 벌써 윤전기가 돌고 있을 시간이었다.

무릎걸음으로 다가가서 수화기를 들었다.

"늦은 시간에 죄송합니다. 데즈카입니다."

데즈카 리에로부터의 전화? 처음 있는 일이다. 다카나시의 머릿속이 빙빙 돌았다.

"무슨 일이지?"

"저… 지역면에 실수가 있었습니다."

실수…?

허공을 응시하는 시선이 흔들렸다.

"…어떤 실수?"

"사진전 기사 실으셨죠? 그거, 이미 끝났어요."

리에의 말이 바로 이해되지는 않았다. 하지만 입안은 순식간에 바싹 말랐다.

"여보세요? 여보세요?"

"듣고 있어."

"기사를 읽어보니 25일까지 사진전을 한다고 쓰여 있어요. 날이 바뀌어서 오늘은 26일이고요. 즉 사진전은 어제까지였고, 오늘은 이미 끝난 뒤라는 거죠."

수화기를 쥔 손이 떨렸다.

"잠시만 기다려 봐."

다카나시는 가방을 끌어당겨서 내용물을 바닥에 쏟아부었다. 두 번 접어서 넣어둔 지역면 가인쇄. 수화기를 귀와 어깨 사이에 끼우고, 가인쇄를 난폭하게 펼쳤다.

〈스가이 사진 개인전 개최, 오늘까지〉

기사를 훑어보았다.

눈에 통증이 느껴졌다. 25일까지. 분명히 그렇게 쓰여 있었다.

착각했다. 원고를 이틀 묵혔다. 처음 훑어봤을 때 '26일까지'로 잘못 읽은 것이다. 악마에게 홀렸다. 베테랑 편집 기자들은 그렇게 말한다.

다카나시는 고개를 숙였다.

머릿속에 사무실 풍경이 되살아났다. 그래, 가인쇄를 검토했을 때 위화감을 느꼈다. 눈은 이 실수를 알아차리고 있었다. 그랬는데 지역면 데스크인 아라카와가 방해했다. 발레 원고 따위를 내미니까 주의가 흐트러졌다. 아니, 나쁜 건 Y지국의 유자와다. 그렇게 늦은 시간에 지역면 원고를 제출했다. 지면을 재배치해야 했고, 마지막에는 정신없이 강판하게 되면서 다카나시도 편집부 데스크인 가마치도 실수를 놓쳤다.

다카나시는 수화기를 고쳐 잡았다.

"신문은?"

"벌써 넘어갔어요."

혹시나 했는데 희망이 사라졌다. 이미 윤전기는 돌아가고 있었다.

"저도 집에 돌아와서 가인쇄를 보고 깨달았어요. 저기… 저, 아무한테도 말 안 했어요."

그제야 리에의 목소리에 평소처럼 놀리는 듯한 낌새가 없다는 것을 깨달았다.

"어쩌면 아무도 눈치채지 못할 수도 있어요. 지역면이고, 작은 기사니까."

아무도 눈치채지 못한다….

그 말은 천사의 음성 같기도 했고, 악마의 음성 같기도 했다.

다카나시는 수화기를 내렸다.

열린 장지문 틈새로 퉁퉁 부은 얼굴을 한 사키코가 들여다보고 있었다.

"무슨 일 있어?"

"아무 일도 아냐. 얼른 자."

장지문이 닫히자, 다카나시는 테이블 위로 가인쇄를 옮겼다. 한 번 더 기사를 읽었다. 채 몇 줄 읽지도 않고 주먹으로 테이블을 내리쳤다.

— 제길, 아무 말이나 지껄이기는.

어제 끝난 사진전을 오늘까지 한다고 신문에 실어버렸다. 조간의 이 기사를 보고 전시회장에 가는 사람이 있을 것이다. 본사에 항의 전화가 오면 아무도 눈치채지 못하고 넘어갈 수 있을 리가 없지 않은가. 머리로는 리에의 말을 믿고 싶어 했던 만큼 꺼림함이 더욱 컸다.

다카나시는 대자로 누워 잠시 머리를 굴렸다.

가마치 데스크에게 전화할까…?

오전 한 시 반. 벌써 회사에선 나왔을 터. 그는 차로 십 분도 걸리지 않는 곳에 살고 있었다. 전화해서 사과하면 된다. 아침까지 찝찝한 마음을 질질 끄느니 오늘 밤 안에 사과하는 편이 후련하다. 날짜를 잘못 읽었으니, 물론 대부분의 책임은 다카나시에게 있지만, 가마치의 책임 또한 적지는 않았다. 가인쇄에서 실수를 발견하지 못하고, 관리자로서 강판 진행 사인을 내린 것이다.

아니….

가마치에게도 일부분 책임이 있는 만큼 지금 전화하는 건 삼가는 편이 좋을 수도 있었다. 언뜻 온화해 보이지만 가마치는 집요하고 뒤끝이 있는 타입이었다. 다카나시 때문에 창피한 꼴을 당했다는 식으로 받아들여 밤새 분노를 증폭시켜서는 안 된다. 내일 출근해서 바로 머리를 숙이는 편이 현명한 방책일까. 아니면 아침 일찍 전화하는 편이 좋을까.

마음에 또 다른 그림자가 드리웠다.

기사가 실린 쪽에서는 뭐라고 할지….

다카나시는 몸을 일으켜서 다시 사진전 기사를 눈으로 좇았다. 사진작가 스가이 기요시. 마흔세 살, 〈무지개와 구름이 조우할 때〉, 아사히가오카마치의 갤러리 '아사히'.

즉 스가이 기요시와 갤러리 '아사히'의 경영자 양측이 현민 신보에 항의할 거라는 소리다. 관람객의 항의 전화도 문제였다. 열 명일까? 오십 명일까? 아니면 백 명? 지역면에 기사가 실리면 어느 정도의 손님이 모이는지 다카나시는 짐작도 되지 않았다.

큰 소란이 벌어지지는 않을 수도 있다는 생각도 들었다.

프로를 자칭하고는 있지만, 스가이 기요시는 분명 무명에 가까울 터였다. 그런 사람의 개인전에 가는 건 사실상 친구나 지인뿐이다. 그렇다면 신문에 실렸나 안 실렸나에 관계없이, 개인전에 얼굴을 내밀 사람들은 사전에 개최 기간을 알고 있었다고 봐도 된다.

하지만 모르겠다. 상상이 안 된다. 〈무지개와 구름이 조우할 때〉라는 타이틀에 끌려서 발걸음을 옮긴 뜨내기 관람객 수가 얼마나 있을지.

이불 속으로 들어갔지만 잠이 오지 않았다. 망막에는 항의 전화에 쩔쩔매는 편집국 광경이 마치 점멸하는 에러 메시지처럼 떠올랐다 사라지기를 반복했다.

3

오전 여덟 시. 다카나시는 자동차를 타고 아사히가오카마치의 갤러리 '아사히'로 급히 달려갔다. 달리 문을 연 가게가 없었기 때문에 편의점에서 선물용 센베이를 샀다.

'아사히'도 아직 닫혀 있었다. 갤러리라고 부르기에는 상당히 무리가 있는, 작은 문방구를 그대로 유용한 낡아 빠진 건물이었다. 주소를 보고 변두리라는 건 알고 있었다. 어쩌면 집도 같은 건물에 있지 않을까 하는 생각에 이렇게 이른 시간에 찾아왔는데, 예상이 빗나갔다. 집은 다른 장소에 있는 모양이었다.

입구의 유리문에는 비스듬히 금이 가 있었다. 코가 닿을 정도로 얼굴을 가까이 대자 안쪽 모습이 엿보였다. 벽에 패널 사진이 여럿 걸려 있었다. 무지개와 구름 사진이라는 걸 알고 있어서 그렇게 보였다. 정리는 오늘 할 생각일 테지.

다카나시는 거칠게 숨을 내쉬었다.

'아사히'가 문을 여는 건 아홉 시인가? 열 시?

스가이 기요시 쪽도 잡히지 않았다. 스가이 기요시라는 이름은 전화번호부에 없었다. 기사를 쓴 기자에게 전화해서 연락처를 알아내는 방법도 생각했지만, 게재 실수라는 얼간이 짓을 스스로 광고하는 꼴이라서 마음이 안 내켰다.

편집부 데스크인 가마치에게도 아직 보고하지 않았다. 어떻게든 위에 들키지 않고 은밀하게 일을 해결할 수 없을까. 다카나시는 깨끗이 체념하지 못하는 스스로가 어이없기도 했다.

일단 회사에 가보자. 다카나시는 그렇게 결정하고 자동차에 올라탔다. 스가이나 갤러리 경영자가 현민신보를 손에 들었다면, 이미 자택에서 항의 전화를 걸고 있을지도 몰랐다.

저도 모르게 액셀을 강하게 밟고 있었다. 아홉 시가 되기 전에 본사 빌딩에 도착했다. 엘리베이터를 타고 5층에서 내려 복도를 걷기 시작했을 때는 이미 어수선한 소리가 귓가에 들려왔다.

편집국에 들어간 순간 기시감이 들었다. 어젯밤 침상에서 본 광경이 펼쳐져 있었다. 전화벨이 여기저기서 울려 퍼지고, 당직 기자와 서무 직원이 창백한 얼굴로 응대하고 있었다. 그뿐 아니라 이렇게 이른 시간에 국장이나 차장 같은 편집국 간부까지 출근해 있었다.

다카나시는 그 자리에 못 박힌 듯 서 있었다. 다리가 얼어붙었다.

바로 옆 책상의 전화가 울리기 시작했다. 서무 직원이 험악한 눈으로 이쪽을 쳐다봤다. 황급히 다카나시는 수화기에 손을 뻗었다.

"너희 신보는 오다기리의 첩자냐!"

남성의 거친 고함이 귀청을 찢을 듯했다.

오다기리…? 첩자…?

다카나시는 당황했지만, 잠시 뒤 '오다기리'라는 이름과 기억이 결부되었다. Y시 시장선거 후보자다. 혁신파 현직 시장인데, 삼선에 도전 중이었다.

"저, 어느 부분을 말씀하시는 건가요?"

시간을 끌기 위해 되물으면서 다카나시는 빈손으로 오늘 조간신문을 끌어당겼다. 시장선거 기사는 1면 상단이었다.

"뭐가 어째? 어떤 부분이냐고? 마스이의 경력이 잘못됐잖아!"

보수파 신인 '마스이'는 오다기리의 유력한 대항마였다.

"어디가 잘못되었나요?"

"다 틀렸어! 마스이는 쇼와 39년(昭和三十九年, 1964년-옮긴이)생이라고!"

다카나시는 눈을 깜빡거리는 것도 잊은 채 딱딱하게 굳었다. 기사에는 "쇼와 30년(昭和三十年, 1955년-옮긴이)생"이라고 실려 있었다. 후보자의 출생연도를 틀렸다.

Y지국의 유자와가 잘못 쓴 건가. 아니면 데스크나 편집부의 작업 과정에서 '9(九)'가 누락된 것인가. 어느 쪽이든 있어서는 안 되는 일이었다. 신문사는 선거 보도에 이상하리만치 신경을 쓴다. 대립하는 후보자를 같은 지면에서 다룰 때는 쌍방의 기사 행수를 똑같이 맞추고, 사진이 잘 나왔는지 아닌지까지 확인한다. 잘 제어되지 않는 열성 지지자는 아무리 사소한 점이라도 항의해온다. 무엇보다도 신문사가 어느 한쪽 후보를 편들고 있다는 식으로 의심받을 경우 신뢰 실추도 이만저만이 아니다. '편향 신문'이라는 낙인이 찍혀서 경영이 기운 지방신문도 실제로 존재했다.

"정말 죄송합니다."

다카나시는 최대한 성의를 담아 말했다. 젊음을 내세워서 선거전에서 싸우고 있는 후보자를 현민신보가 하룻밤 사이에 아홉 살이나 늙게 만들었다.

"사과한다고 될 일이야! 내일 신문에 정정 기사를 내라고. 아주 대문짝만 하게!"

아마 그렇게 될 것이다. 하지만 '정정 기사'는 신문에 있어 최대의 치욕이었다. 다카나시 혼자 내고 안 내고를 판단할 수는 없었다.

"상부와 논의해보겠습니다. 부디 양해 부탁드립니다."

다카나시가 그렇게 말한 순간, 가마치의 작은 체구가 그 옆을 내달려갔다. 허리를 굽히고 머리를 숙인 비참한 꼴로 국장의 데스크로 향하고 있었다. 호출받은 거다. 실수를 놓친 책임자의 한 사람으로서.

전화 속 남자는 아직도 호통치고 있었다. 다카나시는 그에 호응하듯 사죄의 말을 거듭하면서, 머릿속으로는 다른 일을 생각하고 있었다.

안도감이 샘솟았다. 선거 보도 실수에 비하면 무명 카메라맨의 한 건 따위 대수롭지 않은 실수다. 누군가 항의한다고 해도 이 소란에 싹 지워져서, 결과적으로 책망받는 일 없이 해결될지도 몰랐다.

아니…. 두려움이 되살아났다. 국장을 비롯한 수많은 직원이 살기등등해 있는 상황에서 실수가 하나 더 있었다는 사실이 알려지면 불난 집에 부채질하는 꼴이 되지는 않을까. 다카나시의 실수가 더 크게 소문나고, 만회하기 힘든 상황에 몰리게 될 수도 있었다.

어느 쪽이든 오후 한 시에 출근해야 할 다카나시가 지금 여기서 항의 전화를 받는 모습이 부자연스러운 일인 건 분명했다. 완전히 목이 쉬어버린 전화 속 남자에게 한 번 더 사죄한 뒤, 다카나시는 수화기를 내려놓고 편집국의 소란에서 몰래 도망쳐 나왔다.

4

다카나시가 다시 갤러리 '아사히'로 향한 건 오전 열한 시 무렵이었다. 이번에는 화과자 가게에서 산 선물을 손에 들고 있었다.

유리문은 열려 있었다. 입구에는 조각이 새겨진 앤티크 탁자가 놓여 있었고, 그 위에 무지개 사진을 인쇄한 안내 엽서가 여러 장 쌓여 있었다. 〈무지개와 구름이 조우할 때〉. 외벽에 무지개 패널 사진이 한 장, 그 옆에 스가이 기요시로 보이는 사람의 상반신 사진이 나란히 걸려 있었다. 희망의 빛줄기를 발견한 기분이었다. 오늘도 개인전을 하고 있었다. 기간이 연장된 건가.

다카나시는 기대감을 품고 건물 안으로 들어갔다. 안쪽 원형 테이블에 턱수염을 기른 중년 남성 한 명이 시가를 피우고 있었다. 이곳의 경영자인 모양이었다.

"실례합니다."

다카나시는 공손한 표정으로 말을 걸었다.

"어서 오세요. 편하게 보시면 됩니다."

"아, 아니요. 실은 저는…."

다카나시가 현민신보의 사람이라는 사실을 알게 되자, 요시다라고 이름을 밝힌 그 남자는 호쾌하게 웃었다.

"이야, 신보에는 완전 두 손 들었습니다. 덕분에 여기서 하루 더 노닥거리게 생겼어요."

다카나시도 그 웃음에 빠져들었다. 환희가 떨림으로 바뀌어 전신에 퍼져나갔다.

"오늘도 하시는군요?"

"어쩔 수 없죠, 천하의 신보가 개최 기간을 늘려놨는데."

"감사합니다."

무심코 진심이 흘러나왔다.

"아, 이거 받으세요. 별거 아니지만, 사죄의 의미로…."

"아이고, 뭘 이런 걸 다… 고맙습니다."

"무슨 말씀이세요. 정말이지 지옥에서 부처님을 만난 기분입니다. 덕분에 살았습니다."

진심을 담아 말한 뒤, 문득 걱정된 다카나시는 말을 이었다.

"혹시 저희 기사 때문에 손님이 오셔서, 그래서 어쩔 수 없이 여신 건가요?"

"아닙니다. 우리 집에서 신보를 받아 보니까, 그래서 열기로 한 겁니다. 그런데…."

요시다는 또 웃기 시작했다.

"열 시에 열었는데, 손님은 아까 온 촌스러운 아저씨 한 명뿐이네요. 신보는 구독자가 별로 없나 봐요?"

이런 때가 아니었다면, 그 말에 다소 의기소침해졌겠지.

"그리고 요시다 씨…."

한 가지 더 걱정거리가 떠올랐다.

"스가이 기요시 씨는 이 일을…?"

"아, 모를 거예요. 잠깐 연락이 안 돼서. 어제 뒤풀이라서 엄청나게 마셨으니까, 집에서 곯아떨어졌으려나."

"저희 기사 일을 알게 되면 기분 상하시겠죠?"

슬쩍 떠보자 요시다는 얼굴 옆에서 손을 저었다.

"아닐걸요. 시원시원한 성격이라 오히려 기뻐하지 않을까요? 어젯밤에 투덜대더라고요. 기자가 취재하러 왔었는데 결국 신문에 실리지 않았다고."

"죄송합니다."

"에이, 괜찮다니까요. 조금 늦었지만 실렸잖아요."

유쾌하게 말한 요시다는 또다시 웃었다.

스가이 기요시와는 고등학교 동창이라고 했다. 풍채가 좋고 머리가 꽤 희끗희끗해서 틀림없이 쉰을 넘겼을 줄 알았는데, 스가이의 동급생이라면 아직 마흔세 살이었다.

반면 스가이는 밖에 걸려 있던 사진을 보면 이목구비가 뚜렷하고 쌍꺼풀이 있었다. 태닝 숍에서 태운 듯한 구릿빛 피부에 금목걸이. 그 옷차림이나 카메라를 바라보는 진득한 눈빛을 보아하니 상당한 나르시시스트가 아닐까 싶었다.

"스가이 씨는 어떤 분이신가요?"

잠시 후에 자택을 찾아가서 사죄할 작정이었으므로, 대략적인 프로필 정도는 알아둘 심산이었다. 요시다가 웃어넘겨줬다고 해서 스가이도 그렇게 해준다는 보장은 없었다.

"사진이랑 똑같아요. '나는 무지개를 좇습니다' 그 자체죠."

"네?"

"꿈만 뒤좇는다고요. 사진작가라고는 해도, 열아홉 때 마이너한 사진 잡지에서 참가상 같은 걸 한 번 받았을 뿐이거든요."

다카나시는 벽에 눈길을 줬다. 스무 장쯤 되는 패널에는 무지개와 구름이 다양한 배합과 앵글로 찍혀 있었다. 언제, 어디에 나타날지도 모르는 무지개를 카메라에 담는 건 분명 대단히 고생스러운 일일 터. 하지만 확실히 시선을 잡아채는 사진은 보이지 않았다. 한마디로 평가해서, 아마추어 수준에서 벗어나지 못했다.

다카나시는 요시다에게 고개를 돌렸다.

"그럼, 사진 외에 다른 일을 하시는 건가요?"

"그렇죠…."

스가이는 마흔이 넘은 지금도 아르바이트를 전전하며, 돈이 좀 모이면 훌쩍 사진을 찍으러 떠난다고 한다. 죽은 양친으로부터 물려받은 낡은 집에서 혼자 살고 있고, 세 번 결혼하고 세 번 이혼했다. 그런데도 스가이의 팬이라고 칭하는 여자가 늘 한 손에 꼽힐 정도로는 있어서, 무지개 사진의 패널도 꽤 팔린다고 했다.

"인기는 더럽게 많지만, 여자랑은 같이 살 수 없는 남자의 결정판이에요."

요시다는 한층 더 크게 웃음을 터뜨렸다.

스가이의 집에 사죄하러 가고 싶다. 다카나시가 그렇게 말하자, 요시다는 밖에 있던 것과 동일한 안내 엽서를 내밀었다. '스튜디오'라고 적혀 있는 주소가 자택의 주소였다. 집 전화는 요금을 안 내서 끊겼고, 휴대전화가 유일한 연락 수단이라고 요시다가 말해줘서 거기로 전화했지만, 받지 않았다. 여러 번 다시 걸어봤지만 결과는 똑같았다.

정중하게 인사하고 다카나시는 '아사히'를 떠났다.

어찌 되었든 스가이의 자택으로 향했다. 차로 십오 분 남짓한 거리였다. 신사에서 멀지 않은 다소 적적한 뒷골목에 요시다의 설명대로 고풍스러운 2층짜리 목조 주택이 보였다.

대문은 없고, 도로에서 몇 걸음 만에 현관 앞에 도달했다. 로마자로 쓰인 문패를 보고 스가이의 집이라는 걸 확인했다. 수리한 적이 있는 모양인지 서양식 현관문만 살짝 새것이었는데, 집 안으로 넣는 형태의 우편함에 신문이 머리를 삐죽 내밀고 있었다. 현민신보였다. 전화는 끊겨도 신문은 구독한다니, 회사 간부가 들으면 손뼉을 치며 기뻐할 만한 이야기였다.

초인종을 눌렀지만, 반응은 없었다.

한 번 더 누르고 다카나시는 귀를 기울였다. 초인종을 고정하는 나사가 빠져서 코드가 드러나 있었지만, 실내에 제대로 울리고 있는 건 확인되었다.

집에 없나? 아니면 아직 자는 중인가?

다카나시는 초인종을 누르려던 손가락을 멈췄다. 어젯밤은 엄청나게 마셨다고 요시다가 말했다. 억지로 깨워서 화나게 했다가는 본전도 못 찾는다. 하지만 이대로 돌아가는 건 곤란했다. 우편함에는 현민신보가 들어 있다. 잠에서 깬 스가이가 기사를 보고, 그대로 본사에 전화를 걸어오면 모든 게 수포로 돌아간다.

다카나시는 휴대전화를 꺼내 스가이의 휴대전화에 전화를 걸어보았다. 역시 받지 않았다. 전원을 껐거나 아니면 전파가 닿지 않는 곳에 있는 건가….

도로에 접한 창에는 어두운 색 커튼이 쳐져 있어 실내 모습이 짐작되지 않았다. 다카나시는 근처를 둘러봤다. 처마 밑에 스쿠터가 있었다. 이게 스카이의 이동 수단이라면, 역시 아직 자고 있다는 뜻이었다.

아니⋯. 어젯밤에 술을 마시고 꼭 여기로 돌아왔다고는 할 수 없었다. 한 손에 꼽힌다는 여자들 중 한 명과 호텔에 틀어박혔을 수도 있다는 생각도 들었다.

다카나시는 손목시계로 시선을 내렸다. 열두 시 이십 분. 슬슬 출근해야 했다.

메모를 남기기로 한 다카나시는 주머니를 뒤졌다. 펜은 가슴팍에 있었지만, 메모장을 들고 다니던 습관은 없어졌다. 명함도 마찬가지였다. 평소 외부인과 만날 일이 없어서 상자 뚜껑도 열지 않고 그대로 회사 책상 서랍 안에 잠들어 있었다. 지갑에 기자 시절의 명함을 한 장 끼워뒀던 게 떠올랐다. 아직도 미련을 버리지 못한 자신을 한심해하면서도, 언젠가 도움이 될지도 모른다는 생각에 버리지 못하고 있었다. 그 명함 뒤에 열심히 펜을 놀렸다.

폐를 끼쳐서 대단히 죄송합니다. 모든 책망은 제가 받겠습니다. 이쪽으로 연락 부탁드립니다.

기자 클럽의 전화번호에 줄을 그어 지우고, 본사 대표번호 옆에 편집부 내선번호를 덧붙여 썼다.

다카나시는 한 가지 계책을 떠올렸다. 우편함의 현민신보를 뽑아서 지역면 페이지를 펼친 뒤 거기에 명함을 끼우고 다시 잘 접어서 우편함에 넣었다.

완벽하다고 생각했다.

만일 외박해서 집에 없다고 하더라도, 스가이가 기사에 대해 알게 되는 건 자택이나 '아사히'일 가능성이 상당히 컸다. 그 양쪽에 다 손을 써뒀다.

다카나시는 차를 출발시켰다.

자연스레 웃음이 새어 나왔다. 본사가 그 난리니, 지역면의 제목 실수 따위를 알아차릴 직원은 있을 리가 없었다. 사내에서 이 일을 알고 있는 사람은 자신과… 그래, 데즈카 리에뿐이었다.

초승달 모양의 가느스름한 눈이 떠오르자 다카나시의 입가에서 웃음이 사라졌다.

5

편집국의 분위기는 무거웠다.

항의 전화는 여전히 계속 오고 있었다. 데스크나 서무 직원이 줄곧 전화 응대에만 매달려서는 다른 일을 할 수 없었기 때문에, 결국 대책으로 외근 기자 다섯 명이 불려왔다. 그중에는 Y지국 유자와의 시뻘건 얼굴도 있었다.

"결국 유자와 녀석이 잘못 썼던 거래."

옆에서 구시키가 작은 목소리로 말했다.

실수한 장본인은 편집국 중앙에서 '효수'당하고 있었다. 다카나시는 대답하지 않고, 레이아웃 용지를 책상에 펼쳤다. 오늘 하루는 숨죽이고 조용히 보내기로 결심했다.

맞은편 자리에 데즈카 리에의 모습은 없었다. 오늘은 두 시 출근이었나. 그렇게 생각했을 때, 귓가에 뜨거운 숨결이 느껴졌다.

"아직 안 들킨 모양이네요."

허를 찔린 다카나시는 얼어붙었다. 씨익 웃는 리에의 얼굴이 바로 눈앞에 있었다. 하지만 그것도 잠깐이었고, 금세 등을 돌린 리에는 긴 머리를 휘날리며 데스크석으로 향했다. 오늘 편집할 원고를 받으러 가는 것이었다.

마음에 걸리는 일은 빨리 해결하고 싶었다.

리에가 돌아올 타이밍을 가늠해서 다카나시는 자리에서 일어났다. 데스크 구역과 편집부 구역의 중간 즈음에서 말을 걸었다.

"잠깐 시간 있어?"

"무슨 일인데요?"

"잠깐이면 돼."

다카나시가 편집국에서 나오자, 리에는 잠시 간격을 두고 따라 나왔다. 1층 자판기 구역으로 가서 나란히 의자에 앉았다.

리에는 진지한 표정이었다. 화난 것처럼 보이기도 했다.

"미안."

"뭐가요?"

목소리도 딱딱했다.

실수한 건 입 다물어줘. 그렇게 솔직하게 말하면, 오히려 리에를 기쁘게 할 뿐이라는 생각이 들었다.

다카나시는 애써 웃음을 지어 보였다.

"뭐 먹고 싶은 건 없어?"

"네?"

"뭐든 상관없어. 비싼 레스토랑도 괜찮고."

"…."

"왜? 좋아하는 거 뭐든 말해봐."

리에는 다카나시를 외면하듯 고개를 돌렸다. 한 번 꾹 감았다 뜬 눈이 희미하게 젖어 있었다.

다카나시는 깜짝 놀랐다.

"왜, 왜 그래?"

리에는 다카나시가 내민 손을 뿌리치듯 자리에서 일어나더니, 그대로 뛰쳐나가서 계단을 올라갔다. 황급히 뒤를 쫓았지만, 리에는 맹렬히 달려서 여자 화장실로 사라졌다.

다카나시는 하는 수 없이 자리로 돌아갔다.

웃음 섞인 눈을 한 구시키가 속삭였다.

"사랑싸움은 딴 데 가서 하시죠."

"뭐?"

"직장 내 불륜은 금지라고."

"무슨 헛소리야."

"으이구, 이 멍청아. 데즈카가 너 좋아하잖아. 이러쿵저러쿵 밉살맞은 소리 하면서 네 주변을 얼쩡거리는 이유가 뭐겠냐."

생각해본 적도 없었다. 다른 사람도 아니고, 그 데즈카 리에가 나를 좋아한다니.

저, 아무한테도 말 안 했어요.

어젯밤의 전화 목소리가 떠올랐다.

리에는 아무에게도 말할 생각 따위 없었다. 그랬는데 다카나시가 입막음을 하려고 했다. 아니, 먹을 것으로 매수하려고 한 것이었다.

리에는 삼십 분쯤 뒤에 자리로 돌아왔다.

한일자로 입을 다물고, 한 번도 고개를 들지 않았다.

등줄기가 오싹했다.

리에의 성격이 드세다는 건 편집국 모두가 인정하고 있었다. 만일 구시키의 말이 사실이라면, 리에의 호의를 최악의 형태로 짓밟은 다카나시에게 이후 어떤 행동을 취할지 짐작되지 않았다.

폭로하려나…?

다카나시는 도무지 진정할 수 없었다. 지면에 집중하려고 해도, 리에는 바로 맞은편 자리라서 보기 싫어도 눈에 들어왔다.

오후 다섯 시가 되고, 일곱 시가 넘어도 리에는 아무 말도 하지 않았다. 리에를 여자로 의식한 적은 없었다. 그래서 더 정체를 모르겠다. 가면 같은 무표정으로 편집기 앞에 앉아 있는 리에의 존재는 위험하기 짝이 없는 폭탄 그 자체였다.

여덟 시를 조금 앞둔 시각, 마감이 머릿속에서 어른거리기 시작한 무렵이었다. 눈앞의 전화가 울려서 다카나시는 혀를 차며 수화기를 들었다. 머릿속으로는 제판부의 재촉에 대응할 말을 떠올리고 있었다.

"스가이입니다."

순간 누구인가 싶었다. 리에의 모습을 살피는 데 정신이 팔려, 다른 불안은 머릿속에서 밀려나 있었다.

"명함을 보고 전화했는데, 당신이 다카나시요?"

"아!"

무지개의 스가이 기요시였다.

"네, 맞습니다. 제가 다카나시입니다."

"아주 대단한 일을 해주셨더라고."

험악한 목소리였다.

다카나시는 송화구를 손으로 덮고 목소리를 낮췄다.

"죄송합니다. 정말로 드릴 말씀이 없습니다."

"아니, 제대로 사과를 받아야겠는데."

그 말에 다카나시의 심장박동이 빨라졌다.

"어떻게 하면…?"

"정정 기사를 내. 내일 신문에."

머리가 어찔했다.

"저, 그건 좀….."

"안 내겠다고?"

"그게 아니라, 낼 수 없다고 해야 할까요…. 개인전은 이미 끝나기도 했고요."

"그게 무슨 상관이야. 틀렸으니까 제대로 정정을 내라고."

다카나시는 쉽게 대답하지 못했다.

시원시원한 성격이라 오히려 기뻐하지 않을까요. '아사히'의 요시다가 한 예상은 완전히 빗나갔다.

"아홉 시 이후에는 일이 끝나니까, 제가 댁에 찾아뵙고 사죄드리겠습니다."

"올 필요 없어! 그것보다 당신, 왜 그렇게 작은 목소리로 말하는 거지?"

아픈 데를 찔렀다.

"죄송합니다…. 제가 지금 사무실이라서…."

"당신, 어떤 사람이야?"

"네…?"

"과장이니 계장이니 하는 거 있잖아."

"아, 네. 있습니다. 그렇게 부르지는 않지만, 일단은 계장 대우입니다."

"그러면 더 윗사람 바꿔."

한 번 더 머리가 어찔했다.

"부디 양해 부탁드립니다. 제가 담당자니까, 저한테 말씀하세요."

다들 이쪽을 쳐다보고 있다는 것을 깨닫고, 다카나시는 등을 수그렸다.

"일단 댁으로 찾아뵙겠습니다."

"됐다고 했잖아! 당장 윗사람 바꿔. 안 바꾸면 내가 쳐들어갈 테니까."

이제 다 끝났다. 다카나시는 눈을 질끈 감았다.

실수가 발각될 것이다. 그것을 감추려고 획책을 꾸민 일까지 전부 다.

다카나시는 눈을 뜨고 편집부 데스크를 바라봤다. 고개 숙인 가마치의 얼굴에 피로의 색이 짙었다. 선거 기사 실수로 간부에게 호되게 당한 모양이었다.

가마치에게 말하고 전화를 돌렸다. 손가락이 부들부들 떨렸다.

두 사람의 통화가 얼마나 이어졌는지 모르겠다. 다카나시에게는 끝없이 긴 시간으로 느껴졌다.

"다카나시!"

가마치가 수화기를 놓고 일어섰다. 무시무시한 표정이었다.

"너 이 자식, 대체 무슨 짓을 한 거야!"

다카나시도 자리에서 일어났다.

"죄송합니다…."

"지금 당장 가! 가서 정정만은 봐달라고 무릎이라도 꿇고 와!"

"하, 하지만… 지면이 아직."

"네놈의 허접한 편집 따위 필요 없어! 데즈카한테 넘기고 가. 너보다 백배는 나은 지면을 만들어줄 테니. 넌 얼른 가기나 해!"

다카나시는 후들거리는 다리로 자리에서 떠났다. 리에의 얼굴은 보지 않았다. 비웃는 표정. 걱정스러운 표정. 어느 쪽이든 보고 싶지 않았다.

자동차로 밤의 도로를 달렸다.

삼십 분도 안 걸려서 스가이의 자택에 도착했다.

이층집의 창문 어디에도 불빛은 없었다. 우편함 속 현민신보는 사라지고 없었다. 몇 번이나 초인종을 눌러봐도 응답이 없었다.

처마 밑의 스쿠터는 여전히 그 자리에 놓여 있었지만, 집 안에 사람이 있는 기색은 느껴지지 않았다. 걸어서 술 마시러 나갔거나, 누군가 차로 데리러 왔을 수도 있었다.

주먹으로 문을 두드렸다. 있는 힘껏 몇 번이나 두드렸다.

이층집은 쥐 죽은 듯 조용했다. 휴대전화도 받지 않았다. 다카나시는 늦은 밤까지 기다렸다. 조간 마감 시간까지 버텼지만, 스가이는 돌아오지 않았다.

다음 날 아침, 현민신보 조간에는 두 개의 정정 기사가 게재되었다. 하지만….

사건은 이걸로 끝이 아니었다.

6

열흘 뒤였다.

자칭 사진작가, 스가이 기요시가 자택 거실에서 사체로 발견되었다.

다카나시가 그 사실을 알게 된 건 오전에 형사 두 명이 집으로 찾아왔기 때문이다. 관할 경찰서로 임의 동행을 요구받아, 온종일 조사를 받았다. 스가이의 집 거실 탁자 위에 다카나시의 명함이 있었다. 일의 경위를 숨김없이 털어놨지만, 형사는 아직 더 들을 게 남았다는 얼굴이었다.

오후 여덟 시가 넘어서야 조사에서 풀려났다. 관할서 청사 뒤쪽에 경찰 담당에서 잔뼈가 굵은 구보키가 기다리고 있었다.

"이봐, 내가 용의자래?"

자동차 조수석에 올라타자마자 다카나시는 분노를 터뜨렸다. 머리가 혼란스러웠다. 스가이의 죽음에 놀랄 새도 없이, 여덟 시간 넘게 딱딱한 파이프 의자에 줄곧 붙잡혀 있었다.

"단순한 참고인이랍니다. 타사로 말이 새지 않게 해달라고 1과와 홍보에 못 박아뒀습니다."

빈틈없는 얼굴로 말하면서 구보키는 차를 출발시켰다. 다카나시보다 세 살 아래인 구보키는 스포츠 담당이던 시절에 같이 일했었다.

"부검은 끝났지? 스가이는 대체 언제 살해당한 거래? 사인은?"

"사후 일주일에서 열흘이 경과된 걸로 보인다고 합니다. 위에 내용물은 없었습니다. 마지막 식사 이후로 상당히 시간이 경과한 모양이에요. 살해 수법은 교살. 양손으로 정면에서 졸렸습니다."

구보키의 타고난 냉정함도 다카나시의 흥분을 가라앉혀주
지는 못했다.

"열흘 전이면 내가 스가이의 집에 간 날이라는 말이야? 그
래서 날 의심하는 거야? 난 그 자식이랑 안 만났어. 집에 없었
어. 아니, 있었을지도 모르지만 안 나왔다고. 젠장!"

"단순한 참고인이라고 했습니다."

"나는 솔직하게 다 털어놨어. 그랬더니 형사 놈이, 야마세라
던데 혹시 아는 놈이야?"

"아니요, 모릅니다."

"'피해자랑 트러블 있으셨죠?' 이딴 소리나 지껄이더군. 그
래, 트러블이 있기야 했지. 그런데 정정 기사를 내고 안 내고
하는 문제로 사람을 죽이는 게 말이 돼? 그럴 리가 없잖아."

"단순한 참고인이라고 했습니다."

"용의자는 있고?"

"여자를 몇 명 불렀습니다."

"그렇겠지. 어쨌거나 늘 한 손에 꼽힐 정도의… 아, 그 사거
리에서 오른쪽이야."

다카나시가 방향을 지시했지만, 구보키는 우회전하지 않고
차를 직진시켰다.

"일단 회사로 복귀하랍니다."

"나도?"

"네."

"왜지?"

한시바삐 집에 돌아가서 느긋하게 욕조에 몸을 담그고 싶었다.

"선배님과 같이 원고를 쓰라는 지시를 받았습니다."

원고…?

다카나시는 구보키의 옆얼굴을 바라봤다.

"그게 무슨 소리야?"

구보키는 정면을 응시한 채 대답했다.

"경찰이 발표하지 않았으니, 다른 회사는 모를 겁니다. 선배님이 그날 밤 스가이 기요시와 전화로 이야기했다는 사실을요. 즉 저희만 쓸 수 있다는 소리죠. '26일 오후 여덟 시까지 생존'이라든가 '여덟 시 이후에 살해'라든가."

찬물을 뒤집어쓴 것 같았다.

그날부터 열흘간 직장에서는 줄곧 바늘방석에 앉아 있는 기분이었다. 실수를 한 데다 그 실수를 은폐하려고 했던 일까지 편집국에 소문이 쫙 퍼졌다. 그건 자업자득이니 어쩔 수 없었다. 그렇지만 가마치가 한 말이 도무지 귀에서 떠나지 않았다. 모두가 보는 앞에서 입사 십육 년 차인 다카나시를 불러 세우고, 입사 이 년 차인 데즈카 리에보다 능력이 떨어진다고

◆ 조용한 집 ◆ **269**

딱 잘라 말했다.

설 자리를 잃었다. 회사를 그만두는 것도 진지하게 고민했다. 그런 다카나시의 속마음을 윗사람들도 헤아리고 있을 터. 그런데 다카나시가 저지른 실수의 '부산물'이 특종감이라는 사실을 알자, 여덟 시간이나 경찰 조사를 받은 직후에 회사로 오라고 명령했다.

"죄송합니다."

느닷없이 구보키가 말했다.

"어…?"

"저도 너무하다고 생각합니다."

갑자기 몸에서 힘이 빠졌다. 허탈감이 분노를 집어삼켜갔다. 아무렴, 그렇지. 자신은 기자도, 편집자도 아니다. 회사원이다.

벌써 본사 빌딩 불빛이 가까웠다.

다카나시는 한숨을 한 번 내쉬고 말했다.

"구보키, 해보자. 나 좀 도와줘."

7

두 사람은 6층 숙직실에 틀어박혔다.

"사건 발각은?"

다카나시는 노트를 펼치면서 말했다. 구보키가 메모장을 넘겼다.

"사체는 아침 무렵에 여자가 발견했습니다."

"여자?"

"네, 이시노 지에코라는 여자입니다. 이름을 밝히지 않고 휴대전화로 110에 연락한 뒤 자택으로 돌아갔었는데, 발신자 표시 제한을 하지 않아서 바로 신분이 들통났습니다. 스가이와는 불륜관계였고, 집 열쇠를 가지고 있었다고 합니다."

"그러면 그 여자가 범인이겠네."

"정면에서 목을 졸라 죽였는데, 아무래도 여자는 힘들죠."

"그러면 그 남편이군."

"알리바이가 있습니다. 남편은 26일 저녁부터 나흘간 출장으로 삿포로에 있었습니다."

"그러면 누구지?"

"지금 단계에서는 전혀 모르겠습니다."

"없어진 물건은?"

"집을 뒤진 흔적은 없습니다. 다만, 스가이의 휴대전화가 발견되지 않았다고 합니다."

"범인이 가지고 갔단 말인가."

"그건 모르겠습니다."

메모를 한 다카나시는 고개를 들었다.

"사망 추정 시각을 고려하면, 내가 스가이와 통화한 이후부터 29일 사이에 범행이 일어났다는 거지?"

구보키는 고개를 기웃했다.

"전화를 끊은 뒤부터 다음 날 아침까지, 라고 생각하는데요."

"왜지?"

"26일 신문이 거실에 있었고, 그…."

구보키가 머뭇거리길래, 다카나시가 이야기를 이어받았다.

"녀석의 개인전 기사가 실린 지역면이 펼쳐져 있었지?"

"네, 거기에 끼워둔 선배님 명함도 거실 탁자 위에서 발견되었습니다. 하지만 27일 이후의 신문은 전부 현관 안쪽에 떨어져 있었던 모양입니다."

"우편함에서 꺼내지 않았다는 말이군."

"꺼낼 수 없었던 거겠죠."

"이미 살해당했다."

"네, 그리고 어쩌면…."

구보키는 걱정스러운 표정을 지었다.

"왜 그래?"

"선배님, 전화하고 나서 스가이의 집에 가셨었죠?"

"그래, 갔지."

"집은 어둠에 싸여 있었고, 초인종을 눌러도 응답이 없었다."

"맞아."

대답하면서 다카나시는 등줄기가 오싹해지는 것을 느꼈다.

구보키는 이렇게 말하고 있다. 스가이는 오후 여덟 시에 현민신보에 전화한 뒤, 다카나시가 스가이의 자택에 도착하기까지의 사이에 살해당했다.

문득 위화감이 느껴졌다. 그날, 가인쇄를 봤을 때의 감각과 비슷했다.

구보키가 말을 이었다.

"스가이의 집에 도착한 건 몇 시쯤이셨죠?"

"삼십 분이 채 안 걸렸어. 아홉 시는 안 됐을 거라고 생각해."

"삼십 분···. 할 수 있겠네요."

"충분히 할 수 있지."

"그럼, 저···."

구보키가 갑자기 일어섰다.

"어디 가?"

"경찰서요. 이시이 지에코의 조사가 어떻게 됐는지 신경 쓰여서요."

"원고는?"

"부탁드립니다. 선배님이 써주세요."

실제로 글을 쓴 사람이 특종의 주인이 된다. 다카나시의 오명 반납으로 이어지길 바라는 구보키의 배려일지도 몰랐다.

숙직실은 적막에 잠겨 있었다.

구보키는 사건 개요 복사본과 노트북을 두고 갔다.

다카나시는 컴퓨터 앞에 마주 앉았다. 사건 기사를 쓰는 게 몇 년 만인지 모르겠다.

특종인데도 가슴이 설레지 않았다. 예상외로 애먹으며 절반쯤 작성했을 때였다. 문이 열리고 데즈카 리에의 딱딱하게 굳은 얼굴이 엿보였다. 커피잔을 받친 쟁반을 손에 들고 있었다.

"드실래요?"

"아, 고마워."

열흘 만에 나눈 대화였다.

문밖으로 나가려던 리에가 뒤돌아봤다.

"요전번 일은 죄송했습니다. 제 이미지가 얼마나 안 좋았는지 이번에 깨달았습니다."

초승달 눈이 일그러져서, 차마 웃는 얼굴로는 보이지 않았다.

"기사 쓰시는 거 잘 어울려요. 다카나시 씨는 역시 바깥 사람이네요."

무슨 뜻인지 바로 이해되지는 않았다.

다카나시는 한참 동안 집중해서 타자를 쳤다. 원고 작성을 끝내고 다시 읽어본 뒤, 내선 전화의 수화기를 들었다. 리에 자리의 내선 번호를 눌렀다.

"네, 편집부입니다."

"다카나신데, 조금 전에 커피 고마웠어."

빠른 어조로 말하자, 전화 건너편이 일순 침묵했다.

"저, 이마이인데요, 데즈카 씨는 지금 잠깐 자리를 비웠습니다."

얼굴이 달아올라 전화를 끊었다. 그 직후였다.

다카나시는 불안을 느꼈다. 두려움 같기도 했다. 이유도 모른 채 얼마 동안은 그런 기분에 휩싸여 있었다.

아….

전율로 몸이 딱딱하게 굳었다. 이어서 전율의 원인이 언어화되어 머릿속을 휘저었다. 그 항의 전화는 정말로 스가이 기요시에게서 걸려온 것이었을까?

다카나시는 눈을 부릅떴다.

시원시원한 성격이라 오히려 기뻐하지 않을까요. '아사히'의 요시다가 한 예상은 빗나갔다. 그때는 그렇게 생각했다. 하지만 만일 전화의 주인이 다른 사람이었다면….

26일 밤, 초인종을 눌러도 스가이의 응답은 없었다. 구보키가 말했듯이 이미 죽은 뒤였기 때문이겠지. 하지만 낮에도 마찬가지였다. '아사히'에서 스가이의 자택으로 향했을 때도 스가이의 반응은 없었고, 집은 정적에 휩싸여 있었다.

이미 죽어 있었다면….

그렇게 중얼거린 다카나시는 끌려들어가듯 깊은 생각에 빠졌다.

한 가지 가설이 완성된 건 삼십 분 정도가 지난 뒤였다.

다카나시는 구보키의 휴대전화에 전화를 걸었다.

"무슨 일이시죠?"

"이시이 지에코의 남편, 26일 낮 알리바이는 있어?"

"있는 건 그날 저녁부터입니다."

"잠깐 여기로 와줘."

다카나시는 전화를 끊고, 담배에 불을 붙였다.

확신했다. 자신은 이 사건의 알리바이 만들기에 이용당했다.

아마도 진상은 이랬을 것이다.

남편은 지에코의 불륜을 의심했다. 하지만 상대가 누구인지 몰랐다. 스가이 기요시가 불륜 상대라고 알려준 것이 바로 그날 실린 개인전 기사였다. 무지개와 구름. '아사히'의 요시다는 여자 팬들이 스가이의 패널 사진을 산다고 말했다. 아마 지에코도 가지고 있었겠지. 남편은 그것을 봤다. 그래서 기사 사진을 보고 감이 온 것이다.

남편은 '아사히'에 갔다. 그날 왔다는 유일한 관객, '촌스러운 아저씨'였다. 안내 엽서의 주소를 보고, 스가이의 자택에 쳐들어갔다. 부인과의 관계를 따져 물었다. 두 사람은 언쟁을 벌였고, 그리고 거실에서 사건이 발생했다. 처음부터 죽일 작정으로 간 건 아니었다. 날붙이도 끈 같은 것도 가지고 있지 않았기 때문에 살해 수법은 교살이 되었다. 대충 그렇게 된 거 아닐까.

살인을 저지른 남편은 눈앞이 깜깜해졌겠지. 점심에 다카나시가 방문했을 때는 아직 집 안에 있었던 거다. 숨을 죽이고 기둥 뒤에 숨어 초인종이 울려 퍼지는 현관을 바라보고 있었다. 우편함의 신문이 한 번 뽑히더니, 다시 제자리로 돌아오는 것을 봤다. 다카나시가 포기하고 돌아간 뒤 조심스레 신문을 펼쳐보고 사죄의 말이 적힌 명함을 발견했다. 현민신보의 실수는 요시다에게 들었다. 알리바이 만들기에 이용할 수 있겠다. 남편은 그렇게 생각한 것이다.

그날 밤 출장 간 삿포로에서 현민신보에 전화를 걸었다. '살아 있는 스가이'로서 보다 강렬한 인상을 남기고자 다카나시뿐만 아니라 가마치까지 전화를 받게 했다. 이에 더해 '정정기사'를 요구했다. 항의 전화가 있었던 확실한 증거. 그런 의도였겠지.

다카나시는 고개를 들었다. 복도를 달려오는 구두 소리가 가까워지고 있었다. 구보키에게 원고를 쓰게 하자.

바깥 사람….

자신의 공로로 하고 싶다는 생각은 들지 않았다. 그 대신 제목이 하나 떠올랐다.

〈아내의 불륜을 알게 된 남편의 끔찍한 짓〉

다카나시는 혀를 찼다.

아무런 맛도 멋도 기술도 없는 제목이다. 또 데즈카 리에에
게 무시당하겠지. 눈앞의 커피잔을 보며 다카나시는 쓴웃음
을 지었다.

비서과의 남자

1

오전 아홉 시 반이 지났다.

무슨 소리가 들렸지만, 문이 열리는 소리는 아니었다. 지사실의 '재실'과 '내객 중' 램프는 여전히 켜져 있었다.

구라우치 다다노부는 책상 위에 펼쳐둔 투서로 시선을 돌려 검토를 계속했다. 서류 결재와 더불어 아침에 제일 먼저 하는 업무 중 하나였다.

지사 앞으로 보내진 투서는 이곳 지사실 비서과에서 걸러진다. 전날 홍보공청계 직원이 추린 투서 중 참사 겸 과장인 구라우치가 지사에게 보여주고자 하는 것을 몇 점 골라냈다. 현지사는 행정의 수장인 동시에 정치가이기도 하기 때문에, 유권자의 한마디가 그날 하루의 비타민이 되기도 하고, 위산을 과다 분비시키는 이물질이 되기도 한다.

〈아이들을 위해 곤충의 숲 공원을 빨리 만들어주세요.〉

이건 좋다. '어르신'이 기뻐하겠군.

'곤충의 숲 공원' 건설 계획은 올봄 당초 예산에서 조사비가 편성됐다. 공약 실현을 위해 움직이기 시작한 계획이 현민에게 지지받고 있다는 이야기는 예산 집행자의 기운을 북돋운다.

〈가타야마 지구 노선버스의 존속을 간절하게 희망합니다.〉

안타깝지만 탈락이다.

농촌부의 승합버스 사업 누적 적자는 손쓸 수 없는 상태였다. 아무리 보조금을 쏟아부어 노선을 유지해봤자, 타는 사람은 이동 수단이 없는 소수의 노인뿐이었다. 인프라 정비를 공약에 내건 어르신으로서는 듣기 거북한 이야기인 데다, 정에 몹시 약한 분이라 이런 사정을 들으면 마음 아파한다. 어느 쪽이든 이제 막 하루를 시작하려는 때에 들려줄 만한 이야기는 아니었다.

〈현청 공용차는 전부 전기자동차로 바꿔야 한다. 지금 당장 바꿀 수 없다면, 적어도 저공해 차로 교체해야 한다.〉

구라우치는 작게 고개를 끄덕였다. 이게 오늘 아침의 베스트 투서군. 시의적절하다. 어르신은 이런 건설적인 건의를 좋아하고, 공용차 교체 문제는 각 부국과의 연락조정회의 자리에서 이미 여러 번 의제에 올랐었다.

"과장님."

목소리와 함께 딱딱한 구두 소리가 들리더니, 미간을 좁힌 하스네 사와코가 다가왔다. 구라우치와 동갑인 쉰두 살. 촉탁 비서로 칠 년 전부터 지사의 일정을 관리하고 있었다. 원래 현립여자대학에서 향토사를 가르쳤던 비상근 강사인데, 첫 당선 후 신문 좌담에서 만났던 인연으로 어르신에게 스카우트되었다.

"저 안, 아직 더 걸릴까요?"

희미하게 짜증 섞인 목소리로 말하며 사와코는 지사실 문을 살짝 가리켰다. 아홉 시 오십 분. 지사가 참석할 예정인 환경위생동업조합의 연차총회가 열 시 반 개회이니, 시간이 걱정되기 시작한 것이었다.

"곧 나올 것 같은데…."

구라우치는 말을 얼버무렸다. "잠시 실례하지"라며 아카이시 현의원이 입실한 지 벌써 삼십 분이 지났다. 내년에는 현지사 선거가 있었다. 삼선에 도전하기로 한 어르신에게 현의회 최대 회파인 '성심회' 보스와의 밀담은 거를 수 없었다. 성심회와 대립하는 제2회파 '일심회'가 유력한 대항마를 물색 중이라는 정보가 현 내에 떠돌고 있기 때문이었다.

"위생조합 뒤는 어떻게 되지?"

"의사회장 사나다 씨와 점심, 한 시 반에 100킬로미터 걷기대회 개회식."

사와코는 손에 든 수첩을 넘기지도 않고 지사의 일정을 읊었다. 두 시 반, 현민 음악홀 기공식. 세 시, 공안 위원 임명식. 네

시, 국제교류협회 직원 송별회. 다섯 시, 특산품 시식회.

일정은 오후 여덟 시 이후까지 빽빽하게 차 있었다. 공직의 직함 수는 백에 가깝고, 지사의 참석이라는 '형식'을 원하는 단체도 끊임없어서 어르신에게는 주말도 공휴일도 없었다.

"사나다 씨와의 점심은 누가 수행하지?"

"가쓰라기입니다."

사와코의 대답을 듣자 마음에 동요가 일었다.

구라우치는 방 안쪽을 힐끗 봤다. 열 명쯤 되는 비서과 인원 뒤편에서 세련된 검은 정장으로 몸을 감싼 가쓰라기 도시카 즈가 상냥하게 전화 응대를 하는 모습이 보였다. 정책 조사 담당. 보스턴대 졸업. 서른다섯 살.

구라우치는 사와코를 향해 다시 고개를 돌렸다.

"식사 후에는 바로 위장약 드리는 거 잊지 말라고 말해줘. 많이 안 좋으신 모양이니까."

"알고 있어요."

"건강검진은 어떻게 됐어?"

"지사님이 됐다고 하셨어요."

"내가 다시 말해볼게. 일정은 괜찮겠어?"

"네, 다음 달 10일이나 21일이라면요. 1박은 힘들지만."

"10일로 병원을 잡아두자고."

"알겠습니다."

구라우치는 고개를 쭉 뺐다. 사와코의 어깨 너머로 잘 아는 얼굴이 보였기 때문이다. 회색 작업복을 입은 '마키노전자'의 사장 마키노 아키오다.

"무슨 일이세요?"

구라우치 쪽에서 말을 걸었다. 백발을 흐트러뜨린 마키노의 모습에 심상찮은 낌새를 느꼈기 때문이다.

"지사님을 뵙고 싶어."

마키노는 두 손으로 구라우치의 책상을 짚고 말했다. 눈은 치켜올라갔고, 가쁜 숨을 내쉬며 어깨를 들썩이고 있었다.

"무슨 곤란한 일이 있으시면, 저한테 말씀하세요."

구라우치는 하루에도 몇 번이나 반복하는 말을 하면서 자리에서 일어났다. 표정과 손짓으로 별실에 들어가도록 재촉했다.

"아니, 나는 요모타 지사님을…."

"자, 이쪽으로 오세요."

비서과가 '관문'이라는 사실은 굳이 말할 필요도 없었다. 구라우치는 마른 나뭇가지 같은 마키노의 팔을 살며시 붙잡고, 왼손으로 비어 있는 별실 문을 밀어서 열었다. 비틀거리며 방 안에 발을 들여놓은 마키노는 갑자기 힘없이 소파에 털썩 주저앉았다.

"사장님, 무슨 일 있으셨어요?"

매몰차게 굴면 안 된다. 상공노동부에서 오래 일했던 구라우치지만, 마키노의 얼굴과 이름을 일치시킬 수 있게 된 건 삼년 전 시장 선거 때였다. 어르신의 열렬한 지지자였던 마키노는 백칠십 명의 종업원과 그 가족 전원에게 '요모타 하루오'의 이름을 쓰게 했다.

"무슨 일 정도가 아니야."

마키노가 날카로운 목소리로 말했다.

"구라우치 씨, 우리가 삼 년 전에 대만에 진출한 건 알고 있지?"

"그럼요."

"그게 어처구니없는 꼴이 됐어. 속았다고."

"속았다니요? 누구한테요?"

"누구긴 누구야, 시치카이지.. 시치카이 일렉트로닉스라고, 젠장."

어르신과 만나게 할 수는 없었다. 구라우치는 이야기를 들은 즉시 결심했다. '시치카이 일렉트로닉스'는 N현의 중핵기업인데, 어르신의 선거 모체에서 큰 부분을 차지하는 곳 중 하나이기도 했다. 종업원 수 삼만 명. 그 엄청난 표밭에 마키노는 싸움을 걸려고 하고 있었다.

"지사님을 뵙게 해줘."

"오늘은 일정이 꽉 차셨어요."

"잠깐이면 돼."

"오늘은 힘들어요. 죄송합니다."

"그럼, 자네가 말 좀 전해줘."

마키노는 거칠고 투박한 손가락으로 손깍지를 끼고 몸을 앞으로 내밀었다.

"제품에는 자신 있어. 우리 회사에서 조립하는 액정 모듈은 세계 제일이야. 하지만 결국에는 보잘것없는 하청일 뿐이지. 시치카이의 LCD 부문이 해외에 진출한다는 소문을 들었을 때는 일이 끊길까 봐 얼마나 무서웠는지 몰라. 그래서 시치카이한테 해외 진출 기업 후보 경쟁에 참여하라는 권유를 받고 달려든 거야. 은행과 신용금고에서 4억을 빌려 대만에 진출했어. 시치카이는 전면적으로 지원하겠다고 약속했지. 수익이 날 때까지 과도기 동안은 확실하게 비용을 책임져주겠다고 했어. 그래 놓고서는 우리가 직접 산 부품비조차 안 주려고 해. 아무리 머리를 숙이고 빌어봐도 그놈들은….."

"잠시만요."

구라우치는 말을 가로막았다. 마키노의 입가에는 게거품이 맺혀 있었다.

"마키노 씨, 화나신 건 잘 알겠어요. 하지만 원청업체와의 문제를 저희한테 가지고 오시면 곤란합니다. 그런 건 상호 간에 대화로 해결하실 일이잖아요?"

"상호 간? 구라우치 씨, 자네 아무것도 모르는구먼. 대화할 수 있는 사이라면 여기에 오지도 않았어. 그놈들은 귀신이야. 귀신이랑 제대로 된 얘기를 할 수 있겠어? 지사님한테 시치카이의 아이자와 놈에게 말 좀 해달라고 해. 하청업체를 괴롭히지 말고, 잘 키워주라고. 지사님이 말씀하시면 그놈들도⋯."

마키노는 혀를 차면서 작업복 주머니에 손을 집어넣었다. 휴대전화가 울리고 있었다.

전화를 받자마자 주름진 얼굴이 일그러졌다. 돈 이야기. 구라우치는 그렇게 직감했다.

별안간 새하얀 편지지가 망막을 뒤덮었다.

고작 한 줄짜리 유서. 고마워.

그 남자는 목을 매고 죽었다. 자금 융통에 실패했기 때문이었다.

마키노가 자리에서 일어나려고 하길래 다시 정신을 차렸다. 다시 오겠소. 정신이 나간 듯한 목소리를 남기고 야윈 뒷모습은 방을 뛰쳐나갔다.

구라우치도 별실에서 나왔다. 과장석으로 돌아가자 지사실 문 근처에 서 있었던 사와코가 "뭐였어요?" 하고 말을 걸어왔다. 정말 궁금해서 묻는 것 같지는 않았다. 예민해 보이는 가느스름한 눈은 '내객 중' 램프와 손목시계를 번갈아 보고 있었다.

그때, 사와코의 염원이 통했는지 갑자기 지사실 문이 열렸다. 비서과에 긴장이 감돌았다.

아카이시 현의원이 정장 재킷을 어깨에 걸치고 유유히 퇴실했다. 그 뒤로 요모타 지사의 기름진 얼굴이 엿보였다. 택시를 잡을 때처럼 손을 들고 있었다.

"잠시 와봐."

구라우치는 자리에서 일어섰다. 하지만 눈이 마주치진 않았다. 요모타의 시선은 구라우치를 지나쳐 부서 안쪽을 향하고 있었다.

"바로 가겠습니다."

가쓰라기의 가성이 들렸다. 구두 소리와 함께 몸에 딱 맞는 정장이 구라우치의 앞을 가로질러 지사실로 향했다.

사와코가 빠른 어조로 고했다.

"지사님, 슬슬 나가시지 않으면 위생조합 총회 시간에 맞출 수 없습니다."

"사무 연락이야. 삼 분이면 끝나."

요모타는 귀찮다는 듯이 말했다. 가쓰라기가 방에 들어가고 문이 닫히려던 차였다. 구라우치가 못 참고 말했다.

"사무 연락이라면 저도…."

"자넨 됐어."

거절의 말과 동시에 문이 닫혔다.

그 짧은 대화는 사와코를 제외하면 아무도 듣지 못한 모양이었다. 사무실의 긴장이 풀리고 젊은 직원들은 작은 목소리로 떠들기 시작했다.

자넨 됐어…?

자리에 앉은 구라우치는 손에 든 투서로 시선을 떨구었다. 딱딱하게 굳은 얼굴을 주위에 들키지 않도록 한참을 그러고 있었다.

2

현 청사 지하 식당은 혼잡했다.

구라우치는 A 런치 식판을 손에 들고 빈자리를 찾았다. 많은 직원의 시선이 이쪽에 집중되었다. 지사의 '그림자'를 보는 눈이다. 눈동자에 희미한 두려움이 엿보이는 사람. 억지웃음을 지어 보이는 사람. 주위의 시선을 아랑곳하지 않고 꾸벅꾸벅 고개를 숙이는 사람이나 황급히 자리를 양보하려는 사람까지 있었다.

입맛이 없었다.

어르신을 화나게 했나? 물음표를 띄우며 생각에 잠길 수 있는 시간은 그리 길지 않았다. 구라우치의 입실을 거부한 어르신의 시선은 몹시 차가웠다. 처음이 아니었다. 그저께도 비슷한 일이 있었다. 외근에서 돌아온 어르신에게 말을 걸었지만 무시당했다. 그 전날은 아무렇지 않게 업무나 프로야구 이야기를 했었기 때문에 당황하기는 했지만, 밖에서 무슨 일이 있어서 기분이 나쁜가 보다 정도로 생각했었다.

하지만 거절도 두 번째가 되면, 자신에게 원인이 있다고 생각할 수밖에 없었다.

어르신을 화나게 했다.

아니….

분노가 아니라 혐오. 그런 시선이었다.

어르신에게 미움받고 있다는 소린가.

마음이 급속도로 바싹 말라갔다. 정말 그렇다 치고, 그렇다면 대체 미움받은 이유는 뭐지?

"과장님, 옆에 앉아도 될까요?"

목소리에 고개를 돌렸다. 임무(林務) 부장실의 야마무라 총괄과장 보좌가 테이블 위로 식판을 쭉 밀면서 옆에 다가왔다.

"오늘 날씨가 참 좋죠?"

"응…."

"나무 심기 행사 때 할 지사님 인사말은 다 검토하셨어요?"

"미안. 아직이야."

"아, 아닙니다. 재촉이 아니라, 그냥 과장님 얼굴이 보여서…."

야마무라는 한바탕 임무 행정의 어려움을 토로한 뒤 테이블을 떠났다. '일 잘하는 사람.' 구라우치의 입을 통해 지사에게 그런 말이 전해지기를 기대하는 것이다. 비서과장의 말은 지사의 말. 그렇게 생각하는 직원도 적지 않았다.

구라우치는 반 이상 남긴 런치를 셀프서비스 카운터에 반납하고, 찻잔에 차를 더 부은 뒤 테이블로 돌아왔다. 야마무라를 비웃을 처지가 못 된다. 자신은 지금 어르신이 내뱉은 "자넨 됐어"라는 한마디에 움츠러들었다.

쉰두 살이나 먹어놓고…. 자조해보지만, 그런다고 마음에 내려앉은 불안의 그림자가 옅어지지는 않았다.

자신의 소심함을 새삼 깨달았다. 어린 시절부터 그랬다. 부모님과 선생님에게 순종했다. 그런 주제에 남의 눈에 띄고 싶어 하는 면도 있어서, 초등학교 때는 귀를 새빨갛게 붉히면서 학급위원에 입후보하기도 했다. 반의 리더가 되고 싶은 마음은 남보다 배나 강했지만, 이제 와서 생각해보면 인망도 구심력도 없었다. 점차 자신감을 잃어갔다. 공부, 스포츠, 놀이의 재치. 자신보다 뛰어난 아이를 만나면 복종하듯이 그 밑에 들어갔다. 중학교, 고등학교로 진학한 뒤에도 더 이상 무언가에서 '일등'을 노리지 않게 되었다. 성격의 껍질을 깨부수는 극적인 사건은 아무것도 일어나지 않았고, 사춘기가 끝날 무렵에는 자신은 주인공이 아니라 주인공을 돋보이게 하는 쪽의 사람이라는 사실을 깨달았다.

　그런 자신을 받아들일 수 있게 된 건 현청에 들어오고부터였다. 강한 개성이 반드시 환영받지만은 않는, '모시는' 일이 지극히 당연한 세계에 몸 두어보니, 오랜 세월 품고 있었던 콤플렉스가 엷어졌다. 아니, 소심하고 고분고분한 성격은 오히려 현청에서 일하는 구라우치의 무기가 되었다. 결코 엘리트 코스라고 할 수 없는 상공노동 분야에서 일했지만, 구라우치의 출세는 다른 동기에 비해 반걸음, 한 걸음쯤 앞섰다. 실제로 구라우치에게 '모시는' 일은 고통이 아니라, 오히려 기쁨을 동반하는 경우가 많았다. 윗사람의 신뢰를 얻고, 주제넘게 나서는 일 없이 그 사람의 두뇌 역할에 충실히 임한다. 마흔을 넘겼을 무렵에는 그런 삶이 자신에게 가장 어울린다고 생각하기에 이르렀다.

　어르신은 구라우치의 그런 생존 방식을 높이 사주었다. 육 년 전에 총무부로 데려오고, 그 이 년 후에 지사실 비서과장으로 발탁했다. 실장 자리는 관례로 줄곧 공석이었기 때문에, 구라우치는 사실상 지사 직속 부서의 장이 되어 '모시는' 일의 참맛을 철저히 맛보게 되었다. 현지사의 권력은 강력했다. 6,700억 엔에 달하는 예산 집행의 권한을 지녔고, N현 직원 오천팔백 명의 인사를 관장하고, 삼천 건이 넘는 인허가권을 수중에 쥐고 있었다. 그 바로 밑에서 일했다. 자신은 우두머리는 될 수 없지만, 지사를 보좌함으로써 우두머리에 선 사람밖에 알 수 없는 노고와 기쁨을 공유할 수 있었다.

지난 사 년간 구라우치는 열심히 지사를 모셨다. 어떻게 하면 어르신의 일을 차질 없이 진행시킬 수 있을지 그 환경을 갖추는 데 모든 신경을 집중시켜왔다. 한편으로는 어르신을 철저하게 연구했다. 성격, 사고방식, 버릇, 취미, 건강 상태. 그리고 현지사로서 무엇을 목표로 하고, 무엇을 이루려고 하는가.

우리는 전부 다 뒤처져 있어. 그게 어르신의 말버릇이었다. 토건 행정이라고 야유받아도 인프라 정비가 급선무라고 끊임없이 외쳤다. 도로, 철도, 하수도, 학교, 병원, 공원, 사회복지시설…. 전부 다 빼앗아 와주마. 정부에 대한 예산 요청은 어찌나 집요하고 이론적인지, 사정관도 "집념의 요모타"라고 죽는소리를 할 정도였다. 지난달에 예순일곱 살이 되었다. 지금은 아들에게 물려주었지만, 호텔과 백화점을 창업한 경력을 지닌 민간 출신 지사라서 행정을 기업 경영처럼 보는 감각도 가지고 있었다. 자신감이 넘치고 다소 오만했다. 흑을 백이라고 말로 구워삶는 면도 있지만, 근본은 솔직하고 정이 두텁고 눈물이 많았다.

그런 어르신에게 매료되어, 온 힘을 다해 노력해왔다. 재선 때의 선거전을 함께 헤쳐 나온 동지이기도 했다. 어르신도 구라우치를 신뢰하고, 자신의 오른팔이라고 생각해주었다. 그렇게 믿으면서 모셔왔다. 그런데….

구라우치는 차를 마셨다.

마치 연애와도 같이 농밀한 교제를 해온 만큼 두 번에 걸친 거절은 구라우치를 번민하게 했다. 어르신에게 미움받았다. 정말 그럴지도 모르겠다. 이유는 모르지만, 어르신과 구라우치의 관계에 금이 가게 만든 '원인'은 짐작되었다. 사무실에서 나온 뒤부터 줄곧 가부키의 오야마(가부키에서 여성 역을 연기하는 남성 배우—옮긴이)를 연상시키는 희고 갸름한 얼굴이 머리에서 아른거리며 떠나지 않았다.

바로 가쓰라기 도시카즈다.

젊은 감각을 지닌 정책 비서 같은 인물이 필요해. 어르신의 그 말에, 올봄 비서과 스태프로 합류했다. 인사과의 인선이었는데, '총무부의 젊은 에이스'라고 했다. 빈틈없는 남자였다. 본래 해외 귀국 자녀였던 그는 현립 N고등학교를 수석으로 졸업한 뒤 보스턴 대학에서 정치학을 배웠다고 하는데, 그런 경력을 자랑하지도 않았다. 부드러운 언행으로 남녀를 불문하고 인기가 있었고, 비서과의 분위기에도 빨리 적응했다. 다만, 실무 쪽에서는 사전 평판만큼의 재능은 느껴지지 않았다. 다분히 매스컴에 보여주기식으로 '정책 조사 담당'이라는 직위를 신설했는데, 가쓰라기가 그 직함에 걸맞은 일을 하고 있다고 말하기는 어려웠다. 홍보공청계 일도 겸하고 있어서, 평소에는 오로지 그쪽 일에 쫓기고 있었다. 하지만….

어르신이 가쓰라기를 마음에 들어하는 건 분명했다.

첫 만남 때, 가쓰라기는 대통령이나 주지사의 미디어 노출 전략에 관해 이야기했다. 일본에도 잘 알려져 있는 내용이고 새로운 이야기는 없었지만, 어르신은 처음 들은 모양인지 그 후로 텔레비전 출연이나 공적인 자리에서 발언할 때 속도를 신경 쓰게 되었다.

푹 빠졌군. 구라우치는 내심 그런 염려를 품고 있었다. 업무 중 빈 시간이 생기면, 어르신은 가쓰라기를 지사실로 불러들이게 되었다. 그 전까지는 으레 구라우치가 불려들어가, 잠깐의 휴식 시간 동안 잡담 상대를 했었다.

인정하고 싶지는 않지만, 마음속 응어리는 감출 길이 없었다. 가쓰라기에게 질투하고 있었다. 초봄부터 줄곧 그랬다. 응어리가 점차 부풀어 올라, 몸이 뒤틀리는 듯한 기분도 맛보았다. 오십 대 남자의 질투. 젊은 부하에 대한 질투. 겉으로 드러낼 수 없는 감정인 만큼 유독가스처럼 속에 가득 차서 구라우치의 마음을 계속 오염시켜나가고 있었다.

가쓰라기 쪽에서 접근한 건 아니었다. 굳이 말하자면 어르신의 변심이었다. 하지만 아무리 해도 마음의 칼날은 어르신이 아닌 가쓰라기에게 향했다. 어르신을 나쁜 놈 취급하면 비서과장인 자신의 몸 둘 곳이 없어져버리니 이 녀석만 이동해

오지 않았더라면, 하고 그의 존재를 탓하게 되었다.

오늘 일만 해도 가쓰라기가 어르신께 자신의 험담을 했기 때문은 아닐까 하고 진심으로 의심하기 시작했다. 정말 그럴지도 모른다. 자못 욕심 없어 보이는 겉보기와는 달리 내면은 야심으로 가득 차 있어서, 전략적으로 어르신에게 아첨했다. 마음을 얻었다는 확신이 들자, 드디어 심복인 구라우치의 배제에 착수한 것이다.

충분히 있을 수 있는 일이었다.

구라우치는 식은 차를 들이켰다.

하지만 어르신과 구라우치 사이에는 사 년에 걸쳐 쌓아온 신뢰 관계가 있었다. 가쓰라기가 험담 좀 했다고 해서 간단하게 무너질 거라는 생각은 들지 않았다. 게다가 어르신은 동료의 험담을 하는 사람을 몹시 싫어했다. 같은 조직 안에서 서로 공격하는 일이야말로 조직을 약화시키는 원흉이라고 생각하기 때문이었다.

그렇다면 뭘까? 어르신이 "자넨 됐어"라고 차갑게 말하게 만든 건.

지사실 안에서 아카이시 현의원이 구라우치에 대해 무슨 말을 했나? 그럴 리는 없었다. 아카이시는 내년 지사 선거 일로 어르신에게 할 말이 있었다. 얼굴에도 그렇게 쓰여 있었고, 입실할 때 구라우치에게 했던 "잠깐 실례하겠네"라는 말에 혐오나 차가운 울림은 전혀 없었다.

오늘이 아니다. 역시 그저께다. 그때의 '무시'가 시작이었다고 봐야 한다.

구라우치는 허공을 응시했다.

그저께는 월요일…. 구라우치는 발치를 위해 오전 반차를 쓰고, 점심시간이 지나서 등청했다. 어르신은 한 시 무렵 외출에서 돌아왔다. 고생하셨습니다. 구라우치가 그렇게 말했지만, 어르신은 대답 없이 구라우치를 쳐다보지도 않고 지사실로 들어갔다. 어제는 한 번도 얼굴을 보지 못했다. 어르신이 현 북쪽에 시찰을 나가서 종일 현청을 비웠기 때문이다.

요컨대 이거다. 일요일에 출근했던 사흘 전 저녁, 지사실에서 프로야구 이야기를 한 뒤부터 이튿날 점심까지의 사이에 뭔가 있었다. 어르신이 구라우치를 혐오할 만한 정보를 들었거나 입수했다는 말이다.

구라우치는 미간을 찌푸리고 눈을 질끈 감았다.

아무것도 떠오르지 않았다. 타인에게 손가락질받을 만한 짓을 한 기억은 없었다. 그렇다면 있지도 않은 중상모략을 당했다는 말인가. 누군가에게 원망받고 있나? 하지만 대체 누가?

"과장님."

목소리에 눈을 뜨자, 부지사 담당인 스즈키 비서의 걱정스러운 얼굴이 보였다.

"무슨 일 있으세요?"

"아니, 아무 일도 아니야."

"안색이 안 좋으십니다."

"괜찮아. 그것보다, 무슨 일이지?"

"아, 네. 내일 기자회견 자료 책상 위에 올려두었습니다. 자리에 돌아가시면 훑어봐주세요."

"알겠어."

"그리고 전에 부탁하셨던 루어 책도 같이 올려놨습니다."

"아, 미안하네. 고마워."

자신이 한 말에 움찔했다.

고마워.

한 줄짜리 유서. 구라우치 앞으로 보낸 것이었다.

'고마워.' 그 말속에 얼마만큼의 빈정거림이 담겨 있을지 모르겠다.

전부 다 오해에서 비롯된 일이었다. 그를 냉정하게 대한 건 아니었다. 하지만 만일 그 일이 어르신의 귀에 들어갔다면.

구라우치는 입술을 깨물었다.

잊고 싶은 사건을 한 번 더 마음속에서 되풀이할 수밖에 없는 불행을 저주했다.

3

구라우치는 무거운 걸음으로 계단을 올랐다.

지사실 비서과는 청사 2층 남쪽 구석에 위치해 있었다. 그곳으로 향하는 복도는 중앙에 붉은 카펫이 깔려 있었다. 혼자일 때는 그 부분을 피해서 귀퉁이를 걸었다. 어르신을 위한 카펫을 밟으면 희미한 죄악감이 느껴졌다. 그런 자신이 싫지는 않았다.

비서과에는 열 명 정도의 직원이 있었다. 구라우치는 공용차관리계 쪽으로 향했다. 기술직 우두머리인 요시자와 관리장이 고개를 들었을 때 말을 걸었다.

"우시쿠보 씨는?"

"오늘은 쉬는 날인데, 무슨 용건이라도 있으세요?"

"아니, 용건이라고 할 정도는 아니야. 괜찮아."

지사와 부지사의 공용차는 우시쿠보, 가야마, 고토 이렇게 세 명이 번갈아 운전하고 있었다. 그저께는 우시쿠보가 어르신을 태웠다.

구라우치는 자신의 책상에 앉았다.

우시쿠보에게 전화할지 말지 고민 중이었다. 차 안에서 어르신의 모습이 어땠는지. 전화로 캐물을 만한 이야기가 아니라는 건 알고 있었지만, 그렇다고 내일까지 이렇게 불안정한 마음인 채로 있는 것도 견디기 힘들었다.

전화를 응시하고 있는데, 마침 그 전화가 울리기 시작했다.

"비서실 구라우치입니다."

"나, 마키노일세, 마키노. 조금 전에는…."

내심 혀를 찼다. 아침 나절에 찾아왔던 '마키노전자'의 사장님이었다.

"지사님한테 말했어?"

"아니요, 오늘은 계속 외근이셔서요."

"지사님을 뵐 수 없을까? 진짜 잠깐이면 돼."

"저한테 말씀하세요. 지사님께 확실히 전달하겠습니다."

"이대로 가면 파산이야. 시치카이는 우리를 모른 체할 생각이라고. 그놈들 대만에 실망했어. 부품이 생각보다 안 싸서 비용 절감을 할 수 없다고 지껄이고 있지만, 저렴한 부품을 조달할 노력을 안 할 뿐이야. 귀찮으니까 우리를 도산시키고 철수해버리려는 거야. 그놈들한테야 별일 아니겠지만, 우리는 어쩌란 말이야?"

절박한 목소리였다.

구라우치는 궁지에 몰린 듯한 기분이었다.

"마키노 씨, 구보 선생님이나 오토와 선생님께 상담해보셨어요?"

"했지. 소용없어. 중의원도 현의원도 죄다 시치카이 말밖에 안 들어. 선거가 무서우니까."

그건 지사라고 한들 마찬가지였다.

"도와줘, 제발."

도와주세요.

무릎을 꿇는 무카이 요시후미의 등이 망막에 떠올랐다.

한 달 반쯤 전이었다. 오후 열 시를 넘은 시각이었다. 아무런 예고도 없이 무카이는 갑작스레 구라우치의 자택을 찾아왔다. 직원이 채 서른이 안 되는 가구 제조 공장을 운영하는 그는 자금 융통에 쪼들려 돈을 빌려달라며 나타났다.

친구는 아니었다. 지인이라 부르기에도 애매한 관계였다. 십 년도 더 전에 구라우치가 중소기업지원대책실에서 근무했던 무렵 무카이에게 특별융자 설명을 해줬다. 수년 전, 꼬치구이집에서 우연히 마주친 적이 있었다. 무카이가 아는 척을 하길래 잠깐 대화했다. 그뿐이었다. 그런 있는지 없는지조차 희박한 인연의 끈에 의지해서 무카이는 나타났다. 그래서 정말로 절박한 사정이라는 건 알았다. 분명 금융기관, 친구, 지인, 친척까지 갈 수 있는 곳은 전부 가본 뒤였을 터.

무카이는 무너지듯이 무릎을 꿇고 머리를 숙였다. 쉰다섯 살이라고 했다. 부인과 두 아이가 있다고도 했다. 시멘트 바닥에 이마를 문질렀다. 돈 좀 빌려주세요. 얼마라도 상관없습니다.

구라우치는 당황했다. 무카이의 몸을 힘껏 일으켰다. 곤혹스러웠다. 머리에는 죽은 아버지가 남긴 말이 떠올랐다. 돈을 빌려줄 때는 '준다'는 생각으로 빌려줘라. 돌려받지 못해도 자신이 곤란하지 않을 금액을. 돌려받지 못해도 상대를 원망하지 않을 금액을.

빌려줄 수 없다고 단호하게 말할까도 생각했다. 별반 교류도 없었던 사람에게 돈을 빌려준다는 행위가 뭔가 부도덕한 일처럼 생각되었다. 사실, 타인에게 돈을 빌려줄 여유도 없었다. 집 대출은 십 년 남았다. 대학생인 아들과 딸은 도쿄에서 자취하고 있었다. 아이들 생활비로 매달 예금을 헐어 쓰고 있었다. 인생에서 가장 돈이 드는 시기. 지난 몇 년간 아내는 입버릇처럼 그렇게 말했다.

하지만 결국 빌려줄 수 없다고는 말할 수 없었다. 아버지의 말씀을 따랐다. 20만 엔이라면. 다음 주라도 괜찮다면. 그 순간 딱딱하게 굳어 있던 무카이의 표정이 변했다. 찌푸린 미간의 짙은 주름이 쓱 사라졌다. 멍한 표정에 희미한 미소가 엿보였다. 슬픈 미소였다. 밑 빠진 독에 물 붓기. 그런 현실을 전한 표정이었다고 생각했다. 이내 자리에서 일어선 무카이는 구라우치에게 깊이 고개 숙여 인사하고, 그리고 아무 말 없이 골목의 어둠 속으로 사라졌다.

마음이 아팠다. 그날 밤은 잠들 수 없었다. 이불 속에서 스스로를 타일렀다. 안 빌려주겠다며 내치지는 않았다. 어쩔 수 없지 않은가. 아니면 우리 집 재산을 전부 긁어모아서, 고작 안면이 있는 정도의 사람에게 건네기라도 해야 했다는 말인가.

그로부터 이틀 뒤였다. 지역 신문의 '부고란'에서 무카이 요시후미의 이름을 발견했다. 사인은 기재되어 있지 않았다. 소방방재과에 파견 나온 경부를 통해 관할서에 물어보았다. 자택에서 목을 매었다고 했다. 그날 밤 집에 돌아갔더니 무카이가 보낸 봉투가 와 있었다. 자살 직전에 우편함에 넣은 게 분명했다. 봉투 안에는 편지지가 한 장 들어 있었다. 고마워. 그 한 줄이 편지지 정중앙에 볼펜으로 휘갈겨 쓰여 있었다.

밤샘 조문에도 장례식에도 가지 않았다. 무서워서 갈 수 없었다. 무카이는 구라우치의 자택에 나타난 다음 날 자살했다. 20만 엔. 그 적은 금액이 무카이를 절망하게 만들었을 거라는 건 상상하기 어렵지 않았다.

고마워. 그건 복수였겠지. 사람이 살아가는 데 있어서 가장 중요한 말인 '고마워'를 입에 담을 때마다, 구라우치는 무카이의 멍한 표정과 슬픈 미소를 떠올려야만 하니까.

자살하기 전 무카이는 부인에게 구라우치에 대해 이야기했을까. 했다면, 어떤 식으로 말했을까. 장례식 날부터 일주일 정도 지났을 때 자택에 무언의 전화가 걸려왔다. 무카이의 부인이 아닐까 생각했다. 누가 어떻게 생각하든 구라우치는 주문처럼 되될 수밖에 없다. 우리 집 재산을 전부 긁어모아서,

고작 안면이 있는 정도의 사람에게 건네기라도 해야 했다는 말인가.

하지만….

어르신이 이 이야기의 전말을 알면 어떻게 생각할까. 그것 참 큰일을 겪었다며 구라우치를 동정해줄까?

아니다.

인정머리 없는 놈. 제일 먼저 그 생각이 어르신의 머릿속에 떠오른다. 사업이 궁지에 몰려 무릎까지 꿇고 돈을 빌려달라고 부탁한 사람에게 "20만 엔이라면"이라고 대답한 구라우치의 인품을 의심할 것이다. 경멸하고 혐오감을 느끼겠지. 머리로는 구라우치가 취한 행동이 옳다고 인정하더라도, 감정적으로는 결코 인정하지 않을 것이다. 현청 비서과장. 자신의 오른팔. 그래서 더욱 어르신은 용서하지 않는다. 인정머리 없는 남자. 그릇이 작은 남자. 구라우치라는 사람을 그렇게 단정 지을 것이다.

"구라우치 씨, 듣고 있어?"

마키노의 전화는 아직도 계속되고 있었다.

"우리 직원 백칠십 명을 길바닥에 나앉게 할 수는 없어. 그렇게 되면 나는 죽어서도 눈을 감지 못할 거야."

역시 어르신과 만나게 할 수는 없다. 구라우치는 다시 한번 결심했다. 마키노의 이야기를 직접 들으면, 내년 선거에 마이너

스가 될지라도 '시치카이 일렉트로닉스'에 말을 꺼낼 것이다.

어르신은 그런 사나이였다.

그래서 더욱더 어르신에겐 그릇이 작고 인정 없는 오른팔이 필요한 것이다. 자신의 안위를 위해서가 아니었다. 그저 어르신이 가는 길을 따르고 싶을 뿐이라고, 구라우치는 마음속에서 항변했다.

4

구라우치는 정시에 현청을 나왔다.

자택으로 가지 않고, N역에서 사철을 타고 서쪽으로 향했다. 오랜만에 저녁 러시아워에 시달리면서도 마음은 다른 곳에 있었다.

M역에서 걸어서 오 분 정도 거리인 우시쿠보의 집은 처마와 처마가 근접한 분양 주택단지의 한 모퉁이에 자리 잡고 있었다. 근처에 온 김에. 다른 이유는 끝내 떠오르지 않았다. 될대로 되라는 심정으로 구라우치는 현관 초인종을 눌렀다.

우시쿠보는 정말로 놀란 기색이었다. 일부러 저녁식사 전을 노리고 왔는데, 이미 저녁 반주를 마시고 있었던 모양인지 눈가와 코끝이 어슴푸레 붉었다.

구라우치는 짧은 복도 너머의 거실로 안내받았다. 우시쿠보의 아내와 그 모친의 환대를 받았지만, 술 권유는 거절했다.

"저는 신경 쓰지 말고, 편하게 드시던 대로 드세요."

"아니, 나도 이제 됐습니다. 이 이상 마시면 아마조네스 군단한테 혼나거든요."

무뚝뚝한 인사를 남기고 자리에서 일어난 교복 차림의 딸의 뒷모습을 보며, 우시쿠보가 너털웃음을 지었다. 구라우치보다 세 살 아래니까 곧 쉰 살이 된다. 어르신이 가장 신뢰하는 운전사. 그런 만큼 본론은 신중하게 꺼내야 한다는 생각에, 일단은 우시쿠보가 들려주는 비서과 내 이런저런 이야기를 들으며 맞장구를 쳤다.

"그나저나 사와코 여사도 제법 나이를 먹었죠. 예전 같지 않더라고요."

"나랑 동갑이잖아. 어쩔 수 없어."

"가쓰라기랑 비교된다니까요. 차라리 가쓰라기가 더 매력적이에요."

"그렇지."

"어르신도 푹 빠지셨는지, 차 안에서도 그 사람 이야기를 자주 하세요."

갑자기 이야기가 핵심 부분에 접근했다. 우시쿠보가 일부러 그 주제를 꺼냈나 싶기도 했다.

구라우치는 억지로 웃어 보였다.

"누구든 가쓰라기를 보면 귀엽다고 생각할걸. 솔직하고 풋풋하잖아. 덕분에 늙은 나는 완전히 어르신의 미움을 산 모양이야."

반쯤 탐색하는 기분으로 진심을 내보여보았다.

"에이, 무슨 말씀이세요."

이야기를 들은 우시쿠보는 어색한 미소를 띠었다.

"정말이야. 그저께 나에 대해서 심한 소리를 하셨다고 하더라고."

슬쩍 속을 떠보자, 우시쿠보는 예상보다 더 큰 반응을 보였다. 아예 입을 다물어버린 것이었다. 구라우치가 갑자기 방문한 이유도 확실하게 깨달은 얼굴이었다.

"에이, 왜 우시쿠보 씨가 침울해지고 그래."

"…."

"어르신이 뭐라고 했는데?"

"…."

"그놈은 인정이 없다느니 냉정하다느니, 그렇게 말씀하셨어?"

정곡을 꿰뚫은 모양이었다. 우시쿠보의 눈이 두 배 가까이 휘둥그레졌다. 마침 딱 좋게 술기운이 돌면서, 표정도 억제하지 못하고 있었다.

구라우치는 바싹 다가갔다.

"이야기 좀 해봐. 내 말 맞지?"

"네, 뭐, 분명 그런 말씀을…."

우시쿠보는 다다미로 시선을 떨구고 말했다.

"이유는 말했어?"

"아니요, 그건 말하지 않았습니다."

"그럼, 어떤 식으로 이야기했지?"

"혼잣말처럼 말씀하셨습니다. 사람을 잘못 봤다나 뭐라나…."

눈앞이 흑백으로 변한 듯했다.

"사람을 잘못 봤다… 그렇게 말했다는 거지?"

"아, 그게, 확실하지는 않습니다. 사실 과장님에 대해 말씀하셨던 건지 아닌지도…."

우시쿠보는 대답을 피했다.

구라우치도 무거운 분위기에서 달아나는 기분으로 우시쿠보의 집을 떠났다.

역까지 가는 길은 어두웠다. 마음이 텅 빈 것 같았다.

사람을 잘못 봤다.

어르신은 무카이 요시후미의 일을 알고 있다. 이쯤 되면 그렇다고밖에 생각되지 않았다.

하지만….

구라우치는 발걸음을 늦췄다.

어르신이 어떻게 그 일을 알았을까. 무카이의 부인이나 친척이 어르신에게 전화했다는 소린가?

그럴 리 없었다. 지사실 전화의 직통번호는 일반에 공개되어 있지 않다. 현청 대표번호로 걸어서 바꿔달라고 해도, 교환원은 지사실이 아니라 비서과로 연결하게 되어 있다. 전화는 비서과의 검토 단계에서 멈춘다. 일개 현민의 전화가 지사실로 넘어갈 일은 없다. 지사 공관의 전화번호에 이르러서는 일급 비밀이다. 무카이의 관계자가 알고 있을 리 없고, 낯선 사람이 공관에 보낸 우편물은 방범상의 이유로 '검열'된다. 시민의 목소리가 지사에게 직접 전달되지 않도록 시스템이 만들어져 있는 것이다. 지사 앞으로 현청에 보내오는 투서가 그렇듯, 몇 개의 필터를 거친 후에야 처음으로 지사의 눈과 귀에….

아! 번뜩 떠올랐다.

투서….

사 년 전의 쓸쓸한 기억이 되살아났다.

비서과장이 된 지 한 달쯤 지났을 때의 일이었다. 구라우치를 비판한 투서를 그만 어르신이 본 것이었다. 현이 후원한 현민 볼링대회에 참가한 시민이 보낸 투서였다.

〈지사 대리로 온 비서과장이 거만한 자세로 앉아 있고, 붙임성도 없어서 불쾌했습니다.〉

첫 지사 대리 업무로 긴장해서 뻣뻣하게 굳어 있었다는 게 진상이었지만, 어르신은 격노했다. "절대 잊지 마라. 대리일 때의 너는 곧 나다." 구라우치는 아침 검토 때 그 투서를 본 기억이 없었다. 아직 비서과장 업무에 익숙하지 않아서 그만 못 보고 넘겼던 거라고 생각했다. 전날 투서를 추려낸 홍보공청계의 실수라고 할 수도 있었지만, 구라우치는 부하를 탓하지 않았다. 그 투서의 내용은 대부분 현민의 레크리에이션을 적극적으로 후원하는 지사에 대한 감사의 말로 가득 차 있었기 때문이다.

이번에는 어땠을까.

구라우치는 역 구내 계단을 천천히 올라갔다. 부정적인 감정을 품은 생각이 일제히 움직이고 있었다.

그저께 아침, 구라우치는 발치를 위해 반차를 써서 부재중이었다. 구라우치가 자리를 비웠을 때는 홍보공청계가 투서를 최종 검토해서 어르신께 올린다. 가쓰라기는 그 홍보공청계 업무를 겸하고 있다. 무카이 요시후미의 관계자에게서 온 투서를 일부러 '통과'시켰다.

구라우치는 상행 열차에 올라탔다.

차창 밖으로 스치는 거리의 불빛이 가슴속 깊이 숨겨둔 가쓰라기의 야심처럼 보였다.

5

다음 날 아침, 지사실 비서과는 분주한 기류에 휩싸여 있었다. 매월 열리는 기자회견이 아홉 시 반에 시작된다. 현청 담당 기자들의 다양한 질문에 대비하기 위해, 각 부국의 간부 직원이 지사실에 드나들고 있었다.

그 흐름이 잠시 끊겼을 때, 구라우치는 서류를 손에 들고 자리에서 일어났다. 방 안쪽을 바라보았다. 가쓰라기는 로커에서 서류를 꺼내고 있었다. 오늘은 옅은 연보라색 정장으로 한껏 멋을 부렸다. 회견실에도 얼굴을 내밀 생각인 모양이었다.

구라우치는 책상을 돌아 나가서 지사실 앞에 섰다. 힘주어 문을 노크했다. 즉각 "들어와"라는 목소리가 돌아왔다. 망설임을 떨치고 문을 연 다음 두꺼운 카펫을 밟았다. 구라우치는 손을 뒤로 뻗어 문을 닫았다.

요모타는 집무 책상에서 명함을 정리하고 있었다. 노크 방식으로 방에 들어온 사람이 구라우치라는 건 알고 있었다. 얼굴은 이쪽을 향하고 있지 않았지만, 시야 끄트머리에 구라우치가 들어 있다는 사실은 치켜올라간 눈썹 움직임으로 추측할 수 있었다.

사람을 잘못 봤다.

발걸음이 무거웠지만, 주저하는 모습이 뭔가 켕기는 게 있는 것처럼 받아들여질 수 있다는 생각에 구라우치는 성큼성큼 집무 책상 앞까지 걸어갔다.

"안녕하십니까."

"그래."

언짢은 듯한 목소리. 시선은 여전히 명함 홀더에 고정되어 있었다.

구라우치는 집무 책상 끝에 있는 '미결' 박스에 서류를 넣고, 그 위에 오늘 아침 골라낸 다섯 통의 투서를 올려놓았다. 어제 전달하지 못한 네 통도 함께 얹었다.

"지사님, 투서는 사흘치입니다."

"알았네."

어색한 침묵이 흘렀다. 구라우치는 마음을 굳게 먹고, 그 침묵을 깨뜨렸다.

"월요일 투서는 읽으셨습니까?"

요모타의 시선이 구라우치를 향했다. 감정이 보이지 않는 눈이었다.

"읽었는데, 무슨 문제 있나?"

저에 대해서… 말이 목구멍까지 차올랐지만, 결국 하지 못했다. 요모타가 명함 홀더로 시선을 되돌렸기 때문이다. 너에게는 흥미가 없다. 그렇게 말하는 것 같았다.

요모타의 존재가 아득히 멀게 느껴졌다. 지금 이 자리에서

자신에 대한 투서가 있었는지 물어보고, 무카이 요시후미의
관계자가 보냈는지, 어떤 내용이었는지 확인한 다음 "20만 엔
이라면"이라고 말한 자신의 진의까지 전달하는 일은, 너무나
도 원대한 사업처럼 생각되었다.

이쯤 되자 '긁어 부스럼'이라는 위험 신호도 머릿속에서 깜
빡이기 시작했다. 요모타가 구라우치를 잘못 봤다는 이유가
만일 무카이의 일이 아니라면, 구라우치 자신의 입으로 두 번
째 악재를 들이미는 꼴이 된다.

"아직 용건이 남았나?"

자신이 두려워했던 말이 그대로 방 안에 울려 퍼졌다.

"아닙니다…."

"그럼 나가봐."

"…네."

하지만 다리는 얼어붙은 것처럼 움직이지 않았다. 나가지
않으면 요모타의 노성이 떨어질 터. 알고는 있지만 쉽게 떠날
수 없었다. 이대로 물러나면 두 번 다시 이 방에 발을 들일 수
없게 된다. 그런 두려움 섞인 생각이 마음을 뒤덮고 있었다.

그 순간 들려온 노크 소리에 구원받은 기분이었다.

요모타가 대답하자, 문이 열리고 하스네 사와코가 긴장한
표정으로 들어왔다.

"회견실로 이동하실 시간입니다."

"그래. 그 전에 잠시 가쓰라기 좀 불러줘."

문 앞에서 기다리고 있기라도 했던 건지, 몇 초 지나지 않아 연보라색 정장이 방에 들어왔다. 이러지도 저러지도 못한 채, 구라우치는 그 장소에 우두커니 서 있었다.

요모타는 진지한 표정으로 가쓰라기를 응시했다.

"삼선 출마에 관한 질문이 나올 거 같은데, 뭐라고 하지?"

가쓰라기는 동요하는 기색도 없었다.

"태도를 표명하실 건가요?"

"아직이야. 의회에서 먼저 안 밝히면 그놈들이 심통을 부려서."

"그러시면⋯."

가쓰라기는 싱긋 웃었다.

"웃으시면 될 것 같습니다."

"웃는다고?"

"네. 질문에 바로 대답하려고 하지 마시고, 조용히 긍정의 미소를 보이세요. 기자는 지사님의 본심을 알아서 만족하겠지만, 출마한다고 쓸 수는 없겠죠."

"그렇군⋯. 그래도 계속 질문하면 어떻게 하지?"

"이번에는 쓴웃음을 지으면서 기자들 얼굴을 한 바퀴 둘러보세요. 한 명, 한 명 눈을 맞추면서. 그리고 생각 중이라고 한마디만 하시면 됩니다. 사실은 확실하게 말하고 싶지만 아직 말할 수 없다, 이해해달라는 느낌으로요. 복잡한 심경을 슬쩍 내보이는 걸로 기자들의 자존심을 자극하는 겁니다. 일반인이 모르는 사실을 자신은 알고 있다. 그 만족감이 지사님에 대한 친근감으로 이어져서, 자연히 호의적인 기사가 나오게 될 겁니다."

구라우치는 지사실에서 나왔다.

가슴을 쥐어뜯고 싶은 기분이었다. 가쓰라기는 재능을 발휘하기 시작했다. 어르신의 마음속을 파고들고 있었다. 질투와 패배감이 뒤섞인 기분이 도저히 수습되지 않았다.

그뿐만이 아니었다.

가쓰라기가 내놓은 당돌한 기자 대응책에서 그의 본성을 보았다. 구라우치를 비판한 투서를 어르신께 흘린다. 가쓰라기라면 충분히 할 법했다. 가쓰라기에게 당했다.

6

그날 업무를 마친 뒤, 구라우치는 일단 자택으로 돌아갔다가 차를 운전해서 Y시로 향했다. 죽은 무카이 요시후미의 유족이 어디 있는지 알아냈기 때문이다.

점심때 중소기업지원대책실 시절의 부하 직원과 청사 안

카페에서 만났다. '무카이가구'는 역시 손쓸 도리 없이 무카이의 사후에 파산을 신청했다. 서류에 적혀 있었던 무카이의 자택으로 전화해봤지만, 고객의 사정으로 전화를 받을 수 없다는 녹음테이프 메시지만 들려왔다. 이번에도 소방방재과에 있는 경부에게 부탁했다. 저녁 무렵에 Y서 형사과의 미쓰오카라는 남자가 연락을 줬다. 무카이의 아내 야스코는 언니 집에서 신세를 지고 있다고 했다.

구라우치는 사거리에서 찾던 편의점을 발견하고 핸들을 왼쪽으로 꺾었다. 도로가 좁고 포장이 고르지 않아 차가 덜컹거리는 소리를 냈다. 집에서 출발하기 전에 전화를 했다. 야스코가 우물거리는 목소리로 구라우치의 이름을 다시 묻길래 "현청에서 근무하는"이라고 덧붙이자, 그제야 짐작이 간다는 듯한 목소리로 바뀌었다. 용건은 말하지 않고 지금 찾아뵙겠다고만 했다. 거절당할 거라고 생각했지만, 야스코는 애매한 말로 승낙했다.

작은 공원 뒤쪽에 위치한 이층집은 바로 발견할 수 있었다. 집 밖에 누군가를 기다리는 표정을 한 초로의 여인이 멍하니 서 있었기 때문이다.

무카이 야스코는 정원 부지의 대부분을 차지한 조립식 건물로 구라우치를 안내했다. 아이들 방으로 사용되던 곳이라는 점은 천장에 붙어 있는 아이돌 가수의 포스터를 보고 알았다. 네 평쯤 되는 실내에는 종이상자가 산더미처럼 쌓여 있었다. 이 압축된 주거 공간에는 도무지 어울리지 않는 아름다운 나뭇결의 원형 테이블도 놓여 있었다. 분명 차마 버리지 못하고 자택에서 챙겨온 '무카이가구'의 상품일 것이다. 희미하게 선향 냄새가 났다. 방구석의 작은 책상 위에 새 위패와 간소한 불구(佛具)가 놓여 있었다.

"기도를⋯."

구라우치는 위패를 향해 손을 모았다. 무슨 말을 해야 할지 떠오르지 않았다.

자리에서 일어나자 야스코가 테이블의 의자를 뒤로 뺐다.

"여기 앉으세요."

"네⋯."

구라우치는 이곳에 들이닥친 것을 후회했다. 어르신과 가쓰라기의 밀월을 눈앞에서 보고 마음이 흐트러졌다. 가쓰라기의 수작을 확인하고자 야스코를 찾았다. 하지만 사실 전화로 야스코의 목소리를 들은 시점에 이미 투서와 야스코를 결부시키지 않게 되었다. 야스코는 아니다. 그렇게 직감했다.

실제로 야스코를 만나보고 직감은 확신으로 바뀌었다. 안채에서 차를 날라 오는 야스코의 표정 어디에도 험악한 기색은 없었다. 무카이는 구라우치에게 돈을 빌리러 갔던 사실을 야스코에게 말하지 않았던 걸지도 몰랐다. 만일 그렇다면, 투서를 했나 안 했나 따지는 일 자체가 유명무실해진다.

"폐를 끼친 건 아닌지 모르겠네요."

야스코가 걱정스러운 얼굴로 말을 꺼냈다.

"무슨 말씀이신가요?"

"그 일로 찾아오신 거죠?"

"네?"

"편지 말입니다. 시동생이 구라우치 씨에 대한 내용을 써서 현청에 보냈다고 했거든요."

구라우치는 얼어붙었다. 갑작스러운 충격에 잠시 동안은 말도 나오지 않았다.

야스코의 표정이 흐려졌다.

"그 일로 찾아오신 게 아닌가요?"

"…동생분께서요?"

"아, 네."

"그렇습니까…. 동생분이셨군요…."

"역시 곤란해지셨나요?"

"아니요, 아닙니다. 그렇지 않습니다."

말이 제대로 나오지 않았다. 구라우치는 자신의 뺨을 치고 싶은 충동에 휩싸였다.

"저기, 그래서 동생분이 보내신 편지에는 그 돈 이야기… 가 적혀 있었다는 말인가요?"

"네, 죄송합니다. 시동생이 너무 흥분해서…."

야스코는 힘없이 눈을 내리깔았다.

그날 밤, 구라우치의 집에서 돌아간 무카이는 야스코와 남동생에게 일의 자초지종을 털어놨다. 20만 엔이라면. 다음 주라도 괜찮다면. '무카이가구'의 전무인 남동생은 격노했다고 했다. 고작 20만 엔? 다음 주? 우릴 무시하는 거야? 그 말을 들은 무카이가 뻔뻔한 부탁이었다, 그 사람을 원망하는 건 사리에 어긋난다며 타일렀지만, 남동생의 화는 가라앉지 않았다. 형님이 그 사람을 안다고 해서 기대했었다, 분명 도와줄 거라고 하지 않았냐, 그래서 나도 수치스럽지만 은사님 댁에 간 거다. 그쪽이 안 될 줄 알았다면 안 갔을 거다, 어차피 파산하게 될 테니까.

"원래부터 제멋대로인 사람이에요. 회사 상황이 나빠진 뒤로는 동서와도 사이가 틀어져서 이혼 조정 중이었거든요."

그저 고개를 끄덕일 수밖에 없었다.

야스코는 작게 한숨을 흘렸다.

"시동생은 내심 자신이 그런 말을 해서 남편이 자살했다고 생각하고 있어요. 그래서 스스로를 속이려고 구라우치 씨를 나쁜 사람으로 몰면서 편지까지 쓰고…. 정말로 죄송합니다."

구라우치도 한숨을 내쉬었다.

이제야 이해가 됐다. 무카이의 남동생이 구라우치를 매도

한 편지를 쓰고, 가쓰라기가 통과시켰고, 그 편지를 읽은 어르신이 "사람을 잘못 봤다"고 우시쿠보에게 말을 흘렸다.

어르신의 신뢰를 되찾을 수 있을까.

어려울지도 모른다. 무카이의 동생이 편지에 쓴 일은 사실이었다. 20만 엔이라면. 다음 주라도 괜찮다면. 그래서 무카이는….

야스코가 차를 더 따르며 말했다.

"남편은 구라우치 씨께 감사하고 있었어요. 남동생이 돌아가고 나서, 구라우치 씨는 좋은 사람이라고 몇 번이나 말했습니다."

그 말에는 고개를 끄덕일 수 없었다.

"그렇습니까."

구라우치는 결국 못 참고 물었다.

"남편분도 저를 원망하셨던 거 아닌가요?"

"아닙니다. 진심으로 이야기를 들어줬다면서 고마워했어요."

"남편분께서 편지를 보내셨습니다."

말하지 않을 생각이었지만, 말하지 않을 수 없게 되었다.

"남편이요…?"

"네. 편지가 한 장 들어 있었는데, '고마워'라고만 쓰여 있었습니다."

놀라움이 가득했던 야스코의 얼굴은 이내 누그러졌다.

"말 그대로의 의미일 거예요."

"그렇습니까. 제게는….'

구라우치는 머뭇거렸다. 빈정거림. 차마 야스코 앞에서 그 단어를 말할 수는 없었다.

"그 사람, 늘 구라우치 씨 이야기를 했었어요."

"네…?"

"대출 상담을 받으러 갔을 때, 굉장히 친절하게 대해주셨다고 했습니다. 그리고 같이 술을 마셨다는 게 자랑이었어요. 정말로 기뻤던 모양인지, 저나 남동생, 직원들한테 자주 이야기하곤 했어요. 구라우치 씨, 낚시가 취미시라면서요?"

"아, 네….'

"저희 남편도 그랬거든요. 취미가 같아서 말이 잘 통했다고, 언젠가 같이 낚시 가기로 약속했다고 했어요."

기억나지 않았다.

"신문에서 구라우치 씨가 비서과장이 됐다는 사실을 알았을 때는 정말이지 난리였답니다. 자기 일처럼 기뻐하면서 역시 그 사람은 달라, 내 눈은 틀리지 않았어, 그런 사람이 높은 자리에 앉는 건 당연한 일이야, 라고 하더군요."

구라우치는 아무 말도 할 수 없었다.

"그 후로는 전보다 더 구라우치 씨 이야기를 자주 하게 돼서, 회사의 조례 같은 데서도 자랑스럽게 말하곤 했었습니다. 그래서, 그 사람….”

야스코의 입술이 희미하게 떨렸다.

“남동생이나 직원들이 보는 앞에서 최후의 수단으로 구라
우치 씨께 돈을 빌리러 갈 수밖에 없었을 겁니다.”

반짝이는 눈에서 구라우치는 저도 모르게 시선을 돌렸다.

“애초에 돈을 빌릴 수 있을 거라고는 생각하지 않았습니다.
구라우치 씨께 갔다가 돌아왔을 때, 그 사람 무척이나 평온
한 얼굴을 하고 있었어요. 분명 문전박대당할 거라고 생각했
겠죠. 고작 술 한 번 같이 마셨을 뿐인 사람이란 걸 스스로가
제일 잘 알고 있었으니까요. 그런데 구라우치 씨는 진지하게
이야기를 들어주시고, 20만 엔을 빌려주겠다고 하셨죠. 그래
서… 그래서, 고마워, 라고….”

차마 야스코를 바라볼 수 없었다. 구라우치는 종이박스에
매직으로 적힌 글자를 노려봤다.

〈아빠, 여름옷〉

그 글자가 부옇게 흐려졌다. 아무것도 보이지 않게 되었다.

무카이의 얼굴이 뇌리에 떠올랐다.

금액을 말했을 때 보인 미소.

멍한 표정에 희미하게 띤 미소.

슬픈 듯이 보였다. 하지만….

야스코는 눈물을 닦는 모양이었다. 잠시 후, 마음을 가눈 듯

씩씩한 목소리로 말했다.

"그 사람답네요. 존댓말이 아니라니."

구라우치는 젖은 눈으로 야스코를 바라봤다. 울음 섞인 미소를 짓는 얼굴이 보였다.

"낚시 친구한테 말하듯이 구라우치 씨한테 스스럼없이 말해보고 싶었던 거겠죠. 고마워, 라고."

구라우치도 마주 웃으려는데, 그 순간 품속의 휴대전화가 울리기 시작했다. 화면에는 비서과의 직통번호가 표시되어 있었다.

"아, 안녕하세요. 가쓰라기입니다."

"급한 일인가?"

"아니요, 그렇지는 않습니다."

내가 다시 걸지. 짧게 말하고 전화를 끊은 구라우치는 자리에서 일어났다. 순간 야스코가 애원하는 듯한 눈빛을 보냈다.

구라우치는 한 번 더 위패 앞에 무릎을 꿇었다. 평안하게… 부디 평안하게 잠드세요…. 몇 번이고 그렇게 빌었다.

야스코 쪽으로 방향을 돌리고 말했다.

"다음번에는 느긋하게 찾아뵙겠습니다. 또 남편분 이야기를 들려주세요."

7

바깥은 달빛으로 훤했다.

차에 돌아간 구라우치는 품에서 휴대전화를 꺼냈다. 비서 과 직통전화의 단축번호를 누르자, 바로 가쓰라기가 받았다.

"늦은 시간까지 고생이 많군."

"네, 지사님이 일신회 현의원과 몰래 만나셔서요."

전혀 몰랐다.

잔잔해졌던 마음에 세파가 일었다.

"그래서 용건은 뭐지?"

"그게, 마키노전자 사장님이 교통사고를 당해서 현립 병원 에 실려 가셨답니다."

구라우치는 깜짝 놀랐다.

"상태는?"

"뇌진탕과 다리 골절입니다. 생명에 지장은 없다고 하는데, 어제 아침 일도 있어서 과장님께는 전달해두는 편이 좋을 것 같아서요."

"어디에서 들어온 정보지?"

"병원입니다. 처음에 마키노 사장이 의식이 몽롱한 와중에 지사님을 만나고 싶다는 식으로 말한 모양입니다. 그래서 아 무래도 현립 병원이다 보니 병원 측 배려로 지사님 지인인지 저희 쪽에 확인 전화가 왔습니다. 관계없는 사람이라고 대답해뒀습니다."

관계없는 사람…?

"지난 선거 때 많이 힘써주셨어. 관계없는 사람이라고 할 수는 없네."

"하지만 그런 사람은 지사님께 접근하지 못하게 하는 편이 낫다고 생각합니다. 과장님도 그러셨잖아요?"

"그래도 크게 다쳤잖아. 지사님 후원자라고 말해두면 의사도 조금은 더 신경 쓰겠지. 내가 지금 들여다볼 테니, 내일 아침 일찍 병실에 꽃이 도착하도록 수배해주게."

"…꽃이요?"

불만스러운 목소리였다.

"군이 그럴 필요 있을까요? 그런 걸 보내봤자 주제도 모르고 기어오를 뿐입니다."

"기어오르는 건 자네 아닌가."

저도 모르게 말이 튀어나왔다.

"네…?"

"자네가 유능한 건 맞아. 오늘 아침 기자회견에 대한 조언도 훌륭했어. 자네 말대로 기자들은 기뻐했고, 내일 조간에는 모든 신문사가 일제히 호의적인 기사를 실을 테지. 어르신께는 자네가 필요해. 그건 인정하지. 자네를 방해하지는 않겠네.

그러니 자네도 다른 사람을 방해하지 마. 다른 사람의 발목을 잡는 것처럼 고식적인 수단은 쓰지 말란 말이네."

"네? 무슨 말씀이세요? 지금 무슨 말씀을 하시는 건지 전혀 모르겠는데요."

목소리에 웃음이 섞여 있는 것 같았다.

"시치미 떼지 말게. 내가 없던 월요일에 무슨 짓을 했지? 안 보여드려도 될 투서를 어르신께 보여드린 거 아냐?"

가쓰라기는 정말로 웃음을 터뜨렸다.

"그런 짓은 못 합니다. 월요일에는 각지의 현립 시설 사진 촬영 때문에 저뿐만 아니라 홍보공청 직원 전원이 아침부터 다 나가고 없었거든요."

8

불 꺼진 병원은 들어가는 데 작은 용기가 필요했다.

마키노 아키오는 집중 치료실에서 개인실로 옮겨져 있었다. 우대퇴부 골절. 전치 이 개월. 도로를 가로지르다가 4톤 트럭에 치였다.

간호는 병원에서 다 맡아 해줄 텐데, 침대 곁에서 백발의 아내가 수발을 들고 있었다. 구라우치가 온 걸 알아차린 마키노는 부루퉁한 미소를 띠더니, 자신의 팔 위에 얹혀 있던 아내의 손을 난폭하게 내쳤다.

"마키노 씨, 무모한 짓 하지 마세요."

마키노의 아내가 복도로 나가는 것을 지켜본 뒤, 구라우치는 파이프 의자에 앉았다.

"트럭 운전사는 마키노 씨가 갑자기 튀어나왔다고 주장하는 모양이던데요."

"…."

"지금 자살한 사장님의 집에 다녀오는 참입니다."

"헛소리하지 마. 나는 아니야. 잠깐 넋이 나갔던 것뿐이야."

"네, 그러시겠죠."

"아직 못 죽어. 지금 죽으면 시치카이 놈들 좋은 일만 시켜주는 꼴이야."

"맞아요. 남겨진 아내분, 말 상대가 없어져서 그런지 쓸쓸해 보이더라고요."

"그 사람 회사, 몇 명이었는데?"

마키노는 화난 듯이 말했다.

"직원이요?"

"그래."

"서른 명 정도였을 걸요."

마키노는 홍 하고 코웃음을 쳤다.

"하긴, 서른 명이라도 똑같지."

"뭐가요?"

"그러니까…."

마키노는 거칠게 숨을 내뱉었다.

"그렇게 되면 이제 자기 자신이나 처자식이 중요한 게 아니야. 회사를 하는 사람한테는 직원이 보물이니까."

"그게 무슨 말씀이세요?"

마키노는 천장의 한곳을 응시했다.

"그 사람, 보험은 얼마나 들어 있었어?"

"그건 못 들었습니다."

"이제 막 들은 것만 아니면 자살해도 돈이 나오거든. 쥐꼬리만큼이라도 주고 싶은 거야, 줄곧 성실하게 일해준 녀석들한테."

"그런 얘기는 그만하시죠."

"그래, 이해 못 하겠지. 역시 같은 일을 겪어보지 않으면 이해할 수 없겠지."

마키노의 말이 마음에 사무쳤다.

같은 일을 겪어보지 않으면….

그렇군. 그랬던 거구나. 아무리 생각해도 알 수 없었던 수수께끼가 마키노의 한마디로 어이없이 풀렸다.

마키노의 아내가 병실로 돌아오자 구라우치는 자리에서 일어났다.

　문을 밀어 열었을 때, 등 뒤에서 목소리가 들렸다.

　"고마워."

　구라우치가 침대 쪽을 뒤돌아보자, 괜히 엉뚱한 곳을 쳐다
보는 마키노 사장의 얼굴이 보였다.

9

　이튿날은 아침부터 날씨가 맑았다.

　구라우치는 자신의 책상에서 투서를 검토하고 있었다. '재
실' 램프에 불이 들어와 있었다. '내객 중' 쪽은 꺼져 있었지만,
십 분 정도 전부터 어르신의 부름을 받은 가쓰라기가 들어가
있었다.

　"하스네 씨."

　구라우치가 부르자 건너편 책상에서 사와코가 고개를 빼
들었다.

　딱딱한 하이힐 소리가 가까이 다가왔다.

　"왜 그러세요?"

　"오늘, 어르신 일정이 비는 시간이 있나?"

　"네 시부터 다섯 시 반까지는 아무것도 없어요."

하이힐이 발길을 되돌렸다.

"아, 하스네 씨."

"네?"

구라우치는 발걸음을 멈춘 사와코의 눈을 응시했다. 사와코는 고개를 갸웃거렸다. 구라우치는 조용히 말했다.

"항상 고마워."

순간 사와코의 눈동자에 두려움이 스쳐 지나갔다. 눈가가 떨리면서 주름이 돋보였다. 뭔가 말하려고 했지만, 결국 아무것도 말하지 않고 고개를 돌렸다.

같은 일을 겪어보지 않으면 이해할 수 없겠지.

가쓰라기라는 남자가 나타나지 않았다면 눈치채지 못했을 것이다. 사와코는 구라우치가 이곳에 오기 전, 삼 년 넘게 어르신을 모시고 있었다. 능력을 높이 산 어르신의 부탁으로 비서직을 맡았다. 그랬는데 빛을 잃었다. 나이를 먹어서가 아니라, 어르신의 신임을 구라우치에게 빼앗겼기 때문에.

구라우치는 손에 든 투서로 시선을 떨구었다. 이번 일도, 사년 전 일도 아마 그녀가 꾸몄을 터.

이상하게도 마음은 개운했다. 고맙다는 말은 진심이었다. 지금까지 사와코의 기지로 얼마나 많은 난국을 극복해왔는지 모른다. 비서가 무엇인지 전부 그녀에게 배웠다. 구라우치는 무엇 하나 보답한 적이 없었다. 사와코를 편하게 이용하고, 많은 일을 빼앗고, 그리고 어르신의 마음이 자신에게 쏠리는 것을 즐겼다.

'고맙다'는 용서를 청하는 말이었다. 이제야 그 사실을 깨달았다.

후우 하고 짧은 숨을 내뱉었다. 그리고 다른 일을 떠올렸다. 어르신은 오후 네 시부터 다섯 시 반까지 일정이 빈다. 구라우치는 수화기를 들고 104(한국의 114에 해당하는 번호 안내 서비스-옮긴이)를 눌렀다.

신호음이 기분 좋게 들렸다.

성심성의껏 모시고 힘써왔다. 한 번쯤 내가 어르신을 이용한다고 해서 천벌받지는 않겠지.

"오래 기다리셨습니다. 104 서비스의 기무라입니다."

구라우치는 '재실' 램프를 응시하며 말했다.

"시치카이 일렉트로닉스 전화번호가 어떻게 되나요?"

옮긴이 **허하나**

경희대학교 일본어학과를 졸업하고 번역가로 활동 중이다.

옮긴 책으로《무리》,《달빛 수영》,《할머니와 나의 3천 엔》이 있다.

교도관의 눈

1판 1쇄 발행 2022년 7월 1일

지은이 요코야마 히데오 | 옮긴이 허하나 | 펴낸이 윤혜준 | 편집장 구본근 | 디자인 오필민디자인
펴낸곳 도서출판 폭스코너 | 출판등록 제2015-000059호(2015년 3월 11일)
주소 서울시 마포구 월드컵북로 400 문화콘텐츠센터 5층 9호(우 03925)
전화 02-3291-3397 | 팩스 02-3291-3338 | 이메일 foxcorner15@naver.com
페이스북 /foxcorner15 | 인스타그램 /foxcorner15
종이 일문지업(주) | 인쇄·제본 수이북스

한국어 출판권 ⓒ 도서출판 폭스코너, 2022   ISBN 979-11-87514-88-6 03830

看守眼